UN PROTECTEUR POUR KELLI

FORCES TRÈS SPÉCIALES : ALLIANCE
TOME 6

SUSAN STOKER

DU MÊME AUTEUR

Un soutien pour Reese

Un soutien pour Cora

Un soutien pour Lara

Un soutien pour Maisy

Un soutien pour Ryleigh

Silverstone

Pour la confiance de Skylar

Pour la confiance de Taylor

Pour la confiance de Molly

Pour la confiance de Cassidy

Delta Force Deux

Un refuge pour Gillian

Un refuge pour Kinley

Un refuge pour Aspen

Un refuge pour Jayme

Un refuge pour Riley

Un refuge pour Devyn

Un refuge pour Ember

Un refuge pour Sierra

Forces Très Spéciales : L'Héritage

Un Sanctuaire pour Caite

Un Sanctuaire pour Brenae

Un Sanctuaire pour Sidney

Un Sanctuaire pour Piper

Un Sanctuaire pour Zoey

Un Sanctuaire pour Avery

Un Sanctuaire pour Kalee

Un Sanctuaire pour Jane

Mercenaires Rebelles

Un Défenseur pour Allye

Un Défenseur pour Chloé

Un Défenseur pour Morgan

Un Défenseur pour Harlow

Un Défenseur pour Everly

Un Défenseur pour Zara

Un Défenseur pour Raven

Ace Sécurité

Au Secours de Grace

Au Secours d'Alexis

Au Secours de Bailey

Au Secours de Felicity

Au Secours de Sarah

Forces Très Spéciales Series

Un Protecteur Pour Caroline

Un Protecteur Pour Alabama

Un Protecteur Pour Fiona

Un Mari Pour Caroline

Un Protecteur Pour Summer

Un Protecteur Pour Cheyenne

Un Protecteur Pour Jessyka

Un Protecteur Pour Julie

Un Protecteur Pour Melody

Un Protecteur pour l'avenir

Un Protecteur Pour Les Enfants de Alabama

Un Protecteur Pour Kiera

Un Protecteur Pour Dakota

Un protecteur pour Tex

Delta Force Heroes Series

Un héros pour Rayne

Un héros pour Emily

Un héros pour Harley

Un mari pour Emily

Un héros pour Kassie

Un héros pour Bryn

Un héros pour Casey

Un héros pour Wendy

Un héros pour Mary

Un héros pour Macie

Un héros pour Sadie

Un héros pour Annie

Autre

Un moment suspendu : Recueil de nouvelles

AUDIO

Un paradis pour Élodie

Un jour.

Il n'en fallait pas plus pour que Wade *Flash* Gordon se souvienne de la raison pour laquelle il ne passait pas ses vacances à la plage.

Il avait horreur du sable, de la chaleur, du sel qui lui collait à la peau.

Ce qui était plutôt ironique pour un Navy SEAL qui avait passé la moitié de sa vie – ou du moins, il en avait l'impression – au milieu de l'océan.

Flash but une gorgée de la bière qu'il sirotait depuis un moment et grimaça. Elle était tiède.

Encore une bonne raison de détester la plage... Sa bière ne restait pas fraîche plus de cinq minutes.

Il savait parfaitement qu'il faisait son grincheux, mais il s'en fichait. La seule raison pour laquelle il se trouvait là, assis sur une chaise de plage, à regarder d'un air maussade les eaux turquoise qui venaient doucement lécher les côtes jamaïcaines, c'était sa petite sœur, Nova.

Elle avait dix ans de moins que lui, et Flash aurait tout fait pour elle. Il l'avait adorée dès que ses parents l'avaient ramenée de la maternité, quand il avait dix ans. Il ne s'était jamais plaint quand elle pleurait la nuit, ni quand ses couches empestaient la maison. Ni même quand elle le suivait partout lorsqu'il était adolescent. Il avait aimé chaque seconde passée avec sa petite sœur. Ils avaient pleuré tous les deux au moment où il avait quitté la maison après le lycée pour rejoindre la Navy.

Au fil des années, Flash était toujours resté proche de Nova. Par téléphone, par SMS, ou parfois même par courrier. Alors quand elle avait rencontré Charles Hepworth, Flash était venu spécialement pour le voir... et lui faire un peu peur, afin qu'il comprenne que s'il s'avisait de faire du mal à sa sœur, il le regretterait amèrement.

Flash n'avait pas été très impressionné par Chuck. Il avait six ans de plus que Nova, et il était bien trop... lisse. D'un autre côté, Flash reconnaissait qu'il passait ses journées entouré de gars un peu bruts de décoffrage.

Malgré ce qu'il pensait de ce type, quand Nova l'avait appelé pour lui demander d'être l'un des garçons d'honneur à leur mariage, Flash n'avait pas hésité longtemps. Bien sûr qu'il serait là pour elle. Même s'il n'était pas fan de son futur mari, il soutiendrait Nova quoi qu'il arrive.

Et si jamais ça tournait mal, il serait aussi là pour l'aider à recoller les morceaux.

En tant que garçon d'honneur, quand ce voyage en Jamaïque avait été organisé façon enterrement de vie de garçon, Flash avait été invité. Il avait l'intention de décliner – traîner avec les copains de Chuck ne le tentait pas du tout – mais Nova l'avait supplié d'y aller. C'était l'une des rares fois où il aurait pu dire non à sa sœur... mais il avait perçu l'inquiétude dans sa voix quand elle lui avait parlé de la station balnéaire privée. Elle se disait qu'il y aurait plein de jolies filles là-bas qui pourraient avoir envie de flirter avec Chuck. De toute évidence, elle craignait que son fiancé fasse la même chose.

Alors Flash était là.

En Jamaïque, les fesses posées sur une plage brûlante, en train de jouer les baby-sitters... ou plutôt... les espions, à surveiller le futur mari de sa sœur pour s'assurer que les petits flirts occasionnels ne dépassaient pas les limites.

Flash n'aurait aucun mal à tout raconter à Nova. Même si ça lui faisait de la peine sur le moment, il ne lui cacherait jamais une infidélité. Mais jusqu'à présent, Chuck avait été irréprochable. Il traînait avec ses potes Rowan, Ben et Sebastian, surtout au bar, et ne draguait aucune fille.

Ce qui ne surprenait pas vraiment Flash, d'ailleurs, étant donné que la station balnéaire n'était pas trop fréquentée. Le pays était magnifique, les endroits superbes, mais la Jamaïque traversait une période difficile, avec pas mal de violence et de criminalité. Le chef de son équipe SEAL avait été surpris que leur commandant le laisse partir en permission là-bas malgré ces problèmes.

Chuck et ses copains, eux, n'étaient pas ravis du manque d'ambiance. Ils espéraient pouvoir faire la fête entourés de monde. Au lieu de cela, ils se retrouvaient avec des familles, des enfants en bas âge, quelques couples en lune de miel, et à peine une poignée de célibataires de leur âge.

Un éclat de rire retentit du côté du bar, et Flash regarda par-dessus son épaule. Il aperçut Chuck et ses copains assis à une grande table avec un groupe de quatre femmes, toutes blondes, grandes, minces et bien fichues. Il les avait rencontrées au bar la veille, à l'intérieur du complexe hôtelier.

Elles étaient en week-end ici pour un enterrement de vie de jeune fille. Charlotte était la future jeune mariée, et les demoiselles d'honneur qui l'accompagnaient s'appelaient Ava, Alice et Afton. Flash avait levé les yeux au ciel en apprenant que leurs trois prénoms commençaient par la lettre A.

Au bout de trois minutes passées en leur compagnie, Flash avait vite compris qu'aucune de ces femmes ne l'intéressait. Elles étaient jeunes, ne parlaient que d'elles-mêmes, et leurs petits gloussements... Il frissonna. Ces ricanements lui avaient tapé sur les nerfs en quelques secondes à peine.

Il avait donc laissé tomber, et il était parti s'installer plus loin pour boire un verre en paix, assez loin pour ne plus entendre leurs piaillements tout en gardant un œil sur ce qui se passait.

Et il se retrouva de nouveau à regarder fixement la mer d'un air sombre, en mode surveillance, rêvant d'être n'importe où ailleurs. Il aurait préféré être chez lui, à Riverton, en Californie, dans son appartement de deux pièces, à étudier des cartes, analyser des informations sur les malfrats, ou regarder le foot... N'importe quoi, sauf jouer les nounous pour Chuck et ses copains.

— Ça ne peut pas être si grave.

Sorti de ses pensées par une voix éraillée sur sa droite, Flash tourna la tête et aperçut une fille qu'il avait déjà rencontrée, assise à quelques mètres, le sourire aux lèvres. Elle était sur une chaise longue, un livre à la main, une bouteille d'eau plantée dans le sable à ses pieds.

Flash fouilla dans sa mémoire pour retrouver son prénom. On la lui avait présentée la veille aussi...

Kelli. Kelli Colbert. Elle faisait partie du groupe des demoiselles d'honneur, mais apparemment, comme lui, les soirées au bar n'étaient pas vraiment son truc. Elle avait quitté le groupe encore plus vite que Flash, abandonnant la soirée et regagnant sa chambre pour la nuit.

Il dut la fixer du regard un peu trop longuement, car elle lui adressa un sourire gêné en haussant les épaules.

— Désolée. Ne fais pas attention à moi.

— Non, c'est moi qui m'excuse. Ça fait tellement longtemps que je me contente de hocher la tête et de sourire que visiblement, j'ai oublié comment parler aux gens.

Elle laissa échapper un petit rire discret.

À première vue, la veille au soir, cette fille lui avait paru... quelconque. Cette pensée lui faisait horreur. C'était tellement indécent. Mais comparée à ses amies – trop apprêtées sur tous les plans, que ce soit la tenue, les cheveux, le maquillage – c'était la vérité.

Ce jour-là, Kelli avait attaché ses cheveux blond foncé en chignon coiffé-décoiffé derrière sa tête. Elle avait les joues rouges, sans doute à cause du soleil, et elle portait un maillot une pièce noir recouvert d'une étoffe qui lui semblait s'étendre sur des kilomètres.

Contrairement aux autres femmes de son groupe, elle n'était ni grande, ni mince. Si Flash se rappelait bien, elle faisait au moins trente centimètres de moins que son mètre quatre-vingt-douze. Elle avait aussi des formes... L'exact opposé de ses amies longilignes.

Et ce jour-là... il y avait quelque chose chez elle qui le fascinait. Peut-être ce sourire sincère qu'elle lui avait adressé. Peut-être son rire. Mais pour une fois, il n'était pas agacé par une inconnue qui tentait d'engager la conversation. D'ordinaire, il détestait ça.

— Tu n'es pas là-bas avec les autres, au bar ? demanda-t-elle en inclinant légèrement la tête.

Flash secoua la tête.

— Ce n'est pas mon truc.

— Moi non plus.

— Pour être honnête, je déteste la plage.

Kelli sourit, et ses yeux noisette semblèrent pétiller.

— Oui, je comprends. Le soleil sur le visage, le son apaisant des vagues sur le rivage, les serveurs aux petits soins... c'est l'enfer.

Cette fois, ce fut à Flash de sourire.

— Disons que dans mon boulot, je passe mon temps à essayer d'enlever du sable de... zones sensibles.

Kelli se tourna un peu plus vers lui.

— Hmm, intriguant. Maître-nageur ?

Flash secoua la tête.

— Non.

— Tu travailles avec ces machines qui projettent du sable sur les formations rocheuses pour extraire le pétrole ?

Flash resta un peu interloqué. S'il avait dû dresser la liste des métiers liés au sable, le fracking aurait été le dernier auquel il aurait pensé.

— Deuxième tentative ratée, plaisanta-t-il.

— Sableur ? Installateur de bacs à sable ? Navy SEAL ? Paysagiste ?

Flash n'arrivait pas à croire qu'elle ait deviné juste.

— Quoi ? Je suis toujours complètement à côté de la plaque ? s'enquit Kelli avec un nouveau sourire chaleureux.

Très bien, ne me dis rien. Mais moi, j'adore la plage. Il y a quelque chose de tellement apaisant.

— Si tu permets... tu n'as pas l'air très apaisée.

Elle soupira.

— Non.

Elle jeta un regard autour d'elle, comme pour s'assurer que personne n'écoutait, puis se pencha légèrement vers lui pour murmurer aussi discrètement possible malgré la distance :

— Je n'avais pas envie de venir.

Flash haussa les sourcils.

— Toi non plus ?

Elle fut surprise à son tour.

— Tu ne voulais pas venir non plus ?

Flash haussa les épaules.

— Je t'ai déjà donné mon avis sur le sable. Je connais à peine les types avec qui je suis venu. Le futur marié est le fiancé de ma sœur.

— Ah... les impératifs du futur beau-frère, lâcha Kelli d'un air songeur.

— Oui. Je veux m'assurer qu'il se tienne à carreau, histoire de ne pas avoir à lui botter les fesses s'il fait du mal à ma sœur. Et toi ?

— La mariée est ma cousine. Nos mères sont sœurs. Je crois qu'elle s'est sentie obligée de me prendre comme demoiselle d'honneur. Ça ne colle pas trop avec les Trois A.

Flash manqua de s'étouffer avec sa gorgée de bière tiède.

Kelly sourit.

— Je sais, c'est puéril, mais je n'y peux rien. On dirait des triplées. Elles agissent pareil, elles rejettent leurs cheveux blonds toutes les trois de la même façon. Alors dans ma tête, je les appelle comme ça. Bref, quand ce voyage a été organisé, je crois que Charlotte ne comptait pas vraiment sur ma présence, et qu'elle m'en a parlé en pensant que je dirais non. Mais cette fois, c'est ma mère qui m'a fait culpabiliser, alors... me voilà. Sauf que je n'ai clairement pas réfléchi. J'ai pensé à la plage, et pas au fait de passer du temps avec ma cousine et les Trois A.

— Qu'est-ce que tu fais dans la vie ? demanda Flash.

Plus elle parlait, plus il était intrigué. Il y avait un mélange de franchise et de timidité chez elle.

Elle rougit de plus belle.

— Un peu de tout, marmonna Kelli en regardant de nouveau la mer.

— Désolé, je ne voulais pas être indiscret.

Elle laissa échapper un soupir, puis se tourna vers lui.

— Ce n'était pas indiscret. Seulement... je ne sais pas encore ce que je veux faire plus tard. J'ai vingt-huit ans, et toujours pas la moindre idée de ce qui me passionne vraiment. J'ai fait plein de choses... serveuse, bénévole dans un refuge pour animaux, BTP – enfin, pas de quoi s'emballer, je tenais juste la pancarte pour faire la circulation – fast-food, barista, femme de ménage. Il n'y a qu'à citer un boulot, je l'ai sûrement déjà fait. En ce moment, je suis agent de voyage. D'ailleurs, c'est moi qui ai tout organisé pour ma cousine. Mais je sais déjà que ce métier n'est pas pour moi. C'est très stressant. Je peux gérer, mais les clients changent tout le temps d'avis, ils ne sont jamais satisfaits, et ils m'appellent pour se plaindre dès qu'un truc ne va pas pendant leurs vacances, même si ce n'est pas ma faute. Je n'ai toujours pas trouvé quelque chose que je me vois faire pour le reste de ma vie.

Elle regarda de nouveau la mer et sa voix baissa d'un ton, si bien que Flash dut tendre l'oreille.

— Mon père est mort au travail quand j'étais ado, et juste

avant, on avait eu une conversation. Il m'avait dit de ne jamais me contenter de moins que ce qui me rendait vraiment heureuse. Je crois que c'est pour ça que j'ai toujours eu du mal à choisir une voie. Je n'ai pas encore trouvé ce qui me rend vraiment heureuse. Je suis consciente que je prends sans doute ses paroles trop à cœur, mais c'était littéralement l'une des dernières choses qu'il m'a dites. Enfin bref... c'est pour ça que j'ai essayé d'esquiver la question quand tu m'as demandé ce que je faisais.

Il y avait beaucoup à dire. Flash ne savait pas trop par où commencer. Il opta donc pour ce qui lui semblait le plus important.

— Je suis désolé pour ton père.

— Merci. Il travaillait dans le bâtiment. Il était sur un écha-faudage quand il s'est effondré sur lui. Il est tombé, et il s'est fait écraser.

Flash grimaça. Puis il se leva, rapprocha sa chaise longue de celle de Kelli, et se rassit. Il n'y avait plus que trois mètres entre eux.

— Je suis vraiment désolé.

— Merci. Et contrairement à ce que tu peux penser, je ne raconte pas ma vie à n'importe qui, précisa-t-elle en grimaçant.

— On n'est pas des inconnus, on s'est rencontrés hier. Je m'appelle Wade. Mais tout le monde m'appelle Flash.

— Parce que ton nom de famille est Gordon, dit Kelli en souriant.

— Exact.

— Eh bien Flash, moi c'est Kelli, mais tu le savais sûrement déjà.

Flash hocha la tête.

— Je m'en souvenais. Et... pour ce qui est du boulot, je

trouve ça admirable que tu refuses de te contenter d'un métier que tu détestes.

Elle esquissa un sourire en coin.

— Tu ne veux pas le dire à ma mère ? Elle trouve ça ridicule que je sois encore aussi indécise.

— Je pense que c'est son rôle, en tant que mère.

— C'est vrai.

Ils restèrent silencieux un long moment, et Flash réalisa que pour la première fois depuis le début du voyage, il se sentait bien. Kelli était une bouffée d'air frais. Simple, drôle, sincère, et il fallait bien le dire... canon.

Oh, Flash savait bien que beaucoup d'hommes ne seraient pas attirés par son corps et sa silhouette, mais des femmes comme sa cousine et les Trois A, il en avait fréquenté suffisamment – le genre sans un gramme de graisse, qui lui collaient leurs faux seins sous le nez en espérant passer la nuit avec un Navy SEAL.

Elles disaient exactement ce qu'elles pensaient qu'il voulait entendre, juste pour pouvoir se vanter d'avoir couché avec un SEAL. Les *frog hogs*, comme on les appelait, étaient épuisantes. À force, elles lui avaient fait douter des intentions des femmes en général.

Mais Kelli... était différente. Intéressante. Et cela faisait terriblement longtemps qu'il n'avait pas regardé une femme plus d'une fois.

— Tu viens d'où ? demanda-t-elle au bout d'un moment.

— Riverton, en Californie. Et toi ?

Elle le regarda, surprise.

— Sérieux ?

— Oui, pourquoi ?

— Parce que je viens de La Jolla.

Flash fut surpris à son tour.

— Vraiment ? C'est juste au nord de chez moi.

— Je sais.

— Pas étonnant que tu aimes la plage. Elles sont superbes là-bas.

Elle sourit.

— Effectivement. Waouh, le monde est petit.

Et c'était bien vrai.

— Tu vas faire ce truc demain ? demanda-t-elle.

— Le truc ? Quel truc ?

Elle fronça les sourcils.

— La descente en bouée.

— Je ne vois pas du tout de quoi tu parles.

Pour la première fois, elle eut l'air mal à l'aise.

— Oh, euh... désolée. Oublie, je n'aurais pas dû t'en parler.

— Non, c'est quoi cette histoire de bouée ?

Kelli soupira.

— Apparemment, Charlotte et les Trois A s'ennuient. Il ne se passe pas grand-chose au complexe, alors elles ont décidé de faire une activité plus excitante. Elles ont contacté une agence privée et ont décrété qu'elles devaient absolument descendre la White River en bouée. Je crois qu'elles ont demandé à tes potes, et ils ont accepté.

Flash fronça les sourcils. Il n'avait rien entendu à propos d'une sortie à l'extérieur du complexe. S'il avait su, il aurait essayé de dissuader les gars. Même si tous les gens qu'ils avaient croisés jusque-là s'étaient montrés aimables et courtois, il savait bien que les choses pouvaient être beaucoup moins sûres une fois les grilles du complexe franchies.

— Je ne traîne pas trop avec eux, répondit-il. Je suis sûr qu'ils me le diront quand ils en auront l'occasion.

Elle hocha la tête.

— Je suis vraiment désolée. Je sais ce que ça fait de se sentir exclu.

Flash ne put s'empêcher de rire. Mais en remarquant l'expression de douleur sur le visage de Kelli avant qu'elle ne la masque, il se dépêcha d'ajouter :

— Je ne me moque pas de toi. Seulement, je n'ai aucune envie de poser mes fesses sur une bouée pendant je ne sais combien d'heures pour descendre un foutu morceau de rivière bondé.

Il fut soulagé de voir son sourire revenir.

— On est d'accord ! Je suis tellement petite que mes jambes finissent toujours en l'air, et je passe mon temps à essayer de ne pas me faire éjecter de cette fichue bouée.

— Tu vas y aller ?

Kelli haussa les épaules.

— Oui. Je n'en ai pas vraiment envie, je ne suis pas sûre que ce soit vraiment prudent de quitter le complexe. Mais je me sens un peu obligée.

Flash n'en avait pas envie non plus, car il savait aussi bien que Kelli que ce ne serait pas sans risque. Mais il était hors de question de laisser son beau-frère être blessé ou dépouillé. Sa sœur le tuerait s'il faisait ça. Et puis il y avait Kelli...

— Alors... tu crois que tu aurais envie de venir ? demanda-t-elle.

Le regard de Kelli trahissait clairement son envie qu'il dise oui. Normalement, rien que cela l'aurait poussé à dire non. Il ne recherchait plus les coups d'un soir, et encore moins les flirts de vacances. Mais là, il était dans une toute nouvelle dimension mentale. Il aimait bien savoir que cette fille voulait qu'il vienne.

Il avait envie de passer du temps avec elle, de la découvrir un peu plus.

— Ouais, répondit Flash.

— Cool, lâcha-t-elle avec un petit sourire timide.

— Cool, approuva-t-il.

Un bruit derrière eux les poussa à se retourner. C'était Charlotte et les Trois A. Flash se sourit à lui-même ; maintenant, lui aussi utilisait ce surnom pour les demoiselles d'honneur.

— Hé, Kelli, on va traîner avec Seb, Ben, Rowan et Charles dans la petite crique de l'autre côté du complexe.

— Euh... OK, répondit Kelli, manifestement perplexe que sa cousine l'informe de leurs projets.

— Je ne voulais pas que tu t'inquiètes ou que tu nous cherches. On se voit demain après le petit déj. Le minibus passera nous prendre devant le complexe à 10 h. Ne sois pas en retard.

Sur ce, Charlotte tourna les talons et repartit en direction du bar, les Trois A lui emboîtant le pas en balançant exagérément les hanches.

Kelli regardait fixement la mer, évitant de croiser le regard de Flash.

— C'était bizarre, lâcha-t-il.

Elle haussa les épaules.

— Hé, fit-il doucement.

Elle ne le regarda toujours pas.

— Kelli, insista-t-il un peu plus fermement.

Elle finit par tourner la tête, et son regard brillant lui fit des nœuds dans le ventre.

— Quoi ? s'enquit-elle, un brin agressive.

— Tu veux dîner avec moi ?

Les mots étaient sortis de sa bouche avant même qu'il ait eu le temps d'y penser.

Elle le fixa du regard, les yeux encore embués, et Flash aurait tout donné pour la voir pétiller à nouveau.

— Je veux dire... Puisque les gars avec qui je suis vont manifestement passer la soirée avec ta cousine et les Trois A, ça nous laisse libres de faire ce qu'on veut. J'ai entendu dire que le resto ici est super. On pourrait peut-être même avoir une table sur la plage.

— Mais tu détestes le sable, répondit-elle doucement.

— Je déteste voir une femme magnifique bouleversée à cause de sa cousine snob, à côté de la plaque et manifestement stupide, qui s'est montrée odieuse avec elle.

Kelli soupira.

— Elle sait que j'avais réservé une table pour nous cinq ce soir. Et cette remarque sur le fait que je n'ai pas à venir la chercher... Clairement, elle ne veut pas que je m'approche des mecs qui vont baver devant elle toute la soirée.

— Qu'elle aille se faire foutre, lâcha Flash, bien au-delà du point où il se serait soucié d'être poli envers la famille de Kelli.

— Tu ne dois pas garder un œil sur le fiancé de ta sœur ?

— Il sait déjà que si jamais il fait plus que s'adresser à une autre fille, j'en parlerai à ma sœur tellement vite qu'il en aura le tournis. Et il a sans doute plus peur de Nova que moi.

Kelli laissa échapper un petit rire, et Flash sentit ses muscles se détendre d'un coup. Il ne s'était même pas rendu compte à quel point il était crispé.

— Dîne avec moi, Kelli. S'il te plaît...

— Eh bien, demandé comme ça, comment je pourrais refuser ?

— Tu ne peux pas, répondit-il avec un sourire satisfait.

— Quelle heure ?

— 18 h 30 ?

Elle hocha la tête.

— D'accord. Je dois passer à la réception pour annuler la réservation que j'avais faite.

— Tu dois y aller tout de suite ? demanda-t-il, espérant prolonger le moment avec cette femme fascinante.

— Pas forcément. Pourquoi ?

— Parce que c'est une magnifique journée. On pourrait rester là et en profiter un peu.

Elle le regarda fixement quelques secondes avant d'acquiescer.

— D'accord.

— D'accord, répéta Flash avant de reprendre une gorgée de sa bière tiède et infecte.

— Ça te dérange si je lis un peu ? J'en étais justement à un passage sympa.

— Pas du tout.

Assis à côté de Kelli pendant qu'elle lisait et qu'il contemplait les vagues, Flash se sentit enfin détendu, pour la première fois depuis le début du voyage. Il sentait ce poids constant sur ses épaules se dissiper peu à peu. Et tout ça grâce à quoi ? Au fait qu'une jolie fille accepte son invitation à dîner ; au bruissement discret des pages quand elle les tournait ; aux petits rires étouffés quand elle tombait sur un passage marrant.

Flash détestait toujours la plage.

Il méprisait toujours le sable.

Mais d'une certaine manière, tout cela semblait plus supportable avec Kelli Colbert assise à côté de lui.

2

Kelli se tenait dans sa chambre d'hôtel et regardait son reflet dans le miroir. Elle essuya ses mains moites sur ses cuisses en essayant de décider si sa tenue était appropriée pour un dîner avec l'un des hommes les plus sexy qu'elle ait jamais rencontré.

Quand on lui avait présenté Flash pour la première fois, elle l'avait tout de suite catalogué, le rangeant dans la même catégorie que les quatre autres types sur lesquels Charlotte avait jeté son dévolu au centre de villégiature : à la recherche d'une aventure d'un soir.

Puis, en lui serrant la main, elle avait eu l'impression de recevoir des petites décharges électriques tout le long du bras... jusqu'au niveau de l'entrejambe. Elle n'avait jamais ressenti une chose pareille pour un homme – et ça l'avait complètement terrifiée. Elle avait quitté le bar aussitôt, préférant se réfugier dans sa chambre avec un bon bouquin.

Pourtant, elle n'avait pas pu s'empêcher de lancer un regard vers lui quand il avait choisi une chaise longue pas très loin de là où elle s'était installée cet après-midi. Et quand il avait poussé un soupir en contemplant l'océan d'un air si... désabusé, elle n'avait pas résisté à l'envie de faire un commentaire.

Elle était trop directe. Elle l'avait toujours été. Mais elle détestait les petits jeux auxquels les gens s'adonnaient dans les situations sociales. Elle avait toujours préféré que les autres disent franchement ce qu'ils pensaient. Ça faisait gagner du temps, et ça évitait bien des maux de tête.

Kelli supposait que ça remontait à la mort de son père, quand les gens avaient commencé à marcher sur des œufs autour d'elle. Ils chuchotaient dans son dos, et ça la rendait folle. Puis elle avait découvert qu'une fille dont elle s'était rapprochée durant cette période atroce ne traînait avec elle que pour l'argent de son héritage. Ce jour-là, elle en avait eu plus qu'assez.

Fini la politesse sociale.

Fini de cacher ce qu'elle ressentait.

Elle était comme elle était, et si ça ne plaisait pas, tant pis.

Malgré tout, elle avait été surprise de se confier à ce point à Flash plus tôt dans l'après-midi, de lui parler de tous ses boulots, de sa relation avec sa famille, et finalement, de se montrer vulnérable devant ce bel homme qu'elle n'avait rencontré que la veille.

Cependant, il n'avait pas eu l'air surpris ou agacé. Il avait semblé... quoi ? Intéressé ?

Non, ce n'était sûrement pas ça.

Mais il l'avait bien invitée à dîner.

Enfin... après que Charlotte l'avait humiliée. Peut-être qu'il s'était senti obligé de le faire, par pitié.

Beurk. Elle avait horreur qu'on la prenne en pitié. Certes,

c'était humiliant que sa cousine ait balancé aussi franchement qu'elle ne voulait pas d'elle dans les parages pendant que les Trois A essayaient de se taper les mecs de l'enterrement de vie de garçon, mais Kelli en avait vu d'autres. Elle était capable de gérer cela. Elle avait conscience d'être venue en Jamaïque uniquement par culpabilité et par obligation. Sa mère avait sans doute parlé à celle de Charlotte, et sa tante avait certainement soudoyé Charlotte pour qu'elle l'intègre au mariage et l'invite à venir ici. Sa propre mère l'avait ensuite fait culpabiliser jusqu'à ce qu'elle accepte de participer au week-end entre filles.

Elle soupira et reporta son attention sur son reflet dans le miroir. Ses cheveux se comportaient comme elle le voulait... pour l'instant. Plus tard, l'humidité les ferait sûrement frisotter dans tous les sens, mais pour le moment, ils tombaient juste en dessous de ses épaules, avec une légère ondulation au bout. Elle avait mis un peu de mascara, et du rouge à lèvres. Son visage était légèrement rosé à cause du soleil, et un peu trop joufflu à cause des sucreries et des glucides, mais elle ne pouvait rien y faire.

Elle portait une robe qu'elle avait achetée à La Jolla. Elle l'adorait à l'époque, mais maintenant, elle se demandait si ce n'était pas un peu trop. Une robe à bretelles qui s'arrêtait juste au-dessus des genoux. Elle était un peu plus moulante que ce qu'elle portait d'habitude. Kelli fronça les sourcils face au petit ventre qui dépassait et à ses épaules tombantes, puis pinça les lèvres.

Quand elle l'avait essayée à la boutique, elle s'était sentie jolie, mais à l'époque, elle n'imaginait pas une seconde qu'elle la porterait pour aller dîner avec l'un des hommes les plus séduisants qu'elle ait jamais croisés.

Flash avait les yeux d'un vert si intense qu'ils semblaient refléter les palmiers autour du complexe touristique. Ses cheveux châtains étaient coupés courts, et comme elle n'avait jamais été avec un homme barbu, elle ne pouvait s'empêcher de se demander ce que ça ferait de l'embrasser. Est-ce que ce serait perturbant ? Est-ce que de la nourriture se coincerait dans sa moustache ou sa barbe de trois jours ?

Kelli devait admettre qu'elle avait envie de faire bonne impression, même si elle se présageait que ces quelques jours passés à se côtoyer n'aboutiraient à rien. Ils ne vivaient pas très loin l'un de l'autre dans la vraie vie, mais elle doutait fortement qu'ils restent en contact.

Toutefois, ce soir, ils allaient partager un repas. Ce n'était pas un vrai rencard. Pourtant, elle ressentait malgré elle ces petits papillons dans le ventre qu'on a généralement avant de sortir avec une nouvelle personne.

Kelli secoua la tête et se détourna volontairement du miroir. Elle se comportait comme une idiote. Ce n'était qu'un dîner. Le lendemain, ils iraient à la descente en bouée, puis le surlendemain, tout le monde rentrerait chez soi. Elle ne reverrait plus Flash, donc penser à quel point les poils sur son torse étaient attirants, ou au contact de sa barbe sur ses lèvres, c'était juste un fantasme ridicule.

En regardant sa montre, Kelli se rendit compte que si elle ne se dépêchait pas, elle allait être en retard. Elle attrapa son sweat-shirt – le seul vêtement chaud qu'elle avait – et se dirigea vers la porte. Le sweat n'allait pas du tout avec sa robe, mais s'ils mangeaient en terrasse, il lui fallait quelque chose, car il faisait frais quand le soleil se couchait. Et si jamais le sweat-shirt par-dessus la robe refroidissait Flash, tant pis.

Elle était comme elle était. Franche, honnête... et ce soir, au moins, elle n'aurait pas froid.

Elle prit une grande inspiration et referma la porte de sa chambre derrière elle avant de s'engager dans le couloir en direction du hall.

Dix minutes plus tard, Flash et elle étaient conduits à une table dans le restaurant cinq étoiles du complexe. Il était presque désert, sans doute parce que les prix étaient élevés, que ce n'était pas inclus dans le forfait tout-compris, et que le tourisme était clairement en berne dans le pays.

Flash était magnifique. Il portait un pantalon beige et un polo vert sauge qui faisait encore plus ressortir la couleur de ses yeux. En la voyant dans le hall, il avait affiché un grand sourire, et s'était même penché pour l'embrasser sur la joue. Kelli avait inspiré discrètement à son approche, récompensée par l'odeur fraîche du savon qu'il avait utilisé sous la douche. C'était enivrant, et elle n'avait qu'une envie : plonger le nez dans le creux de son cou.

À présent, ses doigts effleuraient le bas de son dos tandis que le serveur les guidait vers leur table, et Kelli dut se faire violence pour ne pas frissonner de la tête aux pieds.

— J'espère que ça vous conviendra, leur dit le serveur en désignant la table.

Kelli laissa échapper un petit cri de surprise.

Une table était dressée dans un coin du patio. Elle offrait une vue dégagée sur la mer et le coucher de soleil à venir. Au centre, deux roses trônaient dans un vase effilé, et les couverts n'étaient pas disposés de part et d'autre, mais côte à côte, face à la mer.

Les chaises n'étaient pas non plus celles qu'on pouvait voir dans un restaurant lambda. En cuir, larges, sans accoudoirs, elles semblaient d'un confort exceptionnel, même de loin. D'après l'expérience de Kelli, les restaurants choisissaient généralement des sièges aussi inconfortables que possible, pour que les gens mangent et s'en aillent rapidement, laissant place à d'autres clients.

En découvrant l'aspect romantique de la table, Kelli se dit qu'elle s'y installerait bien volontiers. Et comme le restaurant n'avait pas l'air très fréquenté, elle aurait peut-être cette chance.

— C'est parfait, merci, dit Flash au serveur en tirant une chaise pour inviter Kelli à s'assoir.

Elle lui sourit et s'avança vers la chaise. Flash repoussa la chaise pendant qu'elle s'asseyait. Il avait fait cela avec une telle fluidité, comme s'il en avait l'habitude. Et bien sûr, en y pensant, Kelli s'imagina immédiatement qu'il devait souvent emmener des femmes dans des restaurants chics. Elle n'était pas dans son élément, alors que lui semblait totalement à l'aise.

Le serveur leur annonça qu'il reviendrait avec de l'eau et les menus, puis les laissa seuls.

Kelli se sentit soudain nerveuse, totalement dépassée par la situation. Qu'est-ce qu'elle faisait là ? Elle aurait mieux fait de rester dans sa chambre et de commander un plateau-repas.

— Je me trompe toujours avec les couverts. Pourquoi il y a quatre fourchettes et trois cuillères ? Qu'est-ce qu'on est censés faire ? Prendre une bouchée avec une fourchette, la reposer parce qu'elle est sale, et en prendre une autre ?

Sa remarque fit rire Kelli. Finalement, Flash n'était peut-être pas aussi à l'aise qu'il en avait l'air, et ça la rassurait énormément.

— Aucune idée. Mais je pense qu'ils ne vont pas nous mettre en prison si on se trompe de fourchette, donc on devrait s'en sortir.

Il rit à son tour, et Kelly ne put s'empêcher de regarder ses lèvres.

Flash s'installa plus confortablement et passa un bras derrière elle, sur le dossier de sa chaise. Si elle se penchait en arrière, ses doigts pourraient frôler ses cheveux.

Elle secoua la tête mentalement. Elle était ridicule. On aurait dit qu'elle avait quinze ans et qu'elle était au cinéma à côté d'un garçon qui lui plaisait.

— C'est pas mal, dit Flash au bout d'un moment.

Kelli sourit.

— Même avec le sable ? demanda-t-elle.

— Même avec le sable, confirma-t-il avec un léger hochement de tête.

Puis il la regarda.

— Merci d'être venue avec moi ce soir, poursuivit-il. J'étais prêt à commander un room service, mais je pense que ça, c'est bien mieux. J'ai pris mon téléphone pour envoyer une photo du coucher de soleil à ma sœur.

— Quoi ? Tu ne vas pas la poster sur les réseaux avec une centaine de hashtags ? le taquina Kelli.

— Je ne suis pas sur les réseaux sociaux, donc non.

Elle cligna des yeux, surprise.

— Sérieusement ?

— Oui. Mon boulot ne me le permet pas.

Mais au fait, elle ne savait toujours pas ce qu'il faisait dans la vie. Ils avaient parlé du sable, elle avait fait quelques suppositions, puis la conversation avait bifurqué.

— Tu es espion ? chuchota-t-elle en regardant autour d'elle d'un air conspirateur.

Il éclata de rire.

— Non. Mais tu avais deviné tout à l'heure. Je suis SEAL.

Pendant une fraction de seconde, l'image d'un phoque, cet animal mignon et sûrement agaçant pour les pêcheurs, lui traversa l'esprit.

— L'armée n'aime pas que les soldats des forces spéciales postent des conneries sur le Net qui pourraient compromettre la sécurité. Mais franchement, ça ne me dérange pas. Je ne supporte pas les gens qui utilisent ces plateformes soit pour se plaindre de tout et n'importe quoi, soit pour ne montrer que des choses parfaites. Dans les deux cas, c'est une version déformée de la réalité, et c'est chiant.

— Tu es Navy SEAL ?

— Oui.

Kelli fut tentée de reculer sa chaise et de filer sur-le-champ. Elle se sentait déjà un peu à côté de la plaque tout à l'heure, mais là... elle n'était clairement pas de taille. Toutefois, au moment où elle songea à se lever, le serveur revint.

— Tu bois du vin ? demanda Flash.

Kelli hocha la tête. Il lui faudrait bien trois bouteilles pour avoir le courage de poursuivre ce dîner.

Flash se tourna vers le serveur.

— Je suis désolé, je n'y connais rien en vin. Vous pouvez nous apporter une bouteille de vin léger, mais local ?

— Bien sûr. Je vais vous amener ça pendant que vous regardez la carte, et vous me direz si elle vous convient.

Dès que le serveur s'éloigna, Flash se pencha vers Kelli.

— Ça change quelque chose ? Mon travail ? Je vois bien que tu es à deux doigts de t'enfuir.

Kelli inspira profondément. Elle exagérait. Ce n'était qu'un dîner, rien de plus.

— Non, j'ai juste été surprise. Pas étonnant que tu n'aimes pas le sable. J'ai vu des reportages sur la Hell Week.

Flash esquissa un sourire.

— Oui, et notre chef d'équipe adore nous faire nous rouler dans le sable pendant la séance de sport matinale. Il est sadique.

Kelli éclata de rire, et d'un coup, toute tension entre eux disparut.

Tout devenait plus clair à propos de Flash. Ce n'était pas surprenant que sa sœur lui ait confié la mission de surveiller son fiancé – il pourrait sans doute l'écrabouiller s'il osait poser les yeux sur une autre femme. Flirter avec les Trois A, d'accord, mais aller plus loin ? Pas avec Flash dans les parages.

Et maintenant, cette musculature faisait sens. Flash semblait capable de soulever... beaucoup de choses. Kelli ne savait pas du tout ce qu'était un bon score en développé couché, mais le sien devait être élevé.

Il dégageait une assurance impossible à ignorer. Être SEAL, c'était dur, mentalement et physiquement. Il devait prendre des décisions en une fraction de seconde, donc il était forcément intelligent et intuitif.

Elle ne pouvait pas nier qu'il l'intriguait. Et qu'il l'attirait. Quelle femme n'avait jamais rêvé d'être enlevée par un homme sexy en uniforme ? Et elle, elle dînait avec l'un d'eux.

Décidée à profiter à fond de cette soirée, Kelli adressa un sourire à Flash.

Puis une autre pensée lui vint à l'esprit... Elle s'était sentie en sécurité avec lui dès l'instant où elle l'avait rencontré la veille au soir. C'était un sentiment qu'elle ne connaissait pas vraiment. En fait, quand elle avait rencontré Rowan, Ben et Seb, elle s'était sentie plutôt mal à l'aise. Elle avait senti leurs regards parcourir son corps, l'évaluer.

Mais avec Flash, elle s'était tout de suite détendue – malgré le frisson de leur poignée de main.

Elle n'était pas naïve. Tous les militaires n'étaient pas des hommes honorables. Toutefois, quelque chose lui disait que Flash était quelqu'un en qui elle pouvait avoir confiance. Et cette idée l'apaisa encore davantage.

Le serveur revint avec une bouteille de vin, et une fois qu'ils l'eurent goûté et approuvé, il leur servit un verre bien rempli chacun.

La soirée passa beaucoup trop vite au goût de Kelli. Elle se surprenait à vraiment apprécier la compagnie de Flash. C'était facile de lui parler, et ils ne manquaient jamais de sujets de conversation. Le coucher de soleil fut à la hauteur de ses attentes... et même plus encore. Elle prit une centaine de photos, et elle fut ravie que Flash en prenne aussi. Il en envoya immédiatement une à sa sœur et montra à Kelli sa réponse : une page entière d'emojis.

Il insista même pour que le serveur les prenne en photo tous les deux devant le coucher de soleil, et Kelli sentait qu'elle finirait sûrement par l'imprimer, juste pour se souvenir d'une soirée aussi parfaite.

Quand elle sortit son sweat-shirt en remarquant que la température baissait, Flash éclata de rire en lisant ce qui était imprimé au dos : *Anti-social Wives Club*.

Elle n'était pas mariée, et elle n'était pas vraiment asociale non plus, mais elle était tombée sur cette marque peu de temps auparavant, et les sweats étaient parfaits. Amples, pas trop serrés en bas – elle détestait ces élastiques trop étroits au niveau de la taille, qui la faisaient paraître encore plus ronde qu'elle ne l'était déjà – et même si aucune des inscriptions ne lui correspondait vraiment, elle adorait quand-même ce sweat.

Après le repas, quand Flash lui proposa une balade sur la plage, Kelli accepta sans hésiter. Il n'y avait pas beaucoup d'espace à explorer, les deux extrémités étant délimitées par des barrières, mais la soirée était magnifique, et après un bon dîner, elle n'était pas contre un peu d'exercice.

— Alors... Tu viens toujours demain ? demanda-t-elle à Flash.

Elle marchait à côté de lui, sans contact physique, mais partageant le même espace.

— Je parle de la descente en bouée, précisa-t-elle.

— Oui. J'en ai parlé avec Chuck, il m'a expliqué tous les détails.

— Chuck ?

Flash sourit.

— Il déteste ce surnom, mais je m'en fiche. Tant qu'il ne m'aura pas prouvé que c'est un bon gars et qu'il traitera ma sœur comme la princesse qu'elle est, pour moi, il restera Chuck.

— Donc jusqu'à leurs cinquante ans de mariage ?

— En gros.

— J'aurais aimé avoir un frère. Ou une sœur, d'ailleurs. Ma mère espérait que Charlotte et moi finirions par être comme des sœurs, mais ce n'était pas au programme. On est tout simplement trop différentes.

— Pour ce que ça vaut, moi, je te trouve parfaite.

Kelli leva les yeux vers Flash, surprise. Il lui sourit avant de regarder à nouveau l'horizon.

— Euh... Merci.

Ils continuèrent à marcher en silence, et Kelli appréciait ce confort naturel qu'elle ressentait auprès de lui. Elle n'avait pas besoin de meubler le silence à tout prix. Arrivés à la limite du terrain, ils firent demi-tour. À sa grande surprise, la main de

Flash effleura la sienne... puis ses doigts vinrent doucement se replier sur les siens.

— Ça va ? demanda-t-il en baissant les yeux vers elle.

— Oui.

Ils marchèrent ainsi un moment, puis Flash laissa échapper un petit rire.

— Je ne me souviens plus de la dernière fois que j'ai tenu la main d'une femme. C'est agréable.

Kelli sourit. Oui, ça l'était. Très agréable. Il avait de grandes mains qui faisaient paraître les siennes minuscules. Même si elle n'avait pas su ce qu'il faisait dans la vie, elle se serait sentie en sécurité avec lui. Le complexe touristique n'était pas particulièrement dangereux, mais elle n'avait aucun doute : si une créature géante sortait de la mer, il la repousserait à mains nues. Et si quelqu'un surgissait sur la plage avec un couteau, il le lui arracherait d'un coup de pied, comme un ninja, avant de reprendre sa marche comme si de rien n'était.

De retour au complexe, Kelli était presque déçue. Et aussi un peu perdue. Elle s'était dit que ce n'était qu'un dîner, qu'il n'en ressortirait rien, que Flash faisait cela juste par politesse. Ils n'habitaient même pas la même ville. Enfin... ils avaient découvert qu'ils vivaient étonnamment près l'un de l'autre, mais quand-même...

Et maintenant ? Après quatre heures de discussion autour d'un repas et quelques verres de vin, après avoir marché sur la plage et s'être tenus la main... quelque chose avait changé en elle. Elle en voulait plus. Elle voulait mieux connaître cet homme. Elle voulait d'autres repas, d'autres promenades, d'autres moments à se tenir la main.

Et pour être honnête, elle avait envie de bien plus que lui tenir la main. Mais elle n'était pas du genre à coucher dès le premier soir. À son grand désespoir. Ce serait tellement facile de l'inviter dans sa chambre, ou d'accepter une invitation de sa part. Mais ce serait aussi décevant. Il ne serait plus le mec qu'elle s'imaginait s'il faisait ça.

Sans dire un mot, et sans lâcher sa main, Flash la raccompagna jusqu'au hall du complexe. Il était assez tard pour que l'endroit soit désert. Les lumières étaient tamisées, et il n'y avait plus qu'un seul employé à la réception.

— J'ai passé une très bonne soirée, dit-il en se tournant vers elle.

— Moi aussi.

— On se retrouve à 10 h demain, c'est ça ?

— Hmm-hmm.

Kelli le regardait, espérant qu'il l'embrasse tout en étant nerveuse à cette idée. Elle avait des papillons dans le ventre, et son cœur battait à tout rompre.

— Tu veux prendre le petit déjeuner avec moi avant de partir ?

Kelli sourit.

— Oui.

— Parfait. On se retrouve ici, dans le hall, à 8 h 30 ? Comme ça on ira ensemble au buffet.

— Ça me va.

Flash s'approcha, se pencha légèrement, et Kelli retint son souffle.

Il l'embrassa chastement sur la joue en serrant sa main dans la sienne.

— Merci pour cette super soirée, Kelli. À demain matin.

Il recula d'un pas, puis d'un autre, comme s'il n'avait pas envie de partir, lui non plus.

— À demain, répondit-elle.

— À plus.

Après un dernier regard qu'elle n'arriva pas à décrypter, Flash se tourna et s'engagea dans l'un des couloirs, qui menait manifestement à sa chambre.

Kelli ne put s'empêcher de regarder ses fesses. Elles étaient parfaites.

Une fois qu'il eut disparu, elle se dirigea dans la direction opposée, vers sa propre chambre.

Le temps de se changer, d'aller aux toilettes et de se glisser sous la couette, elle se rendit compte qu'elle souriait toujours. Elle n'avait jamais voulu venir en Jamaïque, mais jusqu'ici, ce voyage était inoubliable. Même s'il ne se passait plus rien avec Flash, elle garderait cette soirée en mémoire toute sa vie. Il lui avait fait ressentir quelque chose. Quelque chose de drôle, d'in-attendu. Il lui avait donné l'impression d'être intéressante, désirable. Rien que pour cela, il surpassait tous les autres hommes qu'elle avait fréquentés ces dernières années.

Elle se tourna sur le côté et se blottit contre son oreiller. La journée du lendemain ne correspondait pas vraiment à sa défi-nition d'un moment fun. Mais elle participerait, car elle avait promis à sa mère de faire des efforts avec Charlotte. Et comme Flash serait dans les parages, Kelli se disait qu'elle pourrait même apprécier la sortie. À présent, elle avait presque hâte d'y être.

Elle s'endormit avec un immense sourire aux lèvres, en pensant à l'homme qui venait de lui offrir l'une des plus belles soirées depuis très, très longtemps.

3

Flash résista à l'envie de faire les cent pas. La veille, il avait mis du temps à s'endormir. Il avait pensé à Kelli. Il y avait quelque chose chez cette femme qui lui donnait l'impression de la connaître depuis toujours. Elle était naturelle, drôle, adorable. Et il aimait ça, beaucoup.

À un moment, il avait senti qu'elle était à deux doigts de partir, mais il avait réussi à la rassurer. Il lui était profondément reconnaissant d'avoir accepté de sortir de sa zone de confort et d'être restée pour le dîner.

Il avait aussi beaucoup apprécié qu'elle soit aussi simple. Il n'avait pas menti en disant qu'il ne savait jamais quel couvert utiliser. Et il ne connaissait quasiment rien au vin, ni à la manière de le choisir – il savait juste qu'il aimait boire un verre ou deux avec un bon repas. Apparemment, Kelli était pareille.

Et il avait complètement craqué pour son sweat-shirt.

Ou plutôt, ce qu'il adorait, c'était qu'elle privilégie son confort à son look. Car la mode, c'était un autre domaine auquel il ne comprenait rien, et qu'il n'avait aucune envie d'apprendre.

Elle était intelligente aussi, et le fait qu'elle n'ait pas de carrière ne le dérangeait pas le moins du monde. Elle finirait par savoir ce qu'elle voulait faire de sa vie, il n'en doutait pas une seconde.

Il avait passé une excellente soirée avec elle. Et la seule raison pour laquelle il avait accepté d'aller faire la descente en bouée, c'était parce que Kelli y allait aussi.

Il avait bien essayé de dissuader Chuck de venir en lui expliquant que sortir de l'enceinte du complexe touristique n'était pas franchement une bonne idée question sécurité. Il s'était dit que s'il arrivait à le convaincre, il aurait une discussion du même genre avec Kelli au petit déjeuner. Mais Chuck l'avait envoyé balader en affirmant que tout se passerait bien.

Un doute persistait malgré tout dans l'esprit de Flash. Il pensa tout de même à en parler à Kelli, à lui proposer de passer une autre journée sur la plage, rien que tous les deux. Mais il savait que s'il arrivait quelque chose au fiancé de sa sœur, il ne se le pardonnerait jamais. Finalement, il justifia sa décision en se disant qu'il était sans doute le seul dans leur groupe qui était capable de repérer le moindre danger. Après tout, son travail consistait justement à flairer les ennuis avant qu'ils arrivent.

Il attendait donc dans le hall, guettant avec impatience l'arrivée de Kelli – et soudain, elle apparut, se dirigeant vers lui. Elle portait un paréo ample qui lui arrivait juste au-dessus des genoux. Il était noir, en coton fin et léger.

Pendant une fraction de seconde, une image lui traversa l'esprit : celle de Kelli debout à côté de son lit, en train de retirer le paréo par-dessus sa tête, sans rien en-dessous.

Flash chassa implacablement cette vision. Il ne se passerait rien entre Kelli et lui. Certes, elle était magnifique, et il ressentait quelque chose de plus fort qu'une simple attirance, mais ils étaient en vacances. Et il n'était pas du genre à coucher avec une femme pour une nuit sans lendemain... Encore moins quand il était en permission, à des milliers de kilomètres de chez lui.

— Salut, lança-t-elle, un peu nerveuse, en replaçant une mèche rebelle derrière son oreille.

La veille, quand il l'avait vue pour la première fois dans le hall, ses cheveux étaient lisses et soyeux. Mais au fil de la soirée, ils étaient devenus de plus en plus bouclés. Elle disait qu'ils frisottaient, mais lui n'était pas d'accord.

Ce matin, elle les avait attachés avec une barrette, mais les boucles étaient toujours là, comme si elles n'en faisaient qu'à leur tête, et cela fit sourire Flash.

— Salut, répondit-il alors qu'elle s'approchait. Bien dormi ?

Elle haussa les épaules.

— Oui, et toi ?

— Oui.

Flash se tourna de côté et lui tendit le bras.

— On y va ?

Kelli posa la main au creux de son coude en souriant.

— Je vous suis, noble chevalier.

Flash était déjà levé depuis plusieurs heures. Il avait fait une séance à la salle de sport du complexe, puis il avait couru quelques kilomètres sur la plage encore déserte. Kevlar, le chef de son unité, n'aurait pas été ravi qu'il revienne de permission sans s'être maintenu en forme. Même si quelques jours de pause ne changeraient pas grand-chose, Flash se sentait toujours mieux après un bon entraînement.

Ils entrèrent dans la salle à manger et se dirigèrent vers le buffet installé au centre. En s'approchant, Kelli aperçut leurs compagnons de voyage déjà en train de se servir, et lâcha le bras de Flash.

— Eh ben, c'est pas trop tôt, la marmotte ! lança Charlotte.

Ce matin, elle portait un paréo blanc aux découpes savamment placées, laissant deviner le bikini rouge vif qu'elle avait en-dessous. Objectivement, Flash devait admettre que Charlotte avait un beau corps, mais il préférait de loin les courbes de Kelli à la silhouette filiforme de sa cousine.

— Tu es matinale, fit remarquer Kelli tout en prenant une assiette.

Charlotte pouffa de rire, et comme toujours, ce son tapa sur les nerfs de Flash. Il se rapprocha de Kelli et prit une assiette à son tour.

— Oui, j'ai passé une nuit tranquille, pas comme certaines, ricana Charlotte en lançant un regard vers une autre femme qui se servait devant elle.

— Ce qui se passe en vacances reste en vacances, répondit cette dernière avec un grand sourire tout en donnant un coup de coude à Ben, qui se tenait à côté d'elle.

— Oh oui, approuva l'ami de Chuck, les yeux rivés sur la poitrine de la femme.

Flash leva les yeux au ciel. Il balaya la salle du regard à la recherche de Chuck. Depuis la veille au soir, il n'avait pas vraiment réussi à garder un œil sur le futur marié.

Chuck était déjà assis à une table, les yeux fixés sur son téléphone, en train de faire défiler l'écran. Ce n'était pas parce qu'il ne draguait personne à cet instant qu'il n'avait pas couché avec l'une des femmes, mais malgré tout, Flash fut soulagé de le voir seul.

Une fois passé au buffet, il guida Kelli vers une table libre. Il posa son assiette avant de dire :

— Je vais chercher de l'eau, tu veux quelque chose ? Du jus de fruit ?

— Oui, volontiers. Un jus d'orange, ce serait parfait.

Il y avait des serveurs, mais aussi des carafes sur une table un peu plus loin. Flash se dit que ce serait plus rapide d'y aller lui-même plutôt que d'attendre qu'on vienne le servir. Il venait juste de saisir deux carafes – une d'eau et l'autre de jus d'orange – quand Seb et Rowan arrivèrent derrière lui.

— T'étais où hier soir, mec ? lui demanda Seb. T'as tout loupé.

— Ouais, ces filles étaient trop bonnes, et carrément en chaleur, ajouta Rowan.

— C'est pas mon délire, les gars, répondit Flash.

Il n'avait que quatre ou cinq ans de plus que ces types, mais à cet instant, il se sentait terriblement vieux en comparaison.

— Sérieux, la mienne a fait des trucs que j'avais vus que dans les pornos, enchaîna Seb.

— La mienne m'a tellement sucé que j'en ai encore mal ce matin, lança Rowan avec un sourire en coin.

Les deux gars se tapèrent dans la main.

— Si vous voulez bien m'excuser... lâcha Flash en s'écartant pour contourner ces deux types qui se comportaient comme des étudiants ivres à une soirée universitaire.

— C'est toi qui te tapes la grosse cousine ? demanda alors Seb.

Sa question fit monter la colère de Flash d'un cran.

— Pardon ? répliqua-t-il d'un ton grave et menaçant, le genre de ton que n'importe lequel de ses coéquipiers aurait immédiatement reconnu comme le signe qu'il était à deux doigts de péter un câble.

Mais comme ces types ne le connaissaient pas, ils ne prêtèrent aucune attention à l'avertissement pourtant évident dans sa voix.

— Tu sais, la fille que Charlotte a été obligée d'inviter. Elle ne voulait même pas qu'elle vienne. Elle a dit que c'était une rabat-joie.

— Il paraît que les grosses sont bonnes au pieu, ajouta Rowan avec un regard lubrique. Elles laissent tout passer parce qu'elles crèvent d'envie qu'on leur prête un peu d'attention. C'est cool que tu t'occupes d'elle, comme ça elle ne colle pas Charlotte. Je sais que c'est la future mariée, mais je vais essayer de me la faire ce soir. Ben a dit qu'il prendrait volontiers celle que je me suis faite hier, pour voir si elle serait partante pour un plan à trois avec sa copine et lui. Ou alors on peut essayer de convaincre Charles de se joindre à nous.

Ça n'avait pas échappé à Flash que les types n'avaient cité aucun prénom. Il se demanda même s'ils les connaissaient, et s'ils étaient capables de distinguer celles dont ils parlaient si négligemment, comme si elles n'étaient que des trous dans lesquels fourrer leur queue.

Il commença à ouvrir la bouche pour leur rentrer dedans... quand il aperçut quelqu'un derrière eux.

Kelli se tenait à moins de deux mètres, figée, une expression choquée et blessée sur le visage.

Cela mit Flash hors de lui, bien plus que tout ce que ces deux abrutis avaient dit. Cette femme qui souriait encore deux minutes plus tôt avait maintenant l'air gênée, comme si elle aurait voulu être n'importe où sauf dans cette salle à manger.

Mais il la vit redresser les épaules et la tête. Elle s'avança vers eux et se glissa brutalement entre les deux hommes, les faisant vaciller.

— Excusez-moi, dit-elle sans aucune sincérité.

Puis elle baissa la voix, comme pour leur confier un sombre secret.

— Il paraît qu'avant le voyage, ma cousine sortait juste de chez le médecin. Je l'ai entendue discuter de ses résultats avec ses copines... Un truc à propos de la chlamydia. Apparemment, il faut une semaine ou deux pour s'en débarrasser.

Sur ce, elle prit la carafe de jus d'orange des mains de Flash et retourna tranquillement vers leur table.

Flash ne put s'empêcher de sourire en voyant Rowan et Seb commencer à chuchoter nerveusement. Il suivit Kelli rapidement. Elle fronçait les sourcils, et elle évita de croiser son regard lorsqu'il s'assit.

— Kelli ?

— Oui ? répondit-elle en regardant fixement son assiette comme si elle contenait toutes les réponses de l'univers.

— Regarde-moi, s'il te plaît.

Elle soupira, puis redressa la tête à contrecœur.

— Quoi ?

— Ce sont des idiots. Des mecs qui pensent avec leur queue. Ne prends pas à cœur ce qu'ils ont dit.

— Ils n'ont rien dit que je n'ai jamais entendu avant. C'est dingue à quel point être grosse est considéré comme plus grave que beaucoup d'autres choses. Ça fait ressortir ce qu'il y a de pire chez les gens. Tout le monde parle dans ton dos. Les médecins mettent tous les symptômes sur le compte de ton poids sans même faire le moindre examen. Et aux yeux des hommes, c'est comme si on avait la peste.

— Les gens sont cons, lâcha Flash avec colère.

— Ce n'est pas grave, dit Kelli en haussant les épaules.

Mais si, ça l'était. Flash était profondément bouleversé. D'autant plus que Kelli avait déjà entendu ce genre de saloperies par le passé.

— Je ne suis pas venu ici pour draguer, comme les autres. En fait, je sors rarement avec quelqu'un. Mon boulot me pousse à voyager trop souvent pour faire de moi un bon plan dans une relation. Le premier soir ici, Afton m'est tombée dessus. Elle m'a coincé dans le couloir, a plaqué une main au niveau de mon entrejambe, et m'a invité dans sa chambre. Je n'ai jamais repoussé une femme aussi vite.

— Super, tant mieux pour toi, marmonna Kelli en détournant les yeux à nouveau.

— La seule femme que j'ai remarquée depuis mon arrivée s'est assise à côté de moi sur la plage, et m'a dit que les choses ne pouvaient pas être si graves.

Le regard de Kelli, qui s'était reposé sur son assiette, remonta d'un coup pour croiser le sien.

— À vrai dire, poursuivit-il, tu es la seule femme qui a réussi à capter mon attention depuis des années.

C'était un aveu facile à faire. Et maintenant qu'il l'avait dit, Flash ne pouvait plus s'arrêter.

— Tu es drôle, naturelle, facile à vivre, et... c'est clairement déplacé, mais je pense que Frick et Frack ont déjà dépassé les bornes, alors je vais être clair : je me suis endormi le sexe dur comme de la pierre en pensant à ce que ça ferait de t'avoir sous, sur ou à côté de moi. Et je me suis réveillé dans le même état. Tu as le corps d'une déesse grecque, Kelli. Des courbes là où il faut. Il n'y a rien qui cloche chez toi. En fait, te voir assise en face de moi dans cette tunique me donne juste envie de te la retirer lentement pour révéler le cadeau qui se trouve en-dessous... ce que je trouve mille fois plus sexy que ta cousine et les Trois A, qui exhibent tout au grand jour.

Kelli avait la bouche entrouverte, comme si elle était sous le choc.

Flash en avait trop dit. Il avait été bien trop cru. Mais il avait besoin qu'elle comprenne que toutes les conneries que Rowan avait débitées sur les femmes avec des formes ne représentaient pas la façon dont la majorité des hommes pensaient.

— Euh... Merci ?

Flash laissa échapper un petit rire.

— Je crois qu'on peut tous les deux reconnaître que les gens avec qui on est venus en Jamaïque sont loin d'être des modèles de comportement adulte.

— C'est clair. Mais maintenant, ça m'inclut aussi. J'ai menti à propos de Charlotte. Je ne l'ai jamais entendue parler d'une MST.

— Je m'en doutais. Au moins, ça les empêchera de tenter quoi que ce soit avec elle. Ça sauvera peut-être son mariage.

Kelli haussa les épaules.

— Je n'en suis pas sûre. Et je n'ai pas trop de remords. C'est bien fait pour elle. Elle n'avait qu'à pas parler dans mon dos. Tu vas discuter avec Charles ?

— Oh oui, Chuck et moi, on va avoir une petite discussion, répondit Flash.

D'après ce que Rowan avait raconté, il semblait que son futur beau-frère n'avait rien fait de travers la nuit précédente. Mais autant s'en assurer.

À sa grande surprise, Kelli rit doucement.

— J'aimerais bien être une petite mouche posée sur le mur pour entendre cette conversation.

— Dans n'importe quelle autre situation, je me ficherais de

savoir avec qui il couche. Mais là, il est fiancé à ma sœur. Aucune chance que je le laisse la tromper avant même qu'ils soient mariés. Pas si je peux l'en empêcher.

Kelli jeta un œil à travers la salle, et Flash suivit son regard jusqu'au fiancé de sa sœur. Il était toujours assis à une table, seul, les yeux rivés sur son téléphone. Cette fois, il affichait un léger sourire. Le reste de ses copains étaient à une grande table avec Charlotte et les Trois A.

Kelli se retourna vers Flash.

— J'ai l'impression qu'il ne s'intéresse pas aux mêmes choses que ses amis.

Flash ne pouvait qu'être d'accord. Peut-être qu'il faisait semblant, sachant que le frère de sa fiancée le surveillait, mais ça n'en avait pas l'air. Il était complètement absorbé par ce qui se passait sur l'écran de son téléphone. En l'observant, Flash remarqua qu'il parlait, et comprit soudain qu'il était en conversation FaceTime avec quelqu'un. Sûrement Nova.

Il se tourna de nouveau vers Kelli.

— Est-ce qu'on est bons ? lui demanda-t-il.

Elle fronça les sourcils.

— Bons ?

— Oui. Tu n'es pas... fâchée à cause de ce que je t'ai dit ?

À sa grande surprise, elle lui adressa un petit sourire timide.

— Non. Comment je pourrais l'être alors que j'ai eu les mêmes pensées à ton sujet, hier soir, en me glissant dans mon lit ?

D'un coup, l'entrejambe de Flash se réveilla sous la table. Merde. Ça faisait des années qu'il n'avait pas eu une érection spontanée.

— Très bien.

Puis, inquiet qu'elle puisse penser qu'il réagissait à sa remarque sur le fait qu'elle avait pensé à lui dans son lit, il s'empressa de préciser :

— Je veux dire, c'est bien qu'on soit sur la même longueur d'onde. Enfin... que ça aille bien entre nous. C'est très bien que tout aille bien.

Il avait l'air d'un abruti. Combien de fois pouvait-il encore dire *bien* dans la même phrase ?

Kelli pouffa de rire.

— Oui, c'est très bien que tout aille bien entre nous, répéta-t-elle.

Flash attrapa la carafe de jus d'orange – en s'étonnant de ne pas être agacé par ses petits rires, comme il l'était d'habitude avec d'autres femmes – et remplit le verre de Kelli.

— Mange, je parie que le snack qu'on nous promet pendant l'excursion va être pourri.

— Tu n'as pas besoin de dire à une grosse de manger, plaisanta Kelli.

Mais Flash ne trouvait pas ça drôle. Il tendit la main au-dessus de la table et la posa sur celle de Kelli. Étonnée, elle leva les yeux vers lui.

— Non, dit-il fermement. Tu n'es pas grosse. Loin de là. Tu es pulpeuse. Super sexy. Une déesse grecque, tu te rappelles ? Et à mes yeux, c'est cent fois plus attirant que d'avoir l'air de pouvoir s'envoler à la moindre rafale de vent. Ou d'entendre ton ventre gargouiller parce que tu manges comme un moineau. D'accord ?

— D'accord, souffla-t-elle.

— Bien. Je vois que tu as pris des pommes de terre au bacon et au fromage. Elles sont dingues. Je ne sais pas ce qu'ils mettent dans le fromage... De la drogue ? Mais c'est tellement bon que je vais regretter cet endroit rien que pour ça.

Ses paroles semblèrent détendre l'atmosphère, et Kelli sourit.

— Non, c'est le bacon. Tout le monde sait que le bacon rend tout meilleur.

— C'est vrai, approuva Flash.

La suite du petit déjeuner se déroula sans incident, heureusement. Les autres montèrent se préparer pour l'excursion, mais Kelli et Flash restèrent là, à siroter leur café et leur jus de fruit en parlant de tout et de rien. Et en riant, beaucoup. Flash ne se rappelait pas avoir été aussi bien avec quelqu'un. D'habitude, il était le premier à vouloir quitter la table. Il n'aimait pas trop les bavardages inutiles. Mais avec Kelli... Il aurait pu l'écouter parler pendant des heures.

Finalement, il fut temps de partir pour la descente en bouée. Quand ils se dirigèrent vers le hall, l'anxiété de Flash refit surface. Il n'emportait pas grand-chose avec lui, juste son portefeuille dans la poche de son short de bain, avec sa carte d'identité et une carte de crédit. Kelli voyageait léger elle aussi, avec simplement un petit sac en bandoulière. L'agence fournissait les serviettes, et bien sûr, les bouées pour descendre la White River.

À sa grande surprise, quand tout le monde commença à monter dans les véhicules, les hommes montèrent dans un minibus, et les femmes dans un autre. Flash aurait cru que les obsédés avec qui il était allaient tout faire pour rester près des femmes. En s'approchant du minibus déjà occupé par son futur beau-frère et ses amis, il entendit Seb et Rowan discuter de qui allait coucher avec qui le soir.

À ce moment-là, Flash comprit : ils se servaient du trajet

jusqu'à la rivière pour élaborer leurs plans. Ce qui ne fit que le dégoûter davantage.

Flash croisa le regard de Chuck – et cligna des yeux quand l'autre les leva au ciel.

Peut-être, juste peut-être, avait-il sous-estimé le fiancé de sa sœur. Ça le rassurait un peu, mais il comptait quand-même réserver son approbation pour le moment où ce type prouverait qu'il était à cent pour cent loyal envers Nova.

Flash jeta un regard vers l'autre minibus et aperçut Kelli, assise toute seule à l'arrière, regardant par la vitre en faisant de son mieux pour ignorer les autres femmes... comme elles le faisaient avec elle.

— Je vais monter dans l'autre bus, annonça Flash à Chuck et aux gars avant de faire coulisser la portière et de la claquer.

Il ne resta pas pour écouter les remarques graveleuses que son annonce ne manquerait pas de provoquer.

Il courut jusqu'à l'autre véhicule, ouvrit la portière et grimpa à l'intérieur. Ça ne lui plaisait pas du tout que les deux groupes quittent la sécurité du complexe touristique dans deux minibus séparés, l'un avec les femmes, l'autre avec les hommes. Ce n'était ni intelligent, ni prudent.

Le chauffeur lui fit un signe de tête, et Flash se retourna vers les filles.

— Prêtes ? demanda-t-il.

— Hé, Flash !

— On est prêtes !

— Oooh, on a un grand méchant garde du corps !

— Il commence à faire chaud ici, non ?

Flash ignora les commentaires et regarda fixement Kelli, assise tout au fond. Elle lui adressa un léger sourire, et cela suffit à Flash pour savoir qu'il avait pris la bonne décision.

Le chauffeur démarra le minibus, et ils quittèrent le complexe balnéaire de luxe pour rejoindre le cœur de la Jamaïque. Dès qu'ils franchirent les grilles de sécurité, l'anxiété de Flash grimpa en flèche. C'était une idée de merde, mais il était trop tard pour faire machine arrière. Tout ce qu'il pouvait faire, c'était tenir bon. Ils seraient de retour au complexe dans l'après-midi, et le lendemain, il rentrerait à Riverton.

Mais Flash se sentait à nu. Il n'avait qu'un short de bain et un T-shirt sur le dos, sans ses couteaux, ses flingues, ni aucun matériel de SEAL habituel. Il était totalement hors de son élément.

Il essaya de mettre ses craintes de côté et se concentra sur le trajet, mémorisant le chemin jusqu'à l'endroit où la compagnie de rafting faisait embarquer ses clients sur la rivière. Instinctivement, il bascula en mode SEAL, comme il appelait ça avec ses coéquipiers. Hyper vigilant, et prêt à tout. Avec un peu de chance, c'était un peu exagéré, et c'était juste de la paranoïa. Mais mieux valait prévenir que guérir. C'était ce réflexe qui leur avait sauvé la vie plus d'une fois, à lui et à ses frères d'armes. Il serait idiot de baisser sa garde maintenant.

Au fond, Flash savait qu'il se sentait particulièrement protecteur à cause de la femme assise derrière lui. Kelli s'était immiscée dans sa peau en l'espace d'une journée, et l'idée qu'il puisse lui arriver quoi que ce soit sous sa surveillance suffisait à le tendre davantage. Elle et les autres passeraient un après-midi fun, même si ça devait lui coûter la vie.

Il était peut-être le seul à être en alerte, mais ce n'était pas grave. Il veillerait sur tout le monde. C'était ce qu'il faisait dans la vie.

4

Flash avait l'air tendu.

Kelli ne put s'empêcher de le remarquer, et comme il était sur les nerfs, ça la mettait aussi mal à l'aise.

Les autres gars avaient l'air un peu penauds en arrivant au point de départ de leur excursion. Ils lui avaient demandé pourquoi Flash les avait plantés pour monter dans le minibus avec les filles... et il leur avait expliqué que laisser un véhicule rempli de femmes sans protection n'était pas la meilleure idée, vu la situation du pays.

Kelli, elle aussi, avait été un peu surprise quand il était monté à l'avant de leur minibus en partant du complexe. Mais en entendant ses raisons, elle avait ressenti une douce sensation de chaleur s'installer en elle. Flash était quelqu'un de bien, et intelligent. Elle avait effectué des recherches sur le pays en organisant le voyage. Elle savait à quel point ça pouvait être dangereux. Mais elle ne s'était pas trop inquiétée, partant du principe qu'elles seraient en sécurité dans un complexe privé.

Toutefois, depuis que Charlotte avait décidé de quitter l'enceinte sécurisée de la propriété, elle ne pouvait nier qu'elle se sentait un peu nerveuse. La présence de Flash la rassurait. Elle se sentait plus en sécurité.

Une fois les bouées distribuées, tout le monde se mit rapidement en binôme, laissant Kelli et Flash. Ce qui, en soi, n'était pas vraiment un problème. Elle appréciait sa compagnie, elle était très attirée par lui, et passer des heures à dériver sur la rivière avec les Trois A et Charlotte ne lui semblait pas des plus amusant.

Mais Flash n'avait presque pas dit un mot depuis leur arrivée. Il n'arrêtait pas de jeter des regards autour de lui, d'évaluer les lieux, les employés, les autres visiteurs, et il paraissait inquiet en regardant la rivière elle-même. Son malaise se répercutait sur Kelli. Elle se mit à observer les alentours également, sans rien voir ni entendre d'alarmant. Mais après tout, c'était Flash l'expert. Un foutu Navy SEAL. Il devait être habitué à ce que des types sortent des fourrés pour l'attaquer par surprise.

Cependant, ça n'allait pas arriver ici... n'est-ce pas ? Ils étaient en parfaite sécurité, entourés de touristes, et ce n'était pas comme si la White River était un coin reculé de la Jamaïque. C'était l'une des principales attractions pour les croisiéristes et pour les gens qui logeaient dans des complexes privés comme le leur. Flash était juste parano... Du moins, Kelli l'espérait.

Ils avaient pris un peu de retard pour la mise à l'eau, car un autre groupe était arrivé juste avant eux. Et comme il venait d'un gigantesque bateau de croisière, avec un horaire à respecter, ils avaient été autorisés à partir avant leur petit groupe de dix.

Mais c'était enfin leur tour.

Les Trois A et Charlotte n'eurent aucun mal à enlever leurs paréos déjà quasiment transparents pour dévoiler leurs corps de mannequins. Leurs bikinis étaient à la fois sexy et stylés, et Kelli voyait bien que tous les mecs du coin étaient en train de baver.

— Allez-y, dit Flash. Kelli et moi, on fermera la marche.

Il saisit doucement le bras de Kelli avant d'ajouter :

— J'ai oublié un truc à la cabane. On revient tout de suite.

Perplexe, Kelli observa le reste du groupe pousser de petits cris en entrant dans l'eau manifestement glaciale, puis s'installer sur leurs bouées pour amorcer leur descente.

— Qu'est-ce que tu as oublié ? demanda-t-elle tandis que Flash la ramenait vers la cabane.

— Rien.

Kelli fronça les sourcils.

— Rien ? répéta-t-elle. Alors pourquoi on...

— Apparemment, tu n'étais pas à l'aise avec elles. Je leur laisse un peu d'avance, comme ça tu n'auras pas tout un public quand on montera sur nos bouées.

Kelli s'arrêta net, obligeant Flash à faire de même.

Il la regarda.

— Désolé, est-ce que j'ai...

Elle ne lui laissa pas le temps de finir et se jeta littéralement sur lui. Il recula d'un pas, mais retrouva rapidement son équilibre. Il replia les bras autour d'elle, et Kelli ferma les yeux, retenant ses larmes.

Elle ne pouvait s'empêcher de repenser à la première fois où elle s'était retrouvée sur une plage bondée, à enlever son paréo. Elle avait eu l'impression que tout le monde avait les yeux rivés sur elle et la jugeait. Elle ne ressemblait en rien aux

Trois A, ni à sa cousine. Elle s'était toujours sentie complexée à côté d'elles. Elle était juste... elle-même.

Après une douce étreinte, Flash posa les mains sur ses épaules et l'écarta un peu pour qu'elle le regarde. Kelli leva les yeux vers lui.

— Pour rappel, il n'y a aucun problème avec ton corps. Je te l'ai déjà dit, tu es pulpeuse, et ces idiotes sont sûrement jalouses de tes courbes. Donc tout ce qu'elles ont pu dire, ou ce qu'elles diront un jour, c'est des conneries. D'accord ?

Kelli hocha la tête sans vraiment y croire. Il lui fallait plus qu'un beau mec lui disant qu'il aimait ses formes pour déconstruire des années à se répéter qu'être grande et mince, c'était plus sexy que d'être petite et ronde.

Flash regarda en direction de la rivière. On pouvait voir leur groupe disparaître dans un virage.

— Prête ?

Kelli acquiesça.

Ils rebroussèrent chemin vers la berge, là où ils avaient laissé leurs bouées. Dix minutes plus tôt, l'endroit grouillait de monde. À présent, c'était étrangement calme et désert, à l'exception des employés de la société de location.

Arrivée au bord de la rivière, Kelli inspira profondément et enleva son paréo. Elle le déposa dans une caisse prévue pour les affaires du groupe placée près du bord. Sans regarder Flash, elle se dirigea vers sa bouée, la saisit, puis se mit à l'eau.

Il était encore tôt – même pas 11 h – et malgré le soleil, l'eau était glaciale. Elle inspira ouvertement et entendit Flash pouffer de rire.

— Je ne vois pas pourquoi tu t'inquiétais. C'est nous, les gars, qui devrions avoir honte. Tu connais le concept de rétrécissement, non ?

Kelli ne put se retenir de rire.

— Ça me rappelle un épisode de *Seinfeld*.

— Tu aimes bien cette série ? demanda Flash en poussant sa bouée sur la rivière.

— J'adore, répondit Kelli en souriant. Et cet épisode... Il me fait toujours rire *Ça rétrécit ? Comme une tortue qui a peur !*

Le temps qu'elle reprenne son souffle entre deux éclats de rire, ils dérivaient déjà doucement sur la rivière. En se tournant vers Flash, Kelli vit qu'il la regardait, le sourire aux lèvres, et elle se demanda à quoi il pouvait bien penser à cet instant.

Il lui fallut toute la volonté du monde pour ne pas le dévorer des yeux.

Flash était... magnifique. Il n'y avait pas d'autre mot. Il avait de gros biceps, les abdominaux en tablette de chocolat, et les cuisses bien épaisses. Il était musclé tout en restant longiligne. Elle pouvait facilement l'imaginer en combinaison moulante, en train de nager pendant une mission de Navy SEAL.

Elle n'avait pas la moindre idée de ce qu'il faisait exactement lors de ses missions, mais une chose était sûre : il avait une allure folle.

Kelli se sentit de nouveau boudinée et grosse. En regardant ses orteils pointés vers le ciel tandis qu'elle s'ajustait tant bien que mal sur sa bouée, elle n'osait imaginer ce que Flash voyait. Son maillot une pièce noir couvrait la plus grande surface possible de son corps. Elle avait refusé d'en prendre un avec une jupe – pour elle, ça criait *mémère* à plein volume.

En fait, son maillot était assez échancré au niveau des hanches, ce qui, selon elle, aidait à camoufler un peu son poids au niveau des cuisses et du ventre. Le dos plongeait en forme de U, un détail qu'elle regrettait à présent, car le caoutchouc de la bouée frottait déjà de manière désagréable contre sa peau. En baissant les yeux, elle voyait sa poitrine prête à s'échapper du haut du maillot, et son ventre traduisait une appétence évidente pour le fromage... et les gâteaux *Little Debbie* – surtout le *Christmas Tree Cake*, qui causait chaque fois sa perte en période de fêtes de fin d'année.

— Comment elles font pour être à l'aise sur ces machins avec leurs bikinis ? lança Kelli en remuant encore une fois pour essayer de trouver une position confortable.

— Je pense que le confort n'est pas vraiment leur priorité en ce moment, répondit Flash, pince-sans-rire.

— Pas faux.

— Détends-toi, Kelli. C'est censé être amusant, et relaxant.

— J'ai un aveu à te faire, déclara-t-elle en se tournant de nouveau vers Flash.

— Ah oui ?

— Je ne suis pas une super nageuse.

Flash sembla alarmé.

— Je sais nager, se hâta d'ajouter Kelli. Seulement... même si j'adore le soleil et passer du temps dans l'eau, à la piscine ou à la plage, ça ne m'a jamais vraiment emballé.

— Eh bien, tu as de la chance. Parce que moi, je suis un excellent nageur.

Kelli se dit que c'était sûrement l'euphémisme du siècle. Elle leva les yeux au ciel, et fut récompensée par le large sourire qui réapparut sur le visage de Flash.

— Je sais que tu ne peux pas dire de choses trop précises, mais tu peux me parler un peu de ce que tu fais ? Genre, en mission ?

L'heure qui suivit fut particulièrement agréable. Kelli entendait les rires et les cris enthousiastes des autres filles plus loin, et de temps en temps, ils les rattrapaient suffisamment pour apercevoir le groupe. Flash lui raconta des histoires à propos de son travail, et elle découvrit les gars avec qui il bossait. Elle rit en entendant leurs surnoms : Kevlar, Safe, Blink, Preacher, MacGyver et Smiley. Individuellement, ils avaient déjà l'air plutôt marrants, mais ensemble... Elle avait le sentiment que ça devait être un sacré cirque.

C'était surtout la façon dont Flash parlait des copines de ses amis qui la rendait un peu jalouse. Ces filles avaient l'air... gentilles. Le mot était bien trop faible, elle en était consciente, mais ça faisait longtemps qu'elle ne s'était pas sentie intégrée à un groupe soudé comme celui que Flash décrivait.

Et elle ne pouvait pas s'empêcher de se sentir intimidée quand il lui raconta certaines des épreuves que ces femmes avaient traversées – et comment elles s'en étaient sorties.

— Remi et Kevlar ont vraiment été abandonnés en pleine mer et laissés pour morts ? s'enquit-elle.

— Oui. Le pire, c'est que le coupable était l'un des nôtres. Un de nos frères SEAL, juste parce qu'il était jaloux. C'est dingue. S'il voulait être chef d'équipe, il n'avait qu'à aller en parler au commandant. Il aurait fini par l'avoir, ce poste. Mais non, il a préféré les larguer au milieu de l'océan. Et comme ça n'a pas marché, il a kidnappé Remi et a essayé de l'enterrer vivante, en croyant bêtement que Kevlar serait tellement anéanti qu'il ne serait plus capable de diriger son équipe, et que lui prendrait sa place.

La fureur dans la voix de Flash en disait long sur ce qu'il pensait de ce traître.

— Heureusement que Blink était au bon endroit au bon moment, conclut-il.

— C'est lui qui a été prisonnier en Iran, c'est ça ? demanda Kelli, fascinée par le vécu des amis de Flash.

— Oui. C'est là qu'il a rencontré Josie. J'aimerais que tous les SEALs soient comme Blink et mes potes. Mais ce n'est pas le cas. L'ex de Maggie était aussi dans la Navy, et ce connard l'a enfermée dans une boîte, puis il s'est carrément organisé pour que notre équipe la largue depuis l'hélico, en Ukraine.

Kelli resta bouche bée.

— C'est affreux !

— Oui. Mais c'est grâce à cette mission que MacGyver a rencontré Artem, Borysko et Yana. Et maintenant, ils vivent aux États-Unis avec lui, et Addison.

Une fois de plus, Kelli se sentit écrasée. Les hommes et les femmes dans l'entourage de Flash avaient l'air de super-héros. Ils assuraient grave. Et quand le pire arrivait, ils restaient calmes et courageux. Puis, après coup, ils arrivaient à tourner la page d'une manière ou d'une autre, et à vivre une vie normale.

Kelli, elle, hurlait quand elle voyait une araignée dans son appartement. Elle paniquait quand quelqu'un grillait un feu rouge, rien qu'à l'idée de ce qui aurait pu se passer si une autre voiture avait traversé au même moment. Et elle n'arrivait même pas à enlever son foutu paréo devant les Trois A et leurs mecs qu'elles venaient à peine de rencontrer.

— À quoi tu penses ? demanda Flash.

— Je pense que je ne veux surtout pas rencontrer tes amis.

Un silence total accueillit ces mots lancés sans réfléchir. Et quand Kelli tourna la tête vers Flash, elle vit qu'il avait les lèvres pincées et le front plissé.

— Je ne voulais pas dire ça comme ça, se reprit-elle rapidement.

— Qu'est-ce que tu voulais dire, alors ? demanda Flash, ses yeux verts plongés dans ceux de Kelli.

— C'est juste que... j'ai vingt-huit ans, je suis incapable de résister aux *Chrismas Tree Cakes* planqués dans mon congélo, je n'ai pas de carrière, ni la moindre idée de ce que je pourrais vouloir faire, et si on m'abandonnait au milieu de l'océan, si on m'enfermait dans une cellule à l'autre bout du monde, ou si j'étais vendue comme esclave sexuelle, je m'effondrerais au sol sans jamais pouvoir me relever.

— Les *Chrismas Tree Cakes*, c'est une tuerie, et on s'en fout que tu n'aies pas encore trouvé ta voie. Tu la trouveras, je n'ai aucun doute là-dessus. Et crois-moi, si tu demandais à Wren, Josie ou Remi ce qu'elles ressentaient au cœur de ce qu'elles ont vécu, elles te diraient qu'elles flippaient complètement.

Kelli avait du mal à le croire.

— Mouais.

Elle regarda fixement ses pieds, qu'elle sentait à peine – à force de rester les fesses coincées dans le trou de la bouée, ça lui coupait la circulation.

— Regarde-moi, lui ordonna Flash.

Kelli obéit sans hésiter.

— Je ne doute absolument pas que si tout partait en vrille, tu t'en sortirais avec grâce, courage et sang-froid. Tu es solide, comme elles. On ne se connaît pas depuis longtemps, mais j'ai comme l'impression que ton côté pratique serait ton plus grand atout dans une situation extrême. Tu ne paniquerais pas. Tu réfléchirais à toutes les options.

C'était mignon qu'il le pense, mais Kelli n'en était pas si sûre.

— Très bien. Dis-moi : si ta cousine se retrouvait face à une chute d'eau de trente mètres juste devant sa bouée, là maintenant, qu'est-ce qu'elle ferait ?

Kelli ne put se retenir de rire.

— Elle hurlerait comme une folle.

— Exactement. Et toi, qu'est-ce que tu ferais ?

— Je sauterais de cette bouée et je nagerais comme une dératée vers la rive.

— Voilà.

Kelli cligna des yeux. Il n'avait pas tort. Elle était plus pragmatique, plus raisonnable. En tout cas, comparée à sa cousine et aux Trois A. Elle était patiente, et elle avait tendance à réfléchir à toutes les options avant de prendre une décision. Sa mère devenait folle à force de devoir attendre qu'elle se décide.

— Tu n'as peut-être pas tort, admit-elle.

— Bien sûr que j'ai raison, répondit Flash avec ce sourire sexy qui était le sien.

— On ne t'a jamais dit que tu étais un peu prétentieux ? lança-t-elle en plaisantant.

— On me le dit tout le temps, répondit Flash sans se démonter.

Kelli leva les yeux au ciel, mais elle se sentait un peu mieux. De toute façon, ce n'était pas comme si elle allait rencontrer ses amis. Ils étaient comme deux navires qui se croisaient dans la nuit. Ils passaient un bon moment ensemble simplement parce qu'ils étaient complètement différents des gens avec qui ils voyageaient. Une fois rentrés chez eux, ce serait fini. Chacun retournerait à sa vie, sans raison de se reparler.

Devant eux, des cris perçants retentirent à nouveau. En regardant droit devant, Kelli remarqua que la portion de rivière qu'ils s'apprêtaient à rejoindre n'était plus calme et plate, mais agitée.

— On dirait qu'on arrive à la partie un peu plus mouvementée de la balade, celle dont les employés nous ont parlé, commenta Flash.

Kelli hocha la tête, mais comme son anxiété montait en

flèche et qu'elle ne pensait qu'à une chose – tomber de cette foutue bouée et se noyer – elle fut incapable de parler.

Un instant, ils flottaient tranquillement sur la rivière, et l'instant d'après, ils étaient secoués dans les remous. Pas étonnant que les filles criaient. Kelli, elle aussi, sentit un cri lui monter à la gorge.

— C'est génial ! s'exclama Flash.

Il était légèrement derrière elle, mais Kelli ne put se retourner pour le regarder. Elle se concentrait de toutes ses forces pour rester accrochée à sa bouée pour ne pas mourir.

Elle n'avait aucune idée du temps qu'ils avaient déjà passé dans les rapides, mais quand Flash lâcha soudain un juron sur un ton qu'elle n'avait jamais entendu de sa part, elle tourna brusquement la tête à droite, par-dessus son épaule, pour voir ce qui se passait.

Elle vit la bouée de Flash foncer tout droit vers un énorme rocher au milieu des rapides, et avant même d'avoir eu le temps de réagir, elle entendit un grand bruit sec.

Sous ses yeux, Flash disparut dans les eaux tumultueuses de la rivière.

— Flash ! s'écria-t-elle.

Mais il était déjà sous l'eau, et elle ne pouvait rien faire, pas avec la vitesse à laquelle elle descendait le courant.

Malgré tout, Kelli scruta frénétiquement les flots autour d'elle à la recherche de Flash. Elle ne le voyait nulle part. La panique menaçait de la submerger, mais elle fit de son mieux pour garder son calme. Son premier réflexe aurait été de sauter de sa propre bouée, mais ce serait stupide. Elle n'avait pas menti, elle savait nager, mais dans une eau pareille, elle serait complètement dépassée.

— Flash ! hurla-t-elle de nouveau en espérant contre toute logique qu'il puisse répondre.

De longues minutes s'écoulèrent, durant lesquelles Kelli ignorait si Flash était vivant ou mort. Il pouvait très bien être encore sous l'eau, coincé contre un rocher par le courant, incapable de se libérer.

Alors que les rapides commençaient à s'atténuer, elle aperçut quelque chose devant elle.

Kelli plissa les yeux pour essayer de distinguer quelque chose...

Là ! Elle le vit à nouveau.

Flash ! Désormais, il se trouvait devant elle.

La sensation de soulagement qui la traversa la laissa tremblante. Manifestement, sans sa bouée, il avait été emporté beaucoup plus vite par le courant. Elle le vit se diriger vers la berge, et Kelli s'aida de ses bras pour essayer de se rapprocher de l'endroit où il se trouvait.

Ses muscles s'enflammèrent au bout de quelques secondes, mais elle parvint quand même à mener sa bouée sur la rive gauche de la rivière. Elle pensait passer juste à côté de Flash, mais il la vit. Il venait de sortir de l'eau, toussait à s'en décrocher les poumons, mais il replongea aussitôt et attrapa sa bouée avant qu'elle ne file plus loin.

Avec tous ses mouvements désordonnés, Kelli se sentait comme un poisson qui s'agite hors de l'eau. Malgré tout, dès que l'eau fut assez peu profonde pour pouvoir se tenir debout, elle réussit à sortir sa bouée.

— Oh, mon Dieu, Flash, ça va ? Qu'est-ce qui s'est passé ? demanda-t-elle en s'agrippant à son bras tandis qu'il la ramenait sur la rive avec sa bouée.

Elle ne put s'empêcher de noter que pour un homme qui toussait comme un tuberculeux une minute plus tôt, et qui venait de vivre ce qui aurait été pour elle une expérience de mort imminente, il marchait très bien et ne toussait même plus. En plus, il souriait.

— Cette foutue bouée a explosé, répondit-il.

— Ça, j'ai bien vu, dit-elle avec un brin d'impatience. Mais après ? Qu'est-ce que tu as fait ?

— Les rapides m'ont un peu retourné, mais j'ai réussi à mettre mes pieds devant moi et j'ai laissé le courant m'emporter. Et me voilà.

Kelli le regarda de la tête aux pieds. Il avait quelques éraflures sur le torse, une entaille pas très jolie au niveau du biceps, et les cheveux qui lui tombaient dans les yeux... mais il souriait toujours.

— Laisse-moi deviner : tu as trouvé ça amusant.

Flash haussa les épaules.

— Un peu, oui.

— J'ai cru que tu étais coincé sous l'eau, avoua-t-elle dans un murmure tremblant.

— Je vais bien, répondit Flash.

Puis il la surprit totalement en la prenant dans ses bras. Kelly s'agrippa fermement à lui, tellement soulagée qu'il soit sain et sauf qu'elle avait les jambes flageolantes.

Au bout de quelques secondes, elle inspira profondément et se recula sans lâcher Flash pour autant, gardant les bras autour de sa taille. Pour la première fois de sa vie, elle ne se sentit pas gênée d'être en maillot de bain près de quelqu'un. Non seulement près de lui, mais carrément dans ses bras. C'était beaucoup trop confortable.

— Et maintenant ? s'enquit-elle, les sourcils légèrement froncés.

— Comment ça ?

— On n'a qu'une seule bouée, et on ne sait pas à quelle distance on est du point de rendez-vous.

Flash haussa les épaules.

— Pas grave, je peux nager.

— Non, tu ne peux pas ! s'exclama Kelli.

— Si, Kelli, je peux. Ce n'est pas un problème.

— Non, répéta-t-elle en secouant la tête. Qui sait quel genre d'animaux il y a dans cette rivière ? Des serpents, des crocodiles, des sangsues, des piranhas, des parasites... Des trucs dégoûtants !

Flash laissa échapper un petit rire.

— Je ne crois pas qu'il y ait des piranhas là-dedans.

— Peu importe, insista Kelli en secouant la tête. Tu ne peux pas nager jusqu'au point de rendez-vous.

— On pourrait partager la bouée, proposa Flash. Il n'y a pas d'autres rapides. Du moins, d'après le briefing qu'on nous a fait avant de se mettre à l'eau. Le reste du trajet devrait se faire tranquillement.

— On ne tiendra jamais tous les deux sur cette bouée, lui répondit-elle en fronçant les sourcils.

— Pourquoi pas ?

— Euh, Flash... Regarde-moi, souligna Kelli en faisant un pas en arrière.

La manière dont il s'humecta les lèvres en la regardant de haut en bas fit frissonner Kelli, mais dans le bon sens. Elle n'était pas sûre d'avoir déjà vu un homme la regarder comme ça ; comme s'il mourrait de faim, qu'elle était un hamburger, et qu'il n'avait qu'une seule envie : croquer dedans.

— Je te regarde, dit-il doucement.

— Je... Flash ! Concentre-toi, lui demanda Kelli, le souffle court.

Son regard finit par recroiser le sien.

— Je sais que tu te trouves grosses, ou un truc débile de ce genre, mais je te le dis tout de suite, Kelli Colbert, c'est complètement faux. Tu es minuscule.

Elle pouffa de rire, sans pouvoir s'en empêcher.

— Vraiment, insista Flash. Et ne crois pas que je n'ai pas remarqué à quel point tu étais mal installée sur cette bouée. Tu es tout simplement trop petite pour t'asseoir correctement dans cet énorme machin. Et ce n'est pas une critique, c'est un fait. Moi, je peux m'installer dedans, et toi, tu peux te mettre sur mes genoux.

Avant même qu'il ait fini de parler, Kelli secouait déjà la tête.

— Pourquoi pas ?

— Flash... Je... Et toi... bredouilla Kelli, incapable de chasser de son esprit l'image d'elle assise sur ses genoux.

Ses fesses seraient posées juste sur son...

Sans qu'elle le veuille, son regard glissa vers son entrejambe. Même à travers son short de bain, elle voyait qu'il était... bien loti. Manifestement, le froid n'avait aucun effet sur lui.

Quand Flash éclata de rire, elle redressa aussitôt la tête. Elle savait qu'elle était en train de rougir. Elle sentait la chaleur au niveau de ses joues.

— L'autre option, c'est de marcher. Et vu que ni toi ni moi n'avons de chaussures, ce n'est même pas envisageable. Sinon, je pourrais m'accrocher à la bouée derrière toi et avancer comme ça.

Mais Kelli secoua encore la tête. Elle ne supportait pas l'idée qu'il soit immergé dans l'eau. C'était idiot, car il avait l'habitude, et apparemment, c'était un excellent nageur. Cependant, elle ne pouvait s'empêcher de penser aux serpents, ou aux égratignures qu'il avait déjà à cause des rochers sous l'eau.

— D'accord, se résigna-t-elle avant de changer d'avis.

Flash revint près d'elle et passa un bras autour de sa taille, tout en lui relevant le menton de l'autre main, l'obligeant à le regarder.

— Ça va bien se passer. Arrête de trop réfléchir. Si tu crois que c'est une corvée pour moi de t'avoir sur mes genoux pendant qu'on descend la rivière, tu te trompes complètement, à cent-pour-cent.

— Je vais peut-être t'écrabouiller, murmura-t-elle.

Flash pouffa de rire.

— Mais bien sûr. Tu ne pèses pas plus lourd que le sac que je porte en mission.

Kelli leva les yeux au ciel.

— Je doute fortement que ton sac pèse autant que moi.

— Allez, on y va. Il ne faut pas que les autres s'énervent parce qu'on les fait poireauter. Sinon, on va se faire charrier pendant des jours.

Il avait raison. Kelli imaginait déjà les remarques acerbes de Charlotte si les Trois A et elle devait les attendre.

Flash n'avait pas bougé. Il restait là, le bras autour de sa taille et la main sous son menton, attendant patiemment qu'elle soit prête.

Kelli prit une grande inspiration.

— OK, allons-y. De toute façon, j'en ai un peu marre de cette balade aquatique.

— En voilà une fille bien, dit doucement Flash.

Puis il la prit complètement au dépourvu en lui déposant

un baiser sur le front avant de la lâcher et de se tourner vers la bouée qu'il avait sortie de l'eau.

Quand il se pencha, Kelli ne put s'empêcher de regarder son fessier, qui était presque aussi beau que ses abdos – presque.

En se retournant, Flash la surprit en train de le regarder, mais il se contenta de sourire avant de reprendre ce qu'il faisait.

Kelli se dit que ça aurait dû l'embarrasser, mais ce n'était pas le cas. Et puis zut, la situation avait déjà complètement dégénéré. Elle n'avait aucun doute sur le fait que perchée sur Flash en descendant la rivière, elle aurait l'air ridicule. Charlotte allait se moquer d'elle, c'était certain.

Mais tant pis. Kelli avait l'habitude qu'on se foute d'elle, et elle préférait largement subir les piques de Charlotte jusqu'à la fin de ses jours plutôt que laisser Flash se blesser ou attraper une saleté tropicale à force de tremper dans cette eau. Même si la probabilité était minime, elle ne voulait pas prendre le risque, surtout avec ses plaies ouvertes.

Décidant de ne plus y prêter attention, Kelli suivit Flash dans l'eau.

5

Flash était en enfer.

Un enfer qu'il s'était lui-même créé, certes, mais un enfer quand même.

Et le pire, c'est qu'il adorait ça. Chaque seconde.

Ça n'avait pas été facile de s'installer sur la bouée au départ, mais maintenant qu'ils dérivaient à nouveau sur la rivière et que Kelli s'était détendue contre lui, il n'avait jamais rien ressenti d'aussi agréable qu'avoir cette femme dans ses bras.

Elle pensait peut-être peser trop lourd, mais pour Flash, elle était absolument parfaite. Cette vision d'elle dans ce maillot une pièce noir resterait gravée dans son esprit à jamais. C'était cent fois plus sexy que les minuscules bikinis que portaient les autres filles.

Les coupes hautes mettaient en valeur ses cuisses douces, lui donnant envie de savoir ce que cela ferait de les sentir autour de ses hanches. Le dos était quasiment nu, et Flash ne pensait qu'à une chose : poser la main au creux de ses reins, puis glisser les doigts sous le tissu jusqu'à ses fesses.

Quant à sa poitrine... Seigneur, c'était le fantasme absolu – aussi cru que ce soit, mais Flash n'était pas très loin d'oublier toute notion de bienséance. Ses tétons, durcis par le froid, pointaient à travers le tissu, et à chaque mouvement, ses seins bougeaient juste assez pour le rendre fou. Il avait envie de tirer le tissu vers le bas et de les prendre dans sa bouche jusqu'à ce qu'elle remue sur ses genoux.

Flash regarda autour d'eux pour essayer de se concentrer sur autre chose... mais rien à faire. La femme qui était installée sur son corps accaparait toute son attention. Chaque fibre de son corps était connectée à elle. Chaque contraction de ses muscles, chaque respiration, chaque fois qu'elle s'humectait les lèvres... Il remarquait tout.

Elle était assise de côté sur les cuisses de Flash, formant une sorte de croix sur la bouée. Les jambes de Kelli partaient sur le côté, et celles de Flash droit devant. Elle avait un bras autour de ses épaules, et l'autre main posée sur sa cuisse, juste au-dessus du genou. Il trouvait leur position parfaite, et aurait voulu que Kelli soit collée à lui dès le début du parcours.

Le rocher au milieu de la rivière l'avait pris par surprise, et il n'avait pas réussi à l'éviter. En un clin d'œil, la bouée était crevée, et il s'était retrouvé sous l'eau. Il n'avait pas paniqué, même en heurtant plusieurs rochers assez violemment. Il s'était contenté de se tourner pour faire face au courant, les pieds en avant, et il s'était laissé porter jusqu'à la berge.

Il n'avait pas voulu faire peur à Kelli, ni boire la tasse à ce point. Il avait failli la louper en l'attrapant au vol alors qu'elle flottait près de lui. Heureusement qu'il ne l'avait pas ratée.

Tandis qu'ils descendaient tranquillement le courant en

direction du point de rendez-vous, tout était silencieux autour d'eux. Flash n'entendait personne du groupe, et il réalisa qu'ils avaient sans doute passé plus de temps que prévu sur la rive.

— Tu es sûr que je ne t'écrase pas ? demanda Kelli d'une voix hésitante, pour ce qui devait être la dixième fois.

— Certain. Tu n'es pas mal installée ?

— Non, répondit-elle avec un sourire timide. Tu es étonnamment confortable.

À ces mots, le sexe de Flash tressaillit sous les fesses de Kelli.

— Ne fais pas attention à ça, dit-il.

— C'est difficile, répondit-elle.

— Ah ça, c'est sûr, marmonna Flash.

Kelli ricana, et il sentit le mouvement résonner à travers tout son corps.

Pas de doute, il était bien en enfer.

Regarder fixement cette femme à laquelle il n'avait cessé de penser la nuit précédente, et l'avoir sur son corps comme un buffet après des mois de jeûne... C'était une véritable torture. Mais manifestement, il était masochiste. Il ne voulait même pas participer à ce voyage, mais il était vraiment reconnaissant de l'avoir fait. Sinon, il n'aurait jamais rencontré Kelli, il ne flotterait pas sur la White River avec une femme sublime sur les genoux. Il ne sentirait pas ses doigts s'enfoncer dans sa cuisse chaque fois que la bouée bondissait sur l'eau.

Jusqu'ici, Flash se servait de ses deux mains pour diriger la bouée, mais il ne pouvait pas continuer sans toucher Kelli. Même si sa vie en dépendait. Il posa une main sur sa cuisse, et elle sursauta au contact de ses doigts encore froids à cause de l'eau.

— Désolé, s'excusa-t-il. Je voulais juste te rassurer. Tout va bien. On va arriver au point de rendez-vous sans problème.

— Tes coupures te font mal ? demanda-t-elle.

— Non. À vrai dire, j'avais même oublié leur existence.

— Tant mieux. Flash ?

— Oui ?

— Je suis contente qu'on se soit rencontrés. Sans toi pour me garder à peu près saine d'esprit, ce voyage aurait été un cauchemar.

Ça ne l'étonnait pas qu'elle pense comme lui.

— Moi aussi, répondit-il.

S'il avait eu le choix, Flash aurait continué à descendre cette rivière jusqu'à l'océan, mais comme toute bonne chose, ça devait avoir une fin. Il aperçut le point de rendez-vous devant eux.

Mais chose étrange : c'était presque désert. Seul un homme était assis sur un banc, et un minibus stationnait sous l'abri.

— Où sont-ils tous passés ? s'enquit Kelli, visiblement aussi interloquée que lui.

— J'imagine qu'ils en avaient marre de nous attendre, répondit Flash.

Mais au fond de lui, tous ses sens étaient en alerte. Quelque chose clochait.

Il essaya de se convaincre qu'ils étaient tout simplement à la traîne par rapport au reste du groupe, et que c'était la dernière descente de la matinée.

Mais d'un autre côté... ils ne pouvaient pas avoir dépassé à ce point l'heure du rendez-vous.

— On devrait déjà être contents que quelqu'un nous ait attendus. Ça aurait été l'enfer de rentrer au complexe en stop.

En entendant ces mots, Flash frissonna. C'était clairement

le pire scénario possible. Il n'avait aucune envie de faire du stop dans ce pays. Il était sûr que la plupart des gens ici étaient adorables, mais c'était toujours le petit pourcentage d'individus prêts à tout pour un peu d'argent qui posait problème.

Flash dirigea la bouée vers la rive du mieux qu'il put.

— Je vais t'aider à descendre, dit-il.

Kelli hocha la tête, et il la souleva aisément de ses genoux, gardant une main sur son bras pendant qu'elle trouvait son équilibre dans l'eau, qui lui arrivait aux genoux. Enfin... aux genoux pour lui. Pour elle, l'eau lui...

Non. Il ne regarderait pas. Il n'allait pas fixer du regard l'eau qui venait lécher l'entrejambe de Kelli tandis qu'elle attendait qu'il descende de la bouée.

Merde. Il avait de nouveau une érection.

— Vas-y, je ramène la bouée, dit Flash d'une voix rauque.

Elle lui adressa un sourire, hocha la tête, puis se retourna et sortit de l'eau.

Pendant une seconde, Flash regarda ses fesses, imaginant à quoi elles ressembleraient si elle était à quatre pattes devant lui dans l'attente qu'il la prenne.

D'un geste rapide, il se laissa glisser de la bouée et plongea dans l'eau froide.

L'effet fut immédiat : son sexe rétrécit.

Il pensa à George Costanza et à l'épisode de *Seinfeld*, et un sourire lui échappa. Il se redressa, puis secoua la tête de gauche à droite, projetant de l'eau dans tous les sens. Il passa ensuite la main dans ses cheveux pour chasser un maximum d'humidité. Il saisit la bouée et rejoignit Kelli sur la terre ferme.

Quand il s'approcha, elle arborait un petit sourire moqueur.

— Quoi ?

— Ce que tu viens de faire... On aurait dit une pub pour un shampoing.

— Quoi donc ?

— Quand tu as secoué la tête. L'eau brillait au soleil, et ensuite, tu t'es passé la main dans les cheveux. Si j'avais filmé ça, j'aurais pu vendre les images à une marque de shampoing et empocher un million.

Il ricana.

— Mais oui, bien sûr.

— Vous êtes prêts ? demanda l'employé.

Flash se retourna. L'homme avait l'air pressé.

— Vos affaires sont là-bas, dit-il en pointant du doigt une caisse en plastique posée sur le côté.

Flash eut envie de lui demander ce qui pressait, mais il se retint. Il avança rapidement vers la caisse et en sortit deux serviettes. Kelli le suivit, et sans échanger un mot, ils se séchèrent du mieux qu'ils purent avant de se rhabiller.

Flash devait bien admettre qu'il trouvait dommage que Kelli ait à nouveau couvert ses courbes. Par réflexe, il vérifia que tout était encore dans son portefeuille. Il n'avait aucune envie de devoir gérer une carte bancaire volée.

Il approuva en silence quand il vit Kelli faire de même avec son sac à main pour s'assurer que tout était bien là.

— Prête ?

— Prête, répondit-elle d'un hochement de tête assuré. J'ai envie de me ruer sur le buffet. Même si on n'a pas brûlé beaucoup de calories aujourd'hui, je meurs de faim.

— Moi aussi, acquiesça Flash en lui tendant la main.

Kelli la regarda, puis leva les yeux vers lui. L'espace d'un instant, Flash crut qu'elle allait l'ignorer. Mais à son grand soulagement, elle enroula ses doigts autour des siens.

Ils marchèrent vers le minibus, main dans la main... et toute sensation de bien-être que Flash aurait pu ressentir s'évapora dès qu'ils montèrent dans le véhicule. Il ne savait pas pourquoi, mais une alerte se déclencha en lui. Quelque chose n'allait pas.

Ce ne fut qu'une fois que le chauffeur eut quitté la zone de stationnement en terre qu'il comprit : ce n'était pas le même minibus que celui qui les avait amenés pour la descente en bouée. Celui-ci était plus délabré. Il y avait des déchets au sol, et les sièges étaient loin d'être aussi propres.

Flash s'assit à côté de Kelli, juste derrière le chauffeur. Il resta droit comme un bâton, les yeux rivés sur la route devant lui. La conduite à gauche l'avait toujours un peu perturbé. Voir les voitures arriver en face par le *mauvais côté* donnait l'impression constante qu'une collision frontale allait survenir.

Au bout de cinq minutes, Flash comprit qu'ils n'allaient pas dans la bonne direction. Au lieu de retourner au complexe hôtelier, ils s'en éloignaient.

Son mauvais pressentiment s'intensifia.

— Hé, où allez-vous ? demanda-t-il au chauffeur.

— Au complexe, répondit l'homme d'un ton sec.

— Ce n'est pas la bonne route.

— Bien sûr que si. Vous n'êtes pas d'ici. Je connais un raccourci, ça vous fera gagner du temps.

La main de Kelli se resserra sur la sienne, mais Flash ne détourna pas les yeux de la route. Il essayait de lire les panneaux pour trouver un point de repère, n'importe quoi qui pourrait les aider à retrouver leur chemin. Parce qu'il en était convaincu : ce n'était pas un raccourci. Son ventre se noua.

La situation empira quand le chauffeur ralentit, puis s'arrêta pour faire monter un homme qui se trouvait sur le bord de la route. Le type grimpa côté passager, et dès que la portière se referma, le véhicule redémarra.

Le nouveau venu se retourna et croisa le regard de Flash. Puis il se tourna vers le chauffeur, l'air contrarié.

— C'est quoi ce bordel ? Pourquoi y en a que deux ?

— Les autres n'arrêtaient pas de râler pour rentrer. Je ne pouvais pas leur dire que certains devaient rester.

— Merde...

— Arrêtez le bus, ordonna Flash.

Les deux hommes ne l'écoutèrent pas.

— Je savais que t'allais foirer.

— C'est pas ma faute !

— Bien sûr que si !

Flash intervint à nouveau, plus fort cette fois :

— J'ai dit : arrêtez-vous. Tout de suite !

L'homme sur le siège passager se retourna, un pistolet à la main. Il le pointa sur Flash.

— On s'arrête pas. Ferme ta gueule, à moins que tu aies envie de te prendre une balle dans la tête.

Le premier réflexe de Flash aurait été de lui arracher l'arme, mais s'il faisait ça et que quelque chose lui arrivait, Kelli se retrouverait seule avec ces deux tarés. Mieux valait se tenir tranquille. Ces types finiraient bien par commettre une erreur, et quand ce moment viendrait, il serait prêt.

— Donnez-moi vos portefeuilles, ordonna le type en agitant l'arme vers eux.

Un vol ? Flash était confus, mais il ne perdit pas de temps pour répondre :

— Je n'ai pas d'argent sur moi.

— Je m'en fous. Les portefeuilles, répéta l'homme. Tout de suite !

D'un geste lent, pour ne pas l'alarmer, Flash atteignit la poche arrière de son short. Kelli desserra les doigts autour de sa main, mais il refusa de la lâcher. Il avait besoin de ce contact, comme si la perdre physiquement, c'était la perdre tout court.

Plus qu'il ne la vit faire, il sentit Kelli fouiller maladroitement dans son sac d'une seule main pendant qu'il tendait son portefeuille au connard assis à l'avant. Ce dernier le jeta à ses pieds sans même le regarder. Il fit de même avec celui de Kelli.

Convaincu à présent qu'il ne s'agissait pas d'un simple vol, Flash se tendit encore plus – si c'était possible. Il sentait Kelli trembler à côté de lui, mais il ne quittait pas des yeux le type armé.

Et l'homme ne détournait pas non plus son arme de lui. Il avait la quarantaine bien entamée, la peau foncée, les cheveux noirs, un vieux T-shirt bleu marine élimé, et un short qui lui descendait jusqu'aux genoux... mais ce qui inquiétait le plus Flash, c'était le vide dans son regard. Il n'avait pas d'âme. Flash avait déjà vu ce genre d'individus. Des hommes désespérés, prêts à tout pour atteindre leur but... Que ce soit tuer des civils, faire exploser des bombes, ou protéger leur chef.

Ils roulèrent pendant ce qui lui sembla une éternité, et l'inquiétude de Flash augmenta encore lorsqu'ils quittèrent la ville et que les routes devinrent de plus en plus chaotiques et rudimentaires. Bientôt, ils traversaient une épaisse forêt, le minibus bringuebalant si violemment que Flash se cogna plusieurs fois la tête contre le plafond.

Cela dit, il n'était pas vraiment mécontent de l'endroit où ils allaient. Il avait suivi un entraînement intensif à l'évasion et à la survie dans la jungle. S'ils parvenaient à échapper aux deux types, il n'avait aucun doute sur le fait qu'il pourrait ramener Kelli au complexe hôtelier. Ils louperaient sans doute leur vol, il faudrait remplacer leurs papiers d'identité et leurs cartes de crédit, mais tout cela valait mieux que de se faire tirer une balle dans la tête et abandonner comme des chiens au fond des bois.

Quand le conducteur s'arrêta enfin, un silence pesant envahit le véhicule.

— Dehors. Et si tu tentes quoi que ce soit, je lui colle une balle, dit le deuxième homme.

Bordel... C'était bien la seule chose qui pouvait forcer Flash à obéir. Il pouvait encaisser une balle, mais l'idée que Kelli soit blessé à cause de lui, de ce qu'il ferait ou ne ferait pas, le rendait littéralement malade.

Lentement, Flash se déplaça vers la portière, qui s'ouvrit devant lui. Le conducteur était sorti et avait contourné le véhicule. L'homme armé – manifestement le chef du duo – pointait désormais son arme sur la tête de Kelli alors qu'ils descendaient du van.

— Par-là, dit le type en désignant quelque chose derrière lui d'un signe de tête.

Flash suivit le conducteur, tenant la main de Kelli dans la sienne tandis qu'ils s'enfonçaient dans la jungle. Ils marchèrent environ huit cents mètres, estima-t-il, avant que le conducteur ne s'arrête.

— Entre.

Flash fronça les sourcils, perplexe. Entrer ? Entrer où ? Dans quoi ?

— J'ai dit entre ! hurla le chef.

Flash se retourna juste à temps pour voir son bras bouger, mais il n'eut pas le temps de réagir. L'homme frappa Kelli à la tête avec la crosse de son arme.

Elle poussa un cri de surprise et de douleur, puis Flash la tira par la main pour la ramener contre lui. Il était trop tard pour l'empêcher de souffrir. Elle gémit en portant sa main libre à l'arrière de son crâne.

Flash sentit l'odeur métallique du sang avant même de voir sa main rougie quand elle l'examina.

Il se retourna et grogna en direction de celui qui l'avait frappée.

Ce dernier se contenta de sourire.

— J'ai dit *entre*. J'étais sérieux. Maintenant, entre là-dedans, merde, à moins que tu préfères que je lui tire dessus, cette fois.

Flash suivit du regard la direction qu'il indiquait... et, encore plus confus, aperçut ce qui ressemblait à une plaque d'égout au sol. Pourquoi y avait-il une foutue plaque d'égout en pleine jungle ?

Le conducteur s'agenouilla et poussa la lourde plaque de fonte sur le côté en grognant, dévoilant un trou noir juste en-dessous.

— Bordel de merde, marmonna Flash.

— C'est votre nouveau chez-vous, annonça presque joyeusement l'homme armé. Ta copine et toi, vous allez passer un peu de bon temps là-dessous. Ce ne sera pas long... si on obtient ce qu'on veut.

— Et qu'est-ce que vous voulez ?

— Du fric, répondit l'homme sans la moindre hésitation. On va contacter vos familles et leur dire que si elles veulent vous revoir, il faudra faire un virement sur un compte bancaire intraçable.

Sans pouvoir s'en empêcher, Flash éclata de rire, ce qui mit le ravisseur hors de lui.

— Qu'est-ce qui te fait marrer ? s'enquit-il.

— Ça... Ma mère a à peine de quoi vivre, et je n'ai pas de frère, ni de sœur.

Évidemment, il mentait, mais s'il pouvait l'éviter, il était hors de question d'impliquer Nova là-dedans.

— Moi non plus, ajouta Kelli d'une voix douce à côté de lui.

Flash était fier d'elle. Malgré la blessure et la douleur, elle tenait le coup. Mais il ne pouvait pas détourner les yeux de l'homme armé. Il avait besoin d'une ouverture. Une seule, et il serait en mesure de les sortir de là.

— Dans ce cas, vous mourrez là-dessous, décréta le type sans sembler particulièrement préoccupé. Quelqu'un finira bien par payer pour vous récupérer. C'est toujours le cas. Votre boîte, des amis... Quelqu'un.

Il n'avait pas tort. En tant que SEAL, Flash représentait une jolie prise pour un enlèvement. Et ça le rendait dingue qu'on le voie comme une victime. Il n'en avait pas honte, mais ça le mettait hors de lui.

Sans prévenir, l'homme visa le sol et tira, la balle frappant la terre à leurs pieds. Le cri effrayé de Kelli écorcha Flash de l'intérieur.

— La prochaine, c'est dans sa jambe. Tu crois qu'elle mettrait combien de temps à se vider de son sang, hein ? Descends là-dedans. Tout de suite.

Flash fixa le trou dans le sol. Tous ses muscles lui criaient de foncer sur cet enfoiré ; de le désarmer ; de le frapper. Mais un mouvement en face de lui attira son attention.

Le conducteur braquait maintenant lui aussi une arme sur eux.

Bordel ! Il pourrait peut-être empêcher le premier de tirer sur Kelli, mais l'autre aurait largement le temps d'appuyer sur la détente avant qu'il ne l'atteigne.

Se sentant nu sans son couteau KA-BAR, ou n'importe

quelle arme, Flash fit la seule chose qu'il pouvait faire pour les garder en vie à cet instant.

— Viens, je t'aide à descendre, dit-il à Kelli.

Elle avait les yeux écarquillés, et il redoutait d'y voir du reproche. Mais à part la peur évidente, elle semblait calme. Et la confiance qu'elle lui témoigna en glissant sa main ensanglantée dans la sienne poussa Flash à se faire une promesse silencieuse : il ferait tout pour être à la hauteur. Il trouverait une solution. D'une manière ou d'une autre.

Il l'amena près du trou, et elle s'assit au bord, les jambes dans le vide. En se penchant, Flash ne parvint pas à distinguer la profondeur. Il jeta un regard au type armé.

— C'est profond à quel point ?

— Tu verras bien. Dépêche, on n'a pas toute la journée.

Flash se tourna à nouveau vers Kelli, le ventre noué.

— Retourne-toi et cale-toi contre le bord. Je vais te tenir par les mains et te faire descendre.

— D'accord, répondit-elle, la voix à peine tremblante.

Ils s'organisèrent, et Flash sentit son estomac se soulever. Il n'avait aucune idée de la profondeur du trou. La seule chose qui lui permit de lâcher ses mains après avoir descendue Kelli autant qu'il le pouvait, c'était la certitude que ces enfoirés n'avaient pas pu creuser au cœur de la jungle un trou si profond qu'elle se tuerait en tombant.

Du moins, il l'espérait.

— Prête ? demanda-t-il.

Kelli le regardait, la tête renversée en arrière.

— Vas-y, souffla-t-elle.

Il eut l'impression de la trahir en relâchant sa prise, et entendit sa respiration affolée quand elle tomba.

— Kelli ? appela-t-il, à genoux au bord du trou, la cherchant désespérément du regard.

Il ne voyait strictement rien.

— Ça va ! répondit-elle un instant plus tard. Je pense que ça fait un peu plus de trois mètres de hauteur.

Flash poussa un soupir de soulagement.

— Écarte-toi, je descends.

Il s'assit au bord, et avant de sauter, il se tourna vers les deux hommes toujours armés.

— Ce n'est pas fini. Quand je sortirai d'ici, je vous traquerai, et vous regretterez d'avoir joué à ça avec moi.

— Cause toujours, Roméo. À ta place, je profiterais bien de tes derniers instants avec ta copine. Baise-la comme si c'était la dernière fois, parce que si vos proches ne paient pas, c'est exactement ce que ce sera.

— Vous ne savez pas du tout à qui vous avez affaire.

— Va te faire foutre.

Flash sauta une fraction de seconde avant qu'un nouveau coup de feu ne résonne dans la jungle. Il atterrit lourdement en bas, ses genoux pliant sous le choc, mais il fit immédiatement une roulade pour amortir l'impact.

Tandis que les ravisseurs remettaient la plaque en fonte en place, il jeta un bref coup d'œil autour de lui, essayant de comprendre où ils étaient. Il savait que dès que la plaque serait refermée, ils se retrouveraient plongés dans le noir complet, et avant cela, il avait besoin d'un aperçu.

À sa grande surprise, Kelli et lui se trouvaient à l'intérieur d'un vieux bus dont les sièges avaient été retirés, et les vitres remplacées par des planches en bois. Quelqu'un avait conduit cet engin jusqu'ici, l'avait placé dans ce qui devait être un énorme trou, puis recouvert de terre. Il ne savait pas du tout comment ils avaient fait, mais à ce stade, le *comment* n'avait plus vraiment d'importance.

Dans un coin de l'espace vide, il y avait un carton. C'était tout. Pas de sièges, pas de couvertures, rien qui puisse servir d'arme ou d'outil pour creuser. Rien.

Juste avant que la lumière ne disparaisse complètement, l'homme qu'ils avaient récupéré au bord de la route lança un regard dans le trou.

— Le plan, c'était d'en avoir plus que vous deux. Alors vous avez intérêt à ce que vos proches crachent l'argent. Faut que ça vaille le coup.

— Et vous avez intérêt à avoir bien effacé les traces, parce qu'on sortira d'ici. Et vous n'avez aucune idée de l'identité de mes contacts. Ils n'abandonneront jamais. Ils vous retrouveront. Et ce jour-là, vous regretterez d'avoir eu cette idée à la con.

— Va te faire foutre, grogna de nouveau l'homme.

Puis la plaque glissa sur l'ouverture, plongeant Flash et Kelli dans l'obscurité totale. Flash ne pouvait même plus distinguer sa main devant son visage.

Ce n'était pas bon. Vraiment pas bon.

6

Quand la plaque d'égout se referma au-dessus de leurs têtes, les plongeant dans l'obscurité totale, Kelli inspira brusquement. D'ordinaire, elle n'avait pas peur du noir, mais là... c'était étouffant. Elle ne voyait absolument rien. Elle se mit aussitôt à trembler. D'abord les bras, puis les jambes, et bientôt, ce fut tout son corps qui se mit à remuer.

Elle n'avait jamais eu aussi peur de sa vie.

Et maintenant, ils étaient... quoi ? Pris en otage ? C'était ridicule, totalement irréel, et pourtant, c'était le cas.

Sa tête palpitait à l'endroit où on l'avait frappée, et elle sentait le sang couler lentement à l'arrière de son crâne, glisser le long de sa nuque, et imbiber le haut qu'elle portait.

Un petit gémissement lui échappa malgré elle.

— Kelli ?

Elle n'arrivait pas à parler. Paralysée par la peur et l'incrédulité, elle était incapable de répondre à Flash.

— T'es où – aïe, merde ! J'arrive, bouge pas, ma belle.

Le contact sur son épaule la fit sursauter si violemment qu'elle poussa un cri et recula brusquement. Avant que son cerveau n'ait le temps d'assimiler que c'était Flash qui l'avait touchée – et non un monstre dans le noir – elle était déjà dans ses bras.

Elle ferma les yeux – même si ça ne changeait pas grand-chose, car de toute façon, elle ne voyait rien – et s'agrippa à Flash de toutes ses forces.

— Ça va aller. On est là, tous les deux. On va s'en sortir. Je te le promets.

Cela la rassura, même si au fond d'elle, elle savait qu'il ne pouvait pas vraiment le lui promettre. Ils avaient été enterrés vivants, et c'était terrifiant.

— Allez, je veux regarder ta tête.

Sans pouvoir s'en empêcher, elle émit un petit rire étouffé.

— Regarder ? murmura-t-elle contre son torse.

— Ouais, mauvais choix de mot. Mais il faut arrêter le saignement. Les blessures à la tête, ça pisse le sang comme pas possible... Euh, désolé. J'ai tendance à jurer davantage quand je suis stressé.

En entendant ces mots, Kelli leva la tête. Elle ne lâcha pas Flash pour autant, toujours agrippée à lui comme un petit singe, mais par réflexe, elle essaya de le regarder.

— Tu es stressé ? lui demanda-t-elle.

Il ricana à son tour.

— Oui. Stressé, énervé, complètement paumé, en colère, inquiet, furieux. Tous les adjectifs possibles. Viens, on va s'as-soir là.

Kelli aurait voulu demander *où*, mais avant qu'elle puisse formuler la question, Flash la faisait s'assoir sur une surface métallique.

— C'est l'un des renflements pour les roues, précisa-t-il, comme s'il avait lu la confusion dans sa posture. J'ai besoin que tu me lâches une seconde. Je ne vais pas loin, je suis là. Je ne te laisserai jamais seule. Tu m'entends ? On reste ensemble. Point final.

Elle déglutit péniblement et se força à retirer ses bras du corps de Flash. Elle laissa une main accrochée à son T-shirt. Même s'il ne pouvait aller nulle part, elle avait besoin de ce contact. Elle n'osait pas imaginer dans quel état elle serait si on l'avait balancée ici toute seule.

— Ça te fait mal ? Ta tête ? Non, laisse tomber, ne me réponds pas, bien sûr que ça te fait mal. Cet enfoiré ne t'a pas loupée.

Elle sentit les doigts de Flash glisser doucement dans ses cheveux, palpant son crâne avec précaution.

— Oui, ça saigne toujours. Bordel, si j'avais mon KA-BAR... Je ne suis pas sûr de pouvoir déchirer mon T-shirt sans couteau ni rien.

Elle sentit la grande main de Flash se poser à l'arrière de sa tête. Cela lui fit mal un instant, puis elle se laissa aller à cette pression. Elle savait qu'il essayait de comprimer la plaie, mais cette main qui la soutenait lui faisait un bien fou. Il la ramena contre lui jusqu'à ce que son front vienne se poser sur son torse, tandis qu'il faisait de son mieux pour stopper l'hé-morragie.

Elle repassa ses bras autour de lui et inspira profondément. Il sentait... la sueur, mêlée à une légère odeur d'eau de la rivière. Il n'était pas frais et propre, mais elle non plus. Et de toute façon, ils n'avaient aucun moyen de se laver. La réalité commençait à la frapper. Ils étaient dans la merde, enterrés vivants, quelque part dans la jungle jamaïcaine.

Personne ne remarquerait jamais une plaque d'égout qui n'avait rien à faire là, en plein milieu des bois.

Elle allait mourir ici, et ça craignait vraiment.

Mais tout ce que Kelli avait en tête, c'était qu'au moins, elle n'était pas seule.

— On ne va pas mourir ici, lui assura Flash, la faisant sursauter.

— Arrête de lire dans mes pensées, marmonna-t-elle contre son torse.

— Ce n'est pas difficile de deviner ce que tu penses, répondit-il. Mes potes vont débarquer en Jamaïque dès qu'ils recevront cette foutue demande de rançon. Les types vont vite comprendre à qui ils ont affaire quand ils vont ouvrir mon portefeuille et tomber sur ma carte d'identité militaire. Ils vont croire qu'ils ont touché le gros lot, qu'ils peuvent soutirer du fric au gouvernement pour me récupérer, mais ça n'arrivera pas. Tout le monde sait que les États-Unis ne négocient pas avec les terroristes. Et même si Heckle et Jeckle pensent avoir effacé leurs traces et qu'on ne les retrouvera jamais... ils se plantent.

Il avait l'air tellement sûr de lui, tellement convaincu que quelqu'un viendrait les sauver. Mais Kelli, elle, en doutait.

— On devra peut-être rester ici quelques jours, mais crois-moi, mes potes vont venir nous sortir de là dès qu'ils le pourront.

Kelli hocha la tête. Même si elle n'y croyait pas, elle n'allait pas le contredire.

— Heckle et Jeckle ? s'enquit-elle, posant la première question qui lui passa par la tête.

Flash rit doucement, et Kelli sentit la vibration contre elle.

— Oui, des pies dans un dessin animé qui foutent le bazar partout avec leurs actions débiles. C'est censé être marrant, mais j'ai toujours trouvé ça plutôt violent. Enfin, c'est souvent le cas dans les vieux dessins animés.

Il poursuivit en parlant de ses épisodes préférés, et à sa grande surprise, cette discussion réussit à l'apaiser.

— Je crois que le saignement a diminué. Comment tu te sens ? Tu as la tête qui tourne ? Des nausées ? Mal au crâne ?

Il fallut un moment à Kelli pour comprendre qu'il avait arrêté de parler des pies et qu'il lui posait des questions.

— Ça va, répondit-elle.

C'était faux, mais qu'aurait-elle pu dire d'autre ? Ce n'était pas comme s'il avait des antidouleurs, ou s'il pouvait l'emmener chez le médecin.

— D'accord.

Là, il la prit totalement au dépourvu : il passa ses mains de chaque côté de sa tête et l'inclina doucement en arrière. Elle sentit ses lèvres se poser sur son front, puis il la serra tout simplement dans ses bras. Elle l'imagina en train de la regarder, et s'il y avait eu de la lumière, elle était certaine qu'il sonderait ses yeux et son visage à la recherche de ses véritables pensées.

— Merci.

— Pour quoi ? demanda Kelli, confuse.

— Pour ne pas avoir empiré cette situation de merde.

Elle ne put s'empêcher d'éclater de rire.

— Je ne crois pas que ça aurait pu être pire.

— Bien sûr que si, rétorqua calmement Flash. Tu aurais pu hurler, faire flipper Heckle et Jeckle, et ils auraient pu nous tirer dessus, l'un ou l'autre. Ils auraient pu nous tabasser, ou tuer l'un de nous en pleine jungle, laissant l'autre coincé ici. Tu as fait exactement ce qu'il fallait. Tu es restée calme, et tu as obéi.

— J'ai toujours pensé qu'il valait mieux se battre, dit doucement Kelli. J'ai vu quelques-unes de ces émissions criminelles qui cartonnent à la télé en ce moment, et ils disent toujours que si tu te laisses embarquer quelque part en voiture, c'est la pire chose à faire, et qu'il faut se battre.

Elle sentit Flash hausser les épaules. C'était presque étrange, ses autres sens devenaient plus aiguisés sans la vue.

— Ce n'est pas toujours vrai. Chaque situation est différente. Se battre contre son agresseur ou un kidnappeur peut le pousser à te tuer pour te maîtriser. D'autres fois, se battre, c'est la seule chance de s'en sortir.

— Et comment on sait qu'il faut le faire ? demanda Kelli.

— L'intuition.

— C'est pour ça que tu n'as rien fait pour lui prendre son arme ? J'ai l'impression que tu aurais pu y arriver sans trop de mal.

— Oui, en gros. Le problème, c'est que même si j'étais capable de désarmer Jeckle, je ne savais pas ce que Heckle ferait. Je ne savais pas du tout s'il était armé aussi, et si je m'étais concentré sur Jeckle, ça t'aurait laissée vulnérable. J'avais raison de me méfier, Heckle avait bien une arme. Il aurait pu nous descendre pendant que je maîtrisais son copain.

Kelli frissonna.

— Et puis j'ai confiance en mon équipe, poursuivit Flash. Ils vont nous retrouver, Kelli. Il faut juste tenir le coup jusqu'à ce qu'ils arrivent.

Elle avait envie de lui demander combien de temps ça prendrait, mais c'était une question idiote. Flash n'en savait rien. Alors elle se tut.

Dans le silence inquiétant de leur tombeau, son ventre se mit soudain à gargouiller, si fort qu'on l'entendit presque résonner contre les parois métalliques du véhicule. Elle sentit le rouge lui monter aux joues, et pendant un instant, elle fut reconnaissante qu'il fasse si sombre.

— Désolée, murmura-t-elle.

— Ne t'excuse-pas. Moi aussi j'ai faim, lui dit Flash. Ils nous ont peut-être laissé de quoi manger.

Cette idée lui redonna un peu d'espoir, mais il retomba rapidement.

— Je n'ai pas vraiment vu de caisse de provisions avant qu'ils nous enferment.

— Non, mais il y a une boîte dans un coin. Je l'ai vue...

— Une boîte ?

Kelli ne se souvenait pas d'avoir vu une boîte, mais en même temps, elle était en train de paniquer, les yeux rivés sur le trou, puis sur Flash quand il avait sauté pour la rejoindre.

— Oui. D'après ce que je peux dire, on est dans un vieux bus dépouillé. C'est ce que j'ai vu brièvement avant qu'ils nous plongent dans le noir. Il n'y avait plus de sièges, juste les renflements pour les roues. Même le volant a été retiré. Ils ont démonté la trappe de secours du toit et l'on remplacée par une plaque d'égout. Je pense qu'on peut l'atteindre si je te porte sur mes épaules, mais je veux m'assurer que Heckle et Jeckle sont bien loin d'ici avant de tenter quoi que ce soit, au cas où ils nous surveilleraient encore.

— Ce bus est vachement plus haut que la normale, non ? fit-elle remarquer. Je ne me souviens pas que le bus du collège était aussi grand.

— Oui, j'ai remarqué ça aussi. Mais s'ils ont modifié la trappe pour la remplacer par une plaque ronde, ils ont peut-être aussi rehaussé le toit pour qu'il soit plus difficile de sortir.

Ses paroles firent frissonner Kelli.

— Tu crois qu'on peut simplement pousser la plaque ? Je sais que c'est lourd, mais elle n'est pas soudée, si ?

— Si c'était le cas, on l'aurait entendu, je pense. Mais je vais vérifier cette boîte avant de faire quoi que ce soit. Reste ici.

Avant qu'elle puisse protester, Flash s'était déjà éloigné. Comme la première fois, quand ils avaient refermé la trappe et qu'elle avait fait une crise de panique, son absence la glaça d'effroi.

— Flash ? appela-t-elle, incapable de se retenir.

Quelques secondes plus tard, elle entendit des pas s'approcher, juste avant de sentir la main de Flash sur son genou.

— Je suis là. Je ne vais pas partir. Tout va bien.

D'un coup, Kelli se sentit bête. Bien sûr qu'il n'allait pas partir. Ils ne pouvaient pas, ni l'un, ni l'autre. Ils étaient coincés ici.

— Désolée, murmura-t-elle.

— Ne t'excuse pas. Tu n'as jamais vécu un truc pareil. Pour ce que ça vaut, je trouve que tu t'en sors très bien. Tu gères.

— Non, protesta-t-elle. Attends, tu as déjà vécu ce genre de situation ? Dans le noir ? Enterré, sans moyen de sortir ?

— Pas exactement. Mais il y a eu cette fois où je faisais de la plongée. Mon boulot, c'était de poser une charge explosive contre la coque d'un navire qui... Enfin, peu importe. J'étais sous l'eau, et on ne voyait que dalle. Vraiment rien, comme maintenant. Je tâtonnais, j'essayais de trouver l'endroit où fixer l'explosif. Au bout d'un moment, je me suis dit qu'il fallait juste le poser et me tirer. Mais après avoir réglé le minuteur, j'ai perdu le sens de l'orientation. Je ne savais plus où était le haut, où était le bas. Je ne voyais même plus les bulles de mon équipement pour les suivre jusqu'à la surface. J'ai paniqué. C'était comme si j'étais dans un cercueil.

— Et qu'est-ce que tu as fait ? demanda Kelli en retenant son souffle.

— J'ai eu de la chance, répondit Flash. Un de mes coéquipiers est apparu de nulle part. Il a compris que je paniquais, et il m'a sorti de là. On n'a pas pu poser la deuxième charge, donc techniquement, la mission a échoué, mais je n'oublierai jamais cette sensation de désorientation, cette impression de ne plus savoir où aller.

Kelli n'arrivait même pas à imaginer la scène.

— Je suis contente que ton copain t'ait trouvé, et qu'il t'ait sorti de là.

— Moi aussi. Il va nous retrouver cette fois aussi, et nous tirer d'affaire.

Pour la première fois, Kelli comprit la confiance de Flash. Ce qu'il faisait, les endroits où il allait... Il n'avait pas d'autre choix que de faire confiance à ses coéquipiers. C'était littéralement une question de vie ou de mort. Et s'il affirmait qu'ils allaient venir le chercher, qu'ils pouvaient le retrouver, qui était-elle pour en douter ?

— Ça va mieux maintenant, lui dit-elle aussi fermement qu'elle le pouvait.

— Et si on allait vérifier cette boîte tous les deux ? proposa Flash.

Kelli aimait bien cette idée. Beaucoup.

— Oui.

Flash lui prit la main, et elle le sentit se lever devant elle. Elle se leva à son tour, chancela un peu, puis reprit son équilibre.

— Le bus est vide, mais reste derrière moi quand même, lui dit Flash. Sur les côtés, il y a les renflements pour les roues, donc si jamais tu te guides grâce aux parois plus tard, fais attention à ça.

Même s'il ne pouvait pas la voir, Kelli hocha la tête. Il était temps d'arrêter de faire la petite chose fragile. Pleurer dans un coin n'allait rien arranger. Certes, elle avait faim, elle avait soif, elle avait peur, mais elle était en vie.

Flash avait raison. Heckle et Jeckle – elle sourit en repensant aux surnoms qu'il avait donnés à leurs ravisseurs – auraient pu les tuer tous les deux. Elle était reconnaissante qu'ils ne l'aient pas fait. Et il fallait qu'elle croie que les coéquipiers de Flash viendraient à son secours

* * *

Flash était survolté. Il n'aimait pas l'obscurité, surtout dans ce contexte. Il sentait encore le sang de Kelli sur sa main, et ça l'angoissait de ne pas pouvoir vérifier la profondeur de la plaie, et si elle avait besoin de points de suture.

Un peu de lumière l'aiderait aussi à comprendre comment foutre le camp de ce fichu bus. Mais enfin, comment Heckle et Jeckle avaient-ils réussi à acheminer du matériel dans la jungle pour enterrer ce truc ? Il avait sûrement fallu des pelleteuses et pas mal de travail pour y arriver. Il se demandait depuis combien de temps ce bus était là, et combien d'autres touristes malchanceux y avaient été enfermés.

Il bouillonnait de colère. Il n'avait pas menti à Kelli tout à l'heure. Il avait peur, il était stressé. Mais surtout, il était furieux. Il savait qu'il ne fallait pas s'aventurer hors du complexe. Et pourtant, il s'était laissé convaincre. Quelle idiotie.

Les actes avaient des conséquences, et voilà où il en était. Où *ils* en étaient, Kelli et lui. C'était sans doute le pire dans toute cette histoire : qu'elle soit terrifiée, blessée, et qu'il ne puisse pas faire grand-chose pour elle. S'ils avaient été abandonnés dans la jungle, il aurait pu lui trouver de quoi manger, de l'eau, construire un abri. Mais ici ? Coincé dans ce foutu bus souterrain, il ne pouvait quasiment rien faire, à part lui assurer que Kevlar et le reste de son équipe viendraient à leur secours.

Il pinça les lèvres, priant pour qu'ils réussissent à le retrouver. Mais il ne voyait pas comment. À moins de tomber sur les ravisseurs, il n'y avait aucun moyen précis de savoir où Kelli et lui étaient allés après la sortie sur la rivière. Et évidemment, il ne portait pas son traceur. Tex ne pouvait pas le localiser sur son ordinateur et envoyer l'équipe. Pourquoi aurait-il emporté son traceur en vacances ?

Une erreur de plus à ajouter à la liste. Encore une fois, il aurait dû se montrer plus prudent. L'avertissement aux voyageurs concernant la Jamaïque aurait dû suffire à le mettre en alerte.

Flash soupira et tendit la main devant lui pour ne pas se cogner contre l'avant du bus. Ils n'avaient surtout pas besoin d'un deuxième traumatisme crânien.

Il ne fallut pas longtemps avant que sa main atteigne l'avant du véhicule. Il envisagea d'essayer de défoncer les panneaux en contreplaqué qui remplaçaient les vitres, mais décida finalement que cela n'améliorerait pas la situation. Si la terre autour d'eux venait à s'engouffrer dans le bus, ce serait même pire.

— J'aimerais bien que MacGyver soit là, grommela Flash.

— Le gars de la série télé ? demanda Kelli.

Il avait presque oublié sa présence.

Non, c'était faux. Il ne pouvait pas oublier qu'elle était là. Elle lui tenait toujours la main, fermement, presque de manière désespérée. Mais il s'était laissé absorber par ses pensées un instant, et Kelli était restée silencieuse, avançant sans un bruit.

Il n'avait pas menti en disant qu'elle s'en sortait incroyablement bien pour quelqu'un qui était si loin de son univers. Il n'avait surtout pas besoin d'une partenaire en pleine crise de panique – même s'il ne lui en aurait pas voulu – mais à part quelques tremblements et son refus de lui lâcher la main, elle gérait remarquablement bien.

— Oui, mais c'est aussi le surnom d'un de mes coéquipiers, répondit-il.

— Ah oui. C'est lui qui essaie d'adopter les trois enfants d'Ukraine, non ?

— C'est ça. Il s'appelle MacGyver parce que c'est un magicien quand il s'agit de bricoler quelque chose à partir de rien. Il nous a sortis de pas mal de situations merdiques grâce à sa capacité à fabriquer une foutue machine à remonter le temps avec une simple brique, un peu de terre et un élastique.

— Si je pouvais remonter le temps, je dirais à Charlotte que je ne veux pas faire de bouée, et je resterais sur la plage à siroter des cocktails glacés en lisant un bouquin.

— Moi aussi, approuva Flash.

Il tâtonna du pied jusqu'à retrouver ce qu'il cherchait : la boîte qu'il avait repérée avant qu'on les enferme dans ce bus.

— Je t'ai déjà parlé de Little Mac ?

— Non, c'est qui ? demanda Kelli.

— C'est la belle-fille de MacGyver, Ellory. Elle a douze ans, mais on dirait qu'elle en a vingt-sept. Elle a la maladie de Crohn, tu connais ?

— Je crois. C'est un problème au niveau intestinal, non ?

— En gros, oui. Bref, elle a beaucoup souffert. Harcèlement à l'école, puberté retardée parce qu'elle refuse de manger tellement ça lui fait mal, ce genre de choses. Quand sa mère a épousé MacGyver, ils se sont rapprochés, tous les deux. Et puis un jour, se petite sœur et elle ont été kidnappées, enfermées dans un conteneur, et elles s'en sont sorties grâce à Ellory, qui s'est servi de ce que MacGyver lui avait appris... Alors on l'a surnommée Little Mac.

— Waouh ! Eh bien si une gamine de douze ans peut s'en sortir toute seule, peut-être qu'on en est capables aussi.

Flash ferma les yeux un instant, plus reconnaissant qu'il ne pouvait l'exprimer d'avoir une femme aussi forte à ses côtés. Elle aurait pu paniquer, et elle en aurait bien le droit. Elle aurait pu se plaindre d'avoir faim – son ventre gargouillait encore, ils faisaient tous deux de leur mieux pour l'ignorer. Et pourtant, elle essayait de rester positive.

C'était exactement le genre de femme que Flash cherchait depuis longtemps. Le genre de femme avec qui il voulait passer le reste de sa vie. Quelqu'un qui ne s'attarde pas sur le négatif, mais qui trouve le positif dans chaque situation. Parce que bon sang, avoir une relation avec lui, c'était s'exposer à pas mal de situations où tout n'allait pas bien. Ses longues absences, les risques de son métier... Mais il y aurait aussi de belles choses, espérait-il. Beaucoup de belles choses. La famille, les amis, les retrouvailles.

— Tu l'as trouvée ? demanda Kelli. La boîte...

Une fois de plus, sa question le sortit de ses pensées.

— Pardon... Oui. Mais maintenant que j'y suis, je pense que tu devrais peut-être aller à l'autre bout du bus. Par précaution.

— Par précaution contre quoi ?

C'était l'un de ces moments où il aurait presque préféré qu'elle soit moins candide.

— Je ne sais pas ce qu'il y a là-dedans. Et comme je n'y vois rien, la seule façon de le découvrir, c'est de toucher. Si Heckle et

Jeckle sont aussi tordus que je le pense, ce qui est possible, ils ont peut-être placé un explosif ici.

En entendant ces mots, elle ne s'éloigna pas de lui – au contraire, elle resserra sa main sur la sienne.

— Si tu dois exploser, alors moi aussi. Je préfère ça plutôt que rester ici avec des morceaux de toi éparpillés partout.

Flash ne put retenir un éclat de rire aussi surprenant qu'inattendu.

— Désolée, c'était trop glauque ? s'enquit-elle. Mais c'est vrai. Je préfère mourir avec toi que rester ici toute seule. Alors on va vérifier cette boîte ensemble.

Flash ne pouvait plus se retenir. Il se retourna, et sans hésiter, il posa sa main libre sur la joue de Kelli.

— On ne va pas mourir, lui dit-il, incapable ne serait-ce que d'envisager cette idée maintenant qu'il commençait à mieux la connaître.

— Eh bien, j'espère, répondit-elle avec un léger haussement d'épaules qu'il ressentit sans même le voir.

— Très bien. Allons-y. Autant s'assoir pour fouiller là-dedans, non ? suggéra-t-il en tirant doucement Kelli par la main pour l'attirer au sol avec lui, sur le plancher métallique.

Elle s'installa juste à côté de lui, leurs deux cuisses se touchant.

— Pour être claire, même si j'ai dit que je préfèrerais exploser avec toi qu'attendre toute seule de l'autre côté du bus, ça ne veut pas dire que je suis assez courageuse pour toucher ce qu'il y a dans cette boîte. Ça pourrait très bien être des souris, ou un truc de ce genre. Alors si ça te va... je te laisse faire.

Ça lui convenait parfaitement. Flash ne voyait aucun problème à ce qu'elle compte sur lui.

Lentement, il tendit la main et trouva le bord de la boîte.

D'après ses souvenirs, elle faisait à peu près la taille d'un colis moyen : environ trente centimètres de côté.

Il inspira profondément, puis plongea sa main à l'intérieur.

Le premier objet qu'il toucha était petit et doux. Il le fit tourner entre ses doigts, incapable de deviner ce que c'était, même si selon lui, il s'agissait d'un tissu quelconque.

Il le porta à son nez pour le sentir. L'odeur était un peu poussiéreuse, mais rien d'alarmant. Ça pourrait être utile.

— Tends la main, dit-il à Kelli.

— Tu ne vas pas me mettre un truc dégueu ou flippant dans la main juste pour rire, hein ? demanda-t-elle.

Flash se mit à rire. Il n'arrivait pas à croire qu'il puisse trouver quoi que ce soit de drôle dans cette situation, et pourtant.

— Non, promis. On dirait une serviette, ou un chiffon. J'aimerais que tu l'appuies sur ta tête.

— Je crois que le saignement s'est arrêté.

— Même si c'est le cas, tu pourras peut-être l'utiliser pour te nettoyer le cou, au minimum.

Quand elle prit le bout de tissu, il sentit ses doigts frôler les siens.

— C'est minuscule. C'est encore plus petit qu'un gant de toilette. Qu'est-ce que c'est ? Et qu'est-ce que ça fait dans cette boîte ?

— Aucune idée. Mais j'ai l'impression que c'est un morceau de T-shirt déchiré. C'est sûrement leur façon de se foutre de nous, en ne nous laissant même pas un T-shirt entier. Attends, je vais voir ce qu'il y a d'autre là-dedans, ajouta Flash en replongeant la main dans la boîte.

Il saisit quelque chose de plutôt lourd. En passant les mains dessus, il sentit son rythme cardiaque s'accélérer.

— Bordel de merde !

— Quoi ? Qu'est-ce que c'est ? demanda Kelli, un peu alarmée.

— Désolé... Rien de grave. Je crois que c'est une radio.

— Une radio ?

— Oui.

Flash tourna un bouton, mais rien ne se produisit. Pas même un grésillement, rien.

— Merde. Elle ne fonctionne pas. Mais... Attends...

En la retournant, il trouva le compartiment des piles. Il l'ouvrit, et sourit immédiatement.

— Il y a des piles.

— Mais elle ne marche pas, souligna Kelli, déconcertée.

— Non, mais selon ce qu'on trouve d'autre, on pourra peut-être en tirer quand-même quelque chose. Peut-être même de la lumière.

— De la lumière ?

L'espoir dans la voix de Kelli fit comprendre à Flash qu'il avait merdé. Il n'aurait pas dû dire quoi que ce soit tant qu'il n'en était pas sûr. Mais l'idée d'avoir une source de lumière était trop tentante pour qu'il la garde pour lui.

— Peut-être. Je ne suis pas MacGyver, mais je l'ai assez souvent vu bricoler avec des fils et des piles pour penser que je peux y arriver.

— Je n'en doute pas une seconde. Qu'est-ce qu'il y a d'autre ?

Plus il sortait d'objets, plus Flash était convaincu que Heckle et Jeckle se foutaient d'eux. Ils avaient mis dans cette boîte des objets qu'ils pensaient sans doute complètement inutiles. De quoi les démoraliser plus que les aider.

Il y avait une bouteille d'eau, qu'il reconnut à sa forme, mais une seule – et il fut soulagé de constater que le scellé du bouchon était intact. C'était nul, mais ça aurait été encore pire s'il n'y en avait pas eu du tout... ou si d'autres prisonniers avaient été avec eux dans ce bus, comme c'était manifestement prévu.

Il y avait aussi un stylo bille, ce qui ressemblait à un coquillage, quelques pièces de monnaie, une grosse bougie – mais pas d'allumettes ni de briquet – deux boîtes de conserve sans ouvre boîte, une clé – particulièrement ridicule, vu qu'ils étaient sous terre et que Flash était certain que ce bus n'avait pas de moteur – un pansement, une balle, un préservatif, une poignée de pâtes crues, et une cuillère.

Encore une fois, leur laisser tout cela était sans doute une blague pour leurs ravisseurs... mais pour Flash, c'était un véritable trésor.

— J'espérais qu'il y aurait au moins quelque chose d'utile, déplora Kelli, déçue.

Flash se rendit compte que même s'il avait énuméré tout ce qu'il avait trouvé, il n'avait pas expliqué à quel point certains de ces objets pouvaient avoir une utilité.

— En fait, la plupart le sont.

— Comment ça ?

— Déjà, les boîtes de conserve. On ne sait pas ce qu'il y a dedans, c'est peut-être de la bouffe pour chien, ce qui serait l'enfer, mais avec un peu de chance, ce n'est pas le cas.

— Mais on ne peut pas les ouvrir.

— Si, on peut. Ils nous ont laissé une cuillère. Encore une fois, c'est sûrement pour nous torturer mentalement, mais en l'absence d'ouvre-boîte, c'est exactement ce qu'il faut pour les ouvrir. Il suffit de frotter le bord de la cuillère d'avant en arrière au même endroit sur le dessus, et ça finira par percer.

— Sérieux ?

— Oui. Le dessus des boîtes est moins épais que les côtés, donc on peut y arriver. Et avec un peu de chance, ce sera mangeable.

— Quoi d'autre ? s'enquit Kelli en se rapprochant un peu, bien plus intéressée maintenant.

— La bouteille d'eau, ce n'est pas l'idéal, mais écoute...

Ils se turent une bonne minute.

— J'entends des gouttes, souffla Kelli.

— Voilà. On est dans la jungle, il y a de l'humidité. Pas étonnant que ce bus ne soit pas étanche. On peut boire cette eau, et utiliser la bouteille pour en récupérer davantage, à l'endroit où ça goutte. Elle ne sera peut-être pas propre, mais c'est mieux que rien. Et ils nous ont fourni un contenant. S'ils comptaient nous démoraliser, c'est raté.

— Et le coquillage ? Qu'est-ce qu'on peut en faire ?

— Ça peut servir de récipient aussi, mais je me dis que si je le casse, les bords seront tranchants. Ça pourrait être une arme utile.

— Trop bien ! Et ?

— Bon, tout ne peut pas nous servir, même si je parie que MacGyver trouverait un usage à tout ce bazar. Je ne sais pas trop quoi faire du pansement ou des pièces. Et la balle est pratiquement inutile.

— Ils croyaient qu'on allait coucher ensemble ici ou quoi ? Sérieux ? Un préservatif ?

— À vrai dire, ça pourrait être l'objet le plus utile, admit Flash, content qu'elle ne puisse pas voir son sourire. Un préservatif peut servir à transporter l'eau. Si besoin, on peut s'en servir comme une sorte de gant, ou comme compresse improvisée. On peut aussi l'utiliser comme attelle pour un doigt cassé.

Vu que c'est du caoutchouc, ça peut aussi servir d'élastique, même si on n'a rien pour le découper... Mais peut-être que le coquillage ferait l'affaire. Ça peut se transformer en fronde, en joint d'étanchéité d'urgence, en tuyau, ou autre. J'ai même vu MacGyver faire du feu avec.

— Là, tu mens.

— Je te jure que non. Il l'a rempli d'eau et s'en est servi comme une loupe. Ça a pris un bon moment, et il a balancé pas mal de jurons, mais il a réussi à faire de la fumée, puis une flamme. J'étais aussi bluffé que toi.

— D'accord. Donc un préservatif, c'est utile pour bien plus de choses que... Tu vois ce que je veux dire.

— Oui. On peut enlever l'encre du stylo et se servir du tube pour en faire une paille, et même si les pâtes crues vont nous bousiller les dents, elles apportent quand même un peu de calories. Et enfin, la bougie, c'est de l'or en barre. Ces connards pensaient nous narguer, mais je crois que je peux enlever l'isolant de quelques fils dans la radio, les relier aux piles, et peut-être produire une étincelle pour allumer la mèche.

— Oh punaise ! Ce serait génial !

Oui, si ça fonctionnait. D'ordinaire, Flash laissait ce genre de choses à MacGyver, mais là, c'était à lui de jouer. S'il pouvait apporter un peu de lumière à Kelli, il le ferait.

À sa grande surprise, elle rit légèrement.

— Qu'est-ce qu'il y a de drôle ?

— C'est juste que Heckle et Jeckle pensaient nous briser le moral avec une boîte pleine de merdes inutiles, mais ils ne savaient pas qu'ils avaient enlevé un foutu Navy SEAL. Quels crétins...

Kelli avait une énorme confiance en lui. Flash espérait qu'elle était justifiée.

Une détermination nouvelle monta en lui. Il ferait tout son possible pour rendre cette épreuve moins pénible pour la femme qui était avec lui. Ils allaient souffrir, et tant qu'ils ne seraient pas sortis de ce foutu bus, il ne baisserait pas la garde. Ils en sortiraient cabossés... mais peut-être pas brisés. Du moins, il l'espérait.

* * *

Brant Williams regarda la carte d'identité de la marine américaine qu'il tenait en main et sourit. Son plan initial était de contacter les familles des touristes américains qu'ils avaient enlevés pour demander des rançons, mais savoir qu'il avait un militaire entre les mains, c'était encore mieux.

La Navy allait vouloir récupérer ce type à tout prix. Ils paieraient, c'était certain.

— Je ne suis pas sûr que la Navy paiera la rançon, déclara Errol, manifestement peu convaincu.

— Bien sûr que si, rétorqua Brant. Ils ne peuvent pas m'ignorer. Ils seront obligés de payer, sinon j'irai voir les médias et je leur dirai que le gouvernement américain laisse crever l'un des leurs.

— Mais les États-Unis ne négocient pas avec les terroristes, lui rappela Errol.

— On n'est pas des terroristes, répondit Brant, agacé.

En voyant qu'Errol fronçait toujours les sourcils, Brant sentit son énervement monter d'un cran.

— C'est toi qui as tout foiré. Si tu avais fait ce que je t'ai dit et ramené au moins quatre ou cinq personnes, on aurait pu demander plus. Mais au lieu de ça, tu n'en as ramené que deux.

— Je t'ai déjà expliqué ! Je ne pouvais pas forcer les autres à attendre pendant que ces deux-là étaient encore sur l'eau.

— Pourquoi pas ?

— Parce qu'ils râlaient pour partir, et que l'autre chauffeur s'est proposé de tous les entasser dans son minibus ! s'écria Errol. Tu sais quoi ? Va te faire voir. J'en ai marre.

— Quoi ? Tu laisses tomber ? hurla Brant à son tour.

— Oui. Tu ne m'écoutes pas. Tu me prends pour un con. C'est moi qui ai trouvé où Wade Gordon était affecté, à Riverton, en Californie. C'est moi qui ai trouvé le profil Facebook de Kelli Colbert, et découvert qu'elle bossait dans une petite agence de voyage. Elle gagne des clopinettes. Sans moi, tu ne saurais même pas qui contacter pour demander de l'argent. Et tu ne m'écoutes toujours pas ! La Navy ne va jamais lâcher cinquante mille dollars pour ce Wade. C'est un engagé, pas un officier. Et ça change tout.

— Non, ça ne change rien du tout ! répliqua Brant.

Errol leva les yeux au ciel, ce qui énerva Brant encore plus.

— Qui a eu cette idée ? Moi ! Qui a payé pour enterrer ce bus ? Moi ! Tout ce plan, c'est grâce à moi. C'est moi qui t'ai proposé d'y participer, pas l'inverse. C'est moi le chef. Et je te dis que ça va marcher. Alors détends-toi !

— Non. C'est fini. Bonne chance. Et ne me contacte plus jamais, ajouta Errol en tournant les talons.

— Très bien. Parfait Ça fera plus d'argent pour moi.

— Il n'y aura pas d'argent, marmonna Errol en quittant la petite maison délabrée de Brant.

À peine la porte claquée, Brant l'oublia. Il n'avait pas besoin de lui. Il avait déjà tout ce qu'il lui fallait. Il avait les adresses des otages, et Errol lui avait donné les coordonnées du commandant de Wade Gordon. Il avait aussi un téléphone non traçable, qu'il détruirait juste après l'appel.

Ensuite, il n'aurait plus qu'à attendre que l'argent soit viré sur le compte qu'Errol avait déjà créé.

Ce type était doué en informatique, et c'était dommage de perdre un gars qui avait ce talent, mais Brant trouverait un autre partenaire.

À commencer par quelqu'un pour retirer les corps du bus une fois que ses otages seraient morts.

Mais ça, ce serait pour plus tard. Pour l'instant, il devait d'abord appeler ce commandant de la Navy pour lui dire que Wade Gordon était en danger de mort – et que la seule façon de le sauver, c'était de verser cinquante mille dollars.

Brant en avait fini avec la misère. Il n'en pouvait plus. Il méritait mieux que cette vie minable. Et ce boulot ne serait que le premier d'une longue série. Une fois qu'il aurait récolté un million de dollars, Brant partirait à Los Angeles, achèterait une énorme maison, et vivrait comme le roi qu'il aurait toujours dû être.

Tout commençait avec Wade Gordon.

Brant jeta un coup d'œil aux permis de conduire posés sur la table, puis reporta son attention sur la carte de la Navy, qu'il tenait toujours. La Marine allait désespérément vouloir récupérer son soldat, marin... Peu importe. Il en était certain.

7

— C'est quoi ce bordel ? grogna Kevlar après que son équipe et lui avaient été brusquement extraits d'une réunion importante concernant une possible mission à venir... pour parler d'autre chose avec le commandant.

Ils croyaient tous être convoqués pour une mission d'urgence. Et c'était le cas – mais ça n'avait rien à voir avec ce à quoi ils s'attendaient.

— Je l'avais dit que ce connard avait eu une idée pourrie en allant en Jamaïque, marmonna Kevlar entre ses dents.

— Les gars qui étaient avec lui vont bien ? demanda Safe au commandant.

— Oui. Ils ne savent même pas encore qu'il a disparu. Et apparemment, une femme manque aussi à l'appel.

— De mieux en mieux, commenta MacGyver d'un ton sec.

— Il y avait un groupe de femmes en vacances là-bas, et elles ont toutes fait une descente en bouée ensemble. Flash et une femme nommée Kelli Colbert ne sont jamais revenus. J'ai appelé l'hôtel pour parler aux hommes qui étaient avec Flash.

Kevlar regarda le téléphone posé au centre de la table. Pour la première fois, il remarqua le voyant clignotant qui indiquait qu'un appel était en attente.

— C'est lui ? demanda-t-il en désignant l'appareil d'un signe de tête.

— Oui.

L'équipe ne savait pas encore exactement ce qui se passait, mais clairement, il fallait impérativement parler aux gens qui étaient avec Flash avant sa disparition. Kevlar se pencha et tendit la main vers le bouton pour reprendre la communication, cherchant du regard l'approbation du commandant, qui hocha la tête.

Kevlar appuya aussitôt sur le bouton.

— Allô ? fit le commandant.

— Euh... Allô ? répondit un homme, manifestement confus et inquiet.

Il se demandait sûrement pourquoi la sécurité du complexe hôtelier l'avait convoqué dans un bureau.

— Je m'adresse bien à Charles Heptworth ?

— Oui. Qui est à l'appareil ?

— Ici le commandant de Wade Gordon, US Navy. J'ai besoin de savoir ce qui s'est passé aujourd'hui.

Kevlar se pencha un peu plus, comme pour faire parler l'homme plus vite à l'autre bout du fil. Il remarqua que tous ses coéquipiers faisaient de même.

— Euh... Je ne vois pas de quoi vous parlez...

— Quand avez-vous vu Wade Gordon et Mlle Colbert pour la dernière fois ?

— Euh... Quand on faisait de la bouée. On s'est perdus de vue sur l'eau, on a attendu un moment, mais ils ne sont jamais arrivés. Flash est un SEAL, donc je ne me suis pas inquiété pour lui, mais Kelli... Elle n'est pas vraiment faite pour les activités aquatiques, si vous voyez ce que je veux dire.

— Non, je ne vois pas ce que vous voulez dire, répondit le commandant d'un ton glacial. Expliquez.

— Apparemment, elle ne nage pas très bien. D'après sa cousine, elle n'a pas le bon gabarit pour ça. Je ne sais pas qui l'a suggéré, mais on est tous montés dans l'un des deux vans pour retourner au complexe hôtelier, en laissant l'autre pour Kelli et Flash. Attendez... Pourquoi vous me posez toutes ces questions ? Ils vont bien, pas vrai ?

Kevlar avait envie de lever les yeux au ciel. Ce Charles n'était pas une flèche.

— Non. Ils ont été kidnappés.

À la surprise générale, Charles éclata de rire.

— Ça vous fait rire ? aboya le commandant.

— C'est une blague, non ? Flash m'en veut d'avoir traîné avec les filles hier soir, alors il se venge. Il a monté un coup tordu, et il a convaincu Kelli de jouer le jeu.

— Ce n'est pas une blague, intervint Kevlar, n'arrivant plus à garder le silence. Mon coéquipier a disparu. Kelli Colbert aussi. Et vous, vous rigolez.

Un silence pesant suivit, puis Charles reprit, un peu hésitant :

— Vous ne plaisantez pas ?

— Non, on ne plaisante pas. On veut tout savoir sur ce qui s'est dit quand vous avez décidé de quitter la rivière pour rentrer au complexe, ordonna le commandant.

— Merde... OK, je vais vous dire tout ce dont je me

souviens. Bordel... Nova va être dévastée pour son frère.

Kevlar et le reste de l'équipe écoutèrent Charles leur expliquer comment ils avaient laissé Flash et Kelli derrière – parce qu'apparemment, tout le monde était pressé de retourner boire et flirter – et il devint évident que le groupe avait eu énormément de chance. C'était tout à fait possible qu'ils aient tous été visés... mais en quelque sorte, leur égoïsme et leur libido les avaient sauvés. Pour une raison quelconque, leur chauffeur les avait ramenés au complexe hôtelier au lieu de les conduire là où se trouvaient Kelli et Flash.

Il devint aussi évident que désormais, Charles était profondément bouleversé par la disparition de son futur beau-frère. Il ne faisait clairement pas semblant. Il était nerveux, il bafouillait, et il semblait prêt à tout raconter dans les moindres détails : la sortie en bouée, les hommes qui les avaient conduits là-bas, ceux qui étaient venus les chercher ensuite.

— Ils vont s'en sortir ? demanda Charles.

— Si on peut y faire quelque chose, oui, répondit le commandant.

— Et maintenant, qu'est-ce qu'on fait ?

— Vous restez au complexe. Ne sortez plus. Ils sont en train de contacter la police. Parlez-leur. Dites-leur exactement ce que vous venez de me dire. Ensuite, réservez un vol pour rentrer dès qu'on vous donne le feu vert.

— Est-ce qu'on est en danger, nous aussi ? demanda Charles, la voix tremblante.

— On ne sait pas. Mais mieux vaut vous rapatrier dès que possible.

— Oui. Il faut que je rentre retrouver Nova, dit Charles à voix basse, comme s'il se parlait à lui-même.

Le commandant mit fin à l'appel après un bref échange avec

le responsable de la sécurité de l'hôtel, pour s'assurer que la police avait bien été prévenue, et que les groupes de Flash et Kelli seraient en sécurité jusqu'à leur départ.

— Je n'arrive pas à croire que Flash se soit fait kidnapper, lâcha Smiley, manifestement en colère.

— Attendez... Si Hepworth n'était même pas au courant, comment vous l'avez su ? demanda MacGyver au commandant.

— Le ravisseur m'a appelé au bureau pour demander une rançon.

Kevlar regarda fixement son commandant, incrédule.

— Il vous a appelé ? Comment savait-il qui vous étiez ?

— Aucune idée. Mais si Flash avait sa carte d'identification navale sur lui – ce qui est plus que probable, on sait tous qu'il est maniaque avec ce genre de choses – le ravisseur l'a sans doute récupérée. Il a clairement quelques compétences en informatique, car il savait que Flash était affecté ici, et il a appelé directement mon bureau, et pas le numéro général de la base.

— Quelqu'un a prévenu Tex ? Il ne peut pas le localiser pour qu'on aille le récupérer, tout simplement ? demanda Safe.

— Il n'avait pas son traceur sur lui, répondit le commandant d'un ton grave.

— Bordel !

— Merde !

— Il n'a rien appris de ce qui nous est arrivé ?

L'esprit de Kevlar tournait à toute vitesse. Il n'avait qu'une envie : embarquer dans un avion pour la Jamaïque. Retrouver son ami. Être envoyé en mission pour sauver des inconnus, c'était une chose... mais là, il s'agissait de l'un des leurs. Un frère.

— Il est vivant ?

La question resta en suspens.

Le commandant pinça les lèvres.

— Je n'en sais rien. J'ai demandé une preuve qu'il était en vie, mais le ravisseur a dit que je n'en aurai la preuve que quand il recevrait l'argent et relâcherait Flash.

— Il a demandé combien ? lança Blink.

— Cinquante mille.

Kevlar cligna des yeux, surpris.

— C'est tout ?

— Oui, mais comme vous le savez, beaucoup de Jamaïcains vivent dans une pauvreté extrême, souligna le commandant. Cinquante mille dollars, c'est plus que beaucoup d'entre eux peuvent imaginer gagner en une vie.

— Et il a certainement pensé que c'est une somme qu'il pouvait obtenir, ajouta MacGyver. S'il avait demandé dix millions, il savait qu'il n'aurait jamais rien eu.

— Et donc ? s'impatienta Kevlar. Qu'est-ce qu'on fait ? On paie ? On va en Jamaïque ? On fait quoi ?

— On ne paie pas, mais on lui fait croire qu'on va le faire. Ça vous laissera le temps, à vous six, d'arriver sur place. Mais si l'un de vous se fait enlever, je serai furax, grogna leur commandant. Là-bas, le gouvernement est au courant de la situation, et on est tous d'accord pour rester discrets. Ils ne veulent surtout pas que tout le monde sache que des touristes se font encore kidnapper. À cause de la montée de la violence, le tourisme a déjà pris un sacré coup.

— Quand est-ce qu'on part ? demanda Blink.

Le commandant consulta sa montre.

— Décollage dans trois heures. Rentrez chez vous, embrassez vos femmes et vos enfants, et revenez ici à dix-huit heures.

— Je reste ici et j'appelle Tex, proposa Smiley. Vu que je suis le seul célibataire. Je vais aussi faire des recherches sur la zone où Flasha disparu, prendre la température du terrain. Flash et cette femme, Kelli, sont détenus quelque part, je vais voir si je peux trouver des pistes. Et s'ils ne sont plus en vie...

Sa voix s'éteignit.

— Il est vivant, déclara Kevlar, la gorge serrée. Je ne sais pas ce qui s'est passé, mais il a été enlevé avec une femme, je parie qu'il a fait tout ce qu'ils lui ont demandé juste pour la protéger, et pour gagner du temps. Je pense qu'ils sont planqués quelque part, et que ce sera à nous de les retrouver. Sans Tex. Sans traceur. Juste du bon vieux travail de détective. Et ça nous va – on n'est pas seulement des gros bras. On est malins. On peut y arriver. On va récupérer notre frère.

— Hooyah ! s'écrièrent les six autres hommes... y compris leur commandant.

* * *

— C'est ça, dit Flash à Kelli. Là, ne bouge pas.

Ils étaient agenouillés sur le plancher en métal du bus, et il essayait d'allumer la bougie. Kelli était toujours terrifiée, mais maintenant qu'ils avaient un objectif, une tâche à accomplir, elle se sentait un peu mieux.

Flash avait démonté la radio hors d'usage, et même si elle ne pouvait pas le voir, elle l'entendait grogner, râler entre ses dents, et jurer dès que quelque chose ne marchait pas comme il l'espérait. Il lui décrivait aussi ce qu'il faisait au fur et à mesure, ce qu'elle appréciait... étant donné qu'elle n'y voyait rien.

Il avait dénudé les fils de la radio, retiré les piles, et allait tenter de produire des étincelles qu'ils pourraient peut-être utiliser pour allumer la bougie. Ils se servaient du coton d'un pansement en espérant qu'il prenne feu grâce aux étincelles, ce qui leur permettrait ensuite d'allumer la mèche. C'était à elle de tenir le pansement assez près de la pile pour que les étincelles s'y accrochent – ce qui était compliqué, vu l'obscurité totale.

Elle ne pouvait que maintenir le pansement immobile à l'endroit où Flash le lui indiquait, et espérer que son plan fonctionne.

Ses mains tremblaient, de peur et de nervosité, mais elle était heureuse que Flash la laisse participer. S'il l'avait mise de côté en lui demandant de ne rien faire, elle l'aurait mal pris. Ce qui était idiot, car elle n'était vraiment pas dans son élément, et c'était littéralement le métier de Flash. Enfin, pas exactement, mais il avait bien plus d'expérience qu'elle en matière de captivité.

Le fait qu'il la considère comme un atout et non un boulet signifiait beaucoup pour elle. Ça signifiait même tout. Il ne la traitait pas comme si elle était idiote ou inférieure. Ils formaient une équipe. Ils étaient partenaires. Et ça changeait tout.

— OK, c'est parti. Prête ?

— Prête, confirma Kelli en essayant de contrôler le tremblement de ses mains.

L'étincelle produite quand Flash toucha la pile avec le fil faillit lui faire mal aux yeux. Passer de l'obscurité totale à ce bref éclat de lumière était violent.

— Bordel, ça a marché ! s'exclama Flash un instant plus tard, la voix pleine de joie. Rapproche-toi, Kelli. Tiens ce pansement aussi près que possible.

Elle s'exécuta, gardant le regard fixe vers l'endroit où elle pensait avoir vu l'étincelle, les lèvres serrées avec détermination. Ça devait marcher. Il le fallait.

— On y retourne, la prévint Flash.

Kelli réagit une fraction de seconde trop tard pour capter l'étincelle avec le petit morceau de gaze. Ils recommencèrent, inlassablement, mais à chaque fois, Kelli loupait le coche.

Après ce qui lui sembla être la centième tentative, elle poussa un soupir, abattue, et s'affaissa.

— Ça ne sert à rien. Je n'y arrive pas.

Elle avait envie de pleurer. Elle y croyait vraiment, elle espérait qu'ils arriveraient à générer un peu de lumière, mais c'était tout simplement trop difficile de capter une si petite étincelle et de la faire atterrir pile sur le minuscule morceau de gaze.

Les larmes lui montèrent aux yeux, mais cela ne lui brouilla pas la vue, puisqu'elle n'y voyait déjà rien.

— Je n'y arriverai pas, répéta-t-elle. Je suis désolée. D'ailleurs, est-ce qu'il nous reste assez d'oxygène ? demanda-t-elle soudain. On va mourir, pas vrai ?

Elle entendit Flash se déplacer, puis elle sentit ses mains sur son corps. Il lui faisait face quelques instants plus tôt, tous deux blottis autour de la radio et de la bougie, mais maintenant, il était assis à côté d'elle. Avant qu'elle ne comprenne ce qu'il faisait, il l'avait soulevée, et elle se retrouva sur ses genoux.

Dans n'importe quelle autre situation, elle aurait été furieuse qu'un homme la touche sans sa permission, de manière aussi intime. Mais c'était Flash, et rien dans toute cette situation n'avait quoi que ce soit de normal.

Sans hésiter, Kelli se tourna vers lui. Elle était assise en travers de ses jambes, un peu comme quand ils étaient dans la bouée sur la rivière, ce qui lui semblait remonter à une éternité.

Elle se blottit contre lui, passa les bras autour de ses épaules, et enfouit son visage dans le creux de son cou.

— Je suis désolé.

Kelli fronça les sourcils.

— Désolé de quoi ? murmura-t-elle contre sa peau, appréciant sa chaleur.

Étonnamment, même s'ils étaient dans la jungle tropicale et qu'elle avait chaud à l'extérieur, être enterrée sous terre, sans le soleil pour les réchauffer, lui avait glacé les os.

— D'avoir oublié que tu n'es pas habituée à ça, que tu ne fais pas partie de mon équipe. Tu dois être terrifiée. Je crois que j'ai oublié parce que tu t'en es super bien sortie. Tu n'as pas paniqué une seule fois.

— Au fond de moi, c'est le chaos, avoua Kelli.

— Et c'est justement pour ça que tu m'impressionnes autant, la rassura Flash.

Il se mit à la balancer doucement d'avant en arrière, et Kelli faillit gémir tant ça lui faisait du bien d'être câlinée ainsi. Les larmes qu'elle s'efforçait de retenir coulèrent le long de ses joues et tombèrent sur l'épaule de Flash.

— Laisse-toi aller, Kelli. Je suis là.

Il n'en fallut pas plus pour que la digue cède.

Kelli pleura parce qu'elle avait peur. Parce qu'elle en avait assez de l'obscurité. Parce qu'elle avait faim. Parce que malgré les paroles rassurantes de Flash, elle ne voyait pas du tout comment quelqu'un pourrait les retrouver. Leurs ravisseurs avaient manifestement tout prévu dans les moindres détails. Bon sang, ils avaient désossé un bus et l'avaient enterré dans la jungle. Et pour les faire souffrir un peu plus, ils avaient volontairement laissé une boîte remplie de conneries inutiles. C'était n'importe quoi.

Tandis qu'elle pleurait, Flash continua à la bercer. Il resta silencieux et la laissa évacuer toute sa détresse à travers les larmes.

Quand elle eut terminé, elle avait mal à la tête, se sentait déshydratée, et un peu nauséeuse. Flash se déplaça légèrement. Pensant qu'il commençait à avoir mal, Kelli se redressa, prête à se relever, jusqu'à ce qu'elle sente quelque chose sur son visage.

Elle se figea. Flash se servait d'un pan de son T-shirt pour lui essuyer le visage.

— Mouche-toi, lui dit-il en plaçant le tissu sur son nez.

Kelli écarta doucement son bras.

— Je ne vais pas me moucher dans ton T-shirt, lui répondit-elle avec toute l'énergie qui lui restait.

Il rit, et elle sentit la vibration à travers tout son corps.

— Je te donnerais bien le chiffon qu'on a trouvé tout à l'heure, mais maintenant, il est plein de sang. J'aimerais avoir un véritable mouchoir pour toi.

— Moi aussi, admit sincèrement Kelli.

De toute façon, s'il en avait eu un, ils ne se trouveraient sûrement pas où ils étaient à l'instant même. Elle s'écarta un peu, porta l'ourlet de son haut à son visage, puis se moucha. Dans un autre contexte, elle aurait été écœurée, mais là, ça la soulagea. Et ce n'était pas comme si elle était fraîche comme une rose. Un peu de morve de plus ou de moins ne changerait rien à cette situation déjà complètement foireuse.

— Ça va mieux ? demanda Flash quand elle se blottit à nouveau contre lui.

— Pas vraiment, répondit-elle honnêtement.

— Je sais que la situation a l'air désespérée, mais elle ne l'est pas.

Kelli leva les yeux au ciel.

— Mouais, fit-elle sans conviction.

— Non, vraiment. On va énumérer les points positifs. Je commence, et ensuite, c'est ton tour. On a de l'eau.

Kelli eut envie de répliquer avec une remarque sarcastique du genre *super, avoir de l'eau va juste prolonger notre agonie*, mais elle inspira profondément et essaya de ne pas jouer les rabat-joie.

— On n'est pas seuls.

— Bien vu, approuva Flash. Ce serait vraiment l'enfer si tu n'étais pas là.

— Ce n'est pas comme si je servais à grand-chose, se sentit-elle obligée de dire.

— Tu rigoles ? Ta seule présence m'oblige à garder la tête froide. Sans toi, je me serais peut-être déjà fait tirer dessus. J'aurais attaqué Jeckle, et je me serais pris une balle de la part de Heckle.

À sa grande surprise, Kelli se mit à rire.

— Heckle et Jeckle... Ces noms sont tellement débiles. Et c'est encore plus drôle quand c'est toi qui les prononces.

— Tu as de meilleurs surnoms à proposer ?

— Non, répondit-elle en reprenant son sérieux. Ils ont bien fait attention à ne jamais dire leurs vrais noms devant nous.

— J'ai remarqué aussi. Mais peu importe. Mon équipe finira par découvrir qui ils sont.

— Comment ?

— Aucune idée. Mon truc, ce n'est pas l'informatique ou le renseignement. Moi, je suis plutôt un homme d'action, je fais surtout des trucs physiques.

— Je préfère être coincée ici avec un gars comme toi qu'avec un geek expert en informatique.

— Tu n'as jamais rencontré Tex. D'après ce que disent les

filles, même avec une jambe en moins et quelques décennies de plus, il est canon.

Kelli se remit à rire. Entendre Flash dire qu'un homme était canon, c'était franchement marrant.

— Il n'a qu'une seule jambe ? s'enquit-elle une fois qu'elle eut retrouvé son calme.

— Oui. Bon, quoi d'autre ? Ta tête ne saigne plus.

Ah, ils en étaient de nouveau à dresser la liste des points positifs.

— Euh... On a des conserves, peut-être ?

Elle n'était pas vraiment sûre que ce soit un point positif, car même si Flash affirmait qu'il pouvait les ouvrir avec la cuillère que les ravisseurs avait laissée, ils n'avaient pas la moindre idée de ce qu'il y avait dedans.

— Oui. Et on a de la place pour bouger. On n'est pas enfermés dans un placard ou un endroit exigu.

Kelli n'y avait pas pensé.

— Tu as déjà été enfermé dans un endroit minuscule ?

Elle le sentit frissonner, et resserra ses bras autour de lui.

— Désolée, oublie ma question.

— Non, ça va. La réponse est oui, et crois-moi, c'est bien mieux ici.

Kelli ne lui demanda pas de détails. Elle ne voulait surtout pas réveiller de mauvais souvenirs dans un moment pareil.

— Euh... Tu peux fabriquer une arme avec le coquillage qu'ils nous ont laissée ?

— Oui, je peux, confirma Flash. Tu vois ? On a plein de raisons de rester positifs. Après un peu de repos, un peu d'eau, et peut-être avoir vérifié ce qu'il y a dans les conserves, on ira voir si on peut ouvrir cette plaque d'égout.

Kelli ne savait pas du tout comment ils allaient s'y prendre, mais elle acquiesça quand même.

— Tu crois qu'on peut réessayer d'allumer la bougie ? Tu as toujours le morceau de gaze ?

Kelli réalisa avec étonnement qu'elle serrait encore ce fichu pansement dans sa main.

— Oui.

— Parfait. Et je ne dis pas ça juste pour te remonter le moral – même si j'espère que ça y contribue. J'ai vu MacGyver faire exactement la même chose : utiliser une pile et des fils pour produire une étincelle et allumer un feu. Il lui a fallu cinq cent douze essais pour obtenir une flamme. Et il se servait d'un morceau de son T-shirt imbibé d'un liquide inflammable... Un truc qu'il avait trouvé dans la pièce où on était enfermés. Je ne sais pas ce que c'était, je ne lui ai pas demandé. Mais ce que je veux dire, c'est que même lui, il a galéré, et c'est MacGyver. On peut y arriver, Kelli. Et puis, qu'est-ce qu'on a d'autre à faire ?

Elle n'était pas convaincue, mais c'était un bon argument. Même si en réalité, elle pourrait sans doute rester toute la nuit sur ses genoux sans se plaindre. C'était loin d'être une punition d'être enveloppée par sa chaleur et par sa présence imposante.

— D'accord, allons-y.

— Super, ma belle.

Avant qu'elle ne puisse descendre de ses genoux, Flash lui saisit doucement les épaules.

À la grande surprise de Kelli, ses lèvres effleurèrent les siennes.

Il se figea, les muscles tendus.

— Merde. Désolé. Je ne voulais pas... j'étais... Bordel. Désolé.

— Tu t'excuses de m'avoir embrassée ? demanda Kelli.

— Non, mais je visais ton front. Ce qui est débile, puisque je n'y vois que dalle. Je ne voulais pas dépasser les bornes.

— Flash, je crois qu'on a dépassé le stade où on doit s'excuser de se toucher, le rassura Kelli. Et puis... c'était agréable.

— Agréable... répéta-t-il en retrouvant son ton moqueur. Il faudra que je fasse mieux la prochaine fois. Hors de question que tu qualifies mes baisers d'*agréables*.

Kelli pouffa de rire.

— J'adore ton rire. C'est quand même plus sympa que tes larmes. Allez, allumons cette foutue bougie pour voir ce que Heckle et Jeckle nous ont laissé à manger, et explorons ce fichu bus pour voir si on trouve quelque chose qui pourrait nous aider.

Il avait l'air tellement positif. Et franchement, Kelli s'en réjouissait. Elle n'aurait vraiment pas supporté d'être coincée dans cette situation avec quelqu'un qui se plaindrait sans arrêt.

Ils se remirent à genoux, leurs têtes presque l'une contre l'autre. Kelli toucha les mains de Flash pour localiser précisément où tenir la gaze pour capter une étincelle.

— C'est parti, lança Flash.

Kelli n'avait aucune idée du nombre de fois où il avait touché la pile avec les fils, ni du nombre d'étincelles produites, mais elle voyait des points blancs, et ses bras tremblaient à force de les garder tendus et d'essayer de capter une étincelle. Peut-être que le copain de Flash avait mis cinq-cent-douze essais avant d'arriver à faire du feu, mais elle avait l'impression qu'ils en étaient au double.

Au moment où elle allait abandonner une fois encore, et dire à Flash que c'était fichu... une étincelle tomba directement sur la gaze.

Automatiquement, elle se pencha et souffla tout doucement sur le pansement.

— C'est ça ! s'écria Flash. Recule un peu, laisse-moi approcher la mèche. Doucement... Encore un petit souffle... On a réussi !

La mèche de la bougie s'enflamma – et Kelli fut soulagée d'un coup.

Elle s'affaissa et regarda fixement la petite flamme. La bougie était plutôt grosse, à la fois large et haute, et même si elle ignorait combien de temps elle tiendrait, avoir un peu de lumière, ne serait-ce qu'un moment, lui paraissait être la plus grande victoire de sa vie.

— On a réussi ! répéta Flash, le visage éclairé par la bougie qu'il tenait.

Il affichait un immense sourire, que Kelli ne put s'empêcher de lui rendre.

Puis il se pencha de nouveau et l'embrassa. Cette fois, sans viser le front, mais directement sur les lèvres.

— On a réussi, souffla-t-elle à son tour contre sa bouche.

Kelli avait envie de se jeter une nouvelle fois dans ses bras, de le sentir contre elle. Mais il s'écarta et se releva pour jeter un coup d'œil autour d'eux.

Elle se leva à son tour, plus lentement.

Puis, comme s'ils avaient déjà fait cela toute leur vie, Flash leva un bras, et Kelli se glissa contre lui, passant un bras autour de sa taille tandis qu'il passait le sien autour de ses épaules. Ils s'imbriquaient parfaitement.

— Ce n'est pas exactement le Taj Mahal, mais on va faire avec, constata Flash.

Kelli pouffa de rire.

— Tu parles...

Flash haussa les épaules.

— Maintenant qu'on a de la lumière, tout paraît un peu moins sombre... Au sens propre comme au figuré.

Et le plus fou, c'était que Kelli réalisa qu'il avait raison. Le fait de pouvoir voir autour d'elle avait totalement changé sa perspective.

Maintenant, il ne restait plus qu'à attendre que les amis de Flash arrivent pour les sortir de ce foutu trou.

8

Kevlar regarda sa montre avec impatience. Il était 8 h du matin, et aucun membre de l'équipe n'avait beaucoup dormi. Ils étaient arrivés en Jamaïque un peu avant 3 h – environ treize heures après la disparition de Flash – et ils n'avaient pas arrêté depuis.

Même en pleine nuit, ils s'étaient rendus directement au complexe hôtelier où séjournaient Flash et les deux groupes du mariage pour interroger le maximum d'employés possible. Les deux groupes avaient été conduits jusqu'au site de descente en bouée, mais le complexe n'était pas responsable de leur retour à l'hôtel. C'était à la société de location de bouées de s'en charger.

On leur avait permis d'entrer dans la chambre de Flash, mais ils n'y avaient trouvé aucun indice. Pendant que Blink et Safe rassemblaient ses affaires, Kevlar et Preacher s'étaient rendus dans la chambre de la femme disparue. MacGyver et Smiley avaient continué à faire le tour du complexe, parlant à tous ceux qui étaient déjà levés pour recueillir la moindre information.

La chambre de Kelli Colbert, comme celle de Flash, était propre et bien rangée. Il y avait un livre sur la table de nuit, une bouteille d'eau à moitié vide... et des vêtements pliés dans un tiroir. Elle avait même replié ses vêtements sales, et les avait remis dans sa valise. Elle était pratiquement prête à partir, manifestement en vue de quitter l'île le lendemain de l'excursion en bouée. Kevlar avait été soulagé de trouver son passeport glissé sous les vêtements dans sa valise.

Ils avaient emballé ses quelques affaires à elle aussi, et laissé les sacs de Flash et de Kelli dans le bureau du chef de la sécurité pour l'instant.

Ils n'avaient plus qu'à attendre l'ouverture de la société de tourisme pour pouvoir leur parler, et aucun membre de l'équipe ne se réjouissait de ce délai. Flash était là-dehors, tout comme Kelli, et ils voulaient les retrouver au plus vite. En attendant, ils avaient contacté Tex, l'ancien SEAL qui consacrait sa vie à retrouver des personnes disparues... Civils, anciens militaires, autres SEALs, Delta Force... Tous ceux qui disparaissaient sans raison apparente. Il fournissait aux forces spéciales des traceurs permettant de localiser précisément leur position. Mais comme ils l'avaient déjà découvert, Flash n'avait pas emporté son traceur en Jamaïque. Ils étaient donc dans le flou complet.

Tex faisait de son mieux pour suivre la trace de Flash à l'aide de ses compétences en informatique, mais la Jamaïque n'était pas comme les États-Unis ou beaucoup d'autres pays. Il n'y avait pas de caméras de surveillance à chaque coin de rue, et jusque-là, aucune transaction suspecte n'avait été repérée sur les cartes de crédit de Flash ou de Kelli ; C'était comme s'ils s'étaient volatilisés.

Cependant, Kevlar et les autres SEALs refusaient de perdre espoir. Flash était bien quelque part. Ils allaient le retrouver.

Après avoir recueilli tout ce qu'ils pouvaient au complexe hôtelier – c'est-à-dire pas grand-chose – l'équipe s'était rendue à la société de location de bouées de la White River juste à temps pour l'ouverture. On les avait conduits dans une arrière-salle près du petit bâtiment, où ils avaient rencontré le responsable des opérations, visiblement déstabilisé par la présence de six hommes immenses, tendus et furieux.

Il leur répéta tout ce qu'il savait déjà : le groupe de dix personnes était arrivé la veille au matin, et avait dû attendre environ vingt minutes avant de pouvoir se lancer sur la rivière, le temps qu'un groupe de croisiéristes passe en priorité, leur horaire étant strict. Non, il ne les avait pas vus se mettre à l'eau, car il était dans son bureau à faire de la paperasse, et non, il ne les avait pas vus sortir non plus, car le circuit se terminait plus bas, à un autre point de la rivière.

Oui, il allait chercher les employés qui les avaient aidés à embarquer.

L'interrogatoire des hommes qui avaient aidé le groupe à choisir leurs bouées et à se lancer sur l'eau n'avait rien apporté d'utile à Kevlar et aux autres. Tous affirmaient que tout le monde avait l'air heureux. Personne ne semblait inquiet en descendant la rivière.

— Et les gars qui les ont ramenés à l'hôtel ? On peut leur parler ? demanda Flash au responsable de plus en plus tourmenté.

Jusque-là, l'homme avait répondu à toutes leurs questions sans réserve. Il ne semblait pas cacher d'informations, même s'il commençait à perdre patience. Mais ils devaient insister. Il leur fallait une piste, n'importe laquelle. Pour l'instant, ils n'avaient rien.

L'équipe attendit, frustrée, pendant que le responsable partait chercher les chauffeurs censés avoir ramené le groupe à l'hôtel. Vingt minutes plus tard, il revint avec un jeune homme nerveux âgé de dix-huit ans à peine.

— Voici Mark, dit le responsable. C'est lui qui a conduit le premier groupe.

— Laissez-nous une minute, lança Smiley au responsable en se plaçant près de la porte et désignant la sortie d'un signe de tête.

— Euh... D'accord.

Mark écarquilla les yeux en voyant son supérieur le laisser seul avec six Américains qui avaient l'air particulièrement énervés, sans un regard en arrière.

Safe retourna une chaise et le désigna du menton.

— Assieds-toi, ordonna-t-il à Mark.

Le jeune homme obéit nerveusement.

— Raconte-nous tout ce que tu sais sur le groupe d'hommes et de femmes que tu as ramené à l'hôtel hier, exigea Kevlar. Et n'oublie rien.

— Euh... J'attendais un groupe au point de rendez-vous. Ils riaient tous. Ils avaient l'air de bonne humeur.

— Combien étaient-ils ? demanda Flash.

— Huit.

— Mais tu savais qu'ils devaient être dix, pas vrai ? intervint Preacher.

Ils étaient tous debout autour de Mark et le mettaient volontairement mal à l'aise – ce qui était bien l'objectif. Kevlar s'en fichait, tout comme les autres.

— Bien sûr. J'ai demandé à l'un des hommes où étaient les deux autres, et il m'a répondu qu'il ne savait pas.

— Et tu es parti ? s'enquit Safe, incrédule.

— J'ai proposé d'attendre, mais personne ne voulait. Ils avaient faim, soif, et une des femmes a dit qu'ils avaient envie de faire une fête d'adieu le soir même, et qu'ils voulaient rentrer pour se changer et se retrouver au bar.

Kevlar était écœuré, mais pas vraiment surpris. D'après tout ce qu'il avait entendu sur ces hommes et ces femmes – sauf peut-être les futurs mariés – ils n'avaient qu'une chose en tête : le sexe.

Bon, deux choses : le sexe et l'alcool.

— Ce n'était pas un gros problème ! Errol était là, et il est resté pour ramener les deux autres à l'hôtel quand ils sortiraient de la rivière, ajouta Mark précipitamment, comme s'il réalisait que les hommes autour de lui étaient à deux doigts de péter les plombs.

— Errol ? fit Kevlar en se redressant. Où est-il ?

Mark secoua la tête aussitôt.

— Je ne sais pas. Il était censé bosser aujourd'hui, mais il n'est pas encore arrivé.

— Depuis combien de temps il bosse ici ? demanda Blink.

Mark avait l'air terrifié.

— Il est nouveau. Depuis quelques semaines, peut-être...

— Tu le connais ?

— Quel âge a-t-il ?

— C'est quoi son nom de famille ?

Les questions fusaient de toutes parts, et de toute évidence, Mark se refermait sous l'effet de la peur.

Kevlar leva la main pour faire taire ses amis.

— Merci, Mark. Tu nous as été très utile. Mes amis et moi

allons demander tes coordonnées à ton patron – tu vois, adresse, famille, ce genre de choses. Comme ça, si on a d'autres questions, on saura où te trouver. Est-ce qu'il y a autre chose que tu veux nous dire ? Quelque chose que tu n'as pas encore mentionné ? N'importe quoi qui pourrait nous aider à retrouver notre ami disparu ?

— Non, répondit Mark en secouant la tête presque violemment.

Manifestement, il avait compris le message que Kevlar n'avait pas cherché à dissimuler : qu'ils pouvaient le retrouver à tout moment, et que s'il avait menti sur quoi que ce soit, ça ne se passerait pas bien pour lui.

— Tu peux y aller. Mais à l'avenir, je te conseille de t'assurer que tous les membres d'un groupe de descente soient bien présents, et de ne plus jamais laisser quelqu'un derrière toi.

— Oui, bien sûr. Bonne idée. Merci. C'est d'accord.

Il butait sur ses mots, essayant visiblement de calmer ses interrogateurs.

— Dehors, lâcha Smiley en ouvrant la porte.

Mark bondit de sa chaise et disparut dans la seconde.

Le gérant attendait non loin de là, et Smiley lui fit signe d'entrer dans le bureau.

— Errol. Qui est-ce ? Où est-ce qu'on peut le trouver ? demanda Kevlar dès que l'homme remit les pieds dans la pièce.

— Son nom de famille, c'est Brown. Il a été embauché il y a environ un mois, et il vient juste de terminer sa période d'essai. Je peux vous donner son adresse. Il n'est pas venu travailler aujourd'hui, c'est pour ça que je ne l'ai pas fait venir avec Mark. Je vais vous donner les infos tout de suite.

Kevlar observa le gérant fouiller dans les papiers d'un classeur contre le mur. Il comprit alors pourquoi Tex n'avait pas réussi à trouver grand-chose sur les employés de la boîte : ils conservaient encore des dossiers papier.

Mais ils étaient sur la bonne piste. Au fond de lui, il le sentait. Il ne leur restait plus qu'à mettre la main sur ce Errol Brown pour découvrir ce qui s'était passé après le départ de Mark pour le complexe avec les autres. Ils obtenaient des réponses, mais chaque minute qui passait était une minute de plus pendant laquelle leur ami et coéquipier était en danger.

Il était possible que Flash et Kelli soient déjà morts... mais Kevlar n'y croyait pas. Celui qui avait passé cet appel pour demander une rançon était un lâche. Il le soupçonnait de les avoir planqués quelque part en espérant qu'ils mourraient tout seuls, et qu'il pourrait ensuite récupérer l'argent et disparaître.

Il serra les poings pendant que le patron remettait à Safe les informations dont ils avaient besoin sur Errol Brown. Ils allaient retrouver Flash. Toute autre issue n'était pas envisageable.

* * *

Flash avait prévu d'ouvrir une des boîtes de conserve dès qu'ils avaient allumé la bougie, histoire de faire manger un peu Kelli... mais finalement, ils s'étaient endormis. Il n'avait aucune idée de l'heure qu'il était. L'obscurité brouillait sa perception du temps, et bien sûr, ni l'un ni l'autre ne portait de montre. À son immense soulagement, la bougie était encore allumée quand il se réveilla.

Et ce n'était pas seulement parce qu'ils avaient encore de la lumière ; la flamme vacillante lui indiquait aussi qu'il y avait suffisamment d'oxygène dans le bus. Il avait un peu flippé quand Kelli avait abordé le sujet plus tôt, mais il n'avait pas voulu le montrer.

Il y avait de l'air qui entrait quelque part, et c'était une chose de moins sur la liste du : *bordel, on est foutus*. Il essayait de rester aussi positif que possible, pour lui et pour Kelli, mais ce n'était pas simple.

La possibilité de regarder la femme qui était dans ses bras réveillait en lui un sentiment de protection démentiel. Elle s'était montrée incroyablement calme. Mis à part ce moment de faiblesse où elle avait pleuré contre lui, elle avait tenu bon.

Il revoyait encore son visage rougir quand elle avait admis qu'elle avait besoin d'aller aux toilettes avant de dormir. Ils avaient décidé que le coin opposé du bus serait l'endroit le plus approprié pour se soulager, car il y avait une légère inclination du sol à cet endroit, et que leurs déjections n'iraient donc pas dans leur direction. Ce n'était pas l'idéal, mais Flash espérait qu'ils sortiraient d'ici avant que l'odeur devienne un vrai problème.

Ils s'étaient installés dans le renfoncement où se trouvait autrefois le siège du conducteur. Flash s'habituait à avoir Kelli sur ses genoux. Là, elle avait sa place, blottie contre lui comme si elle avait été faite pour ça.

Dès qu'elle avait baissé sa garde, elle s'était écroulée, et avait sombré dans un sommeil profond. Le métal du bus était tout sauf confortable, mais Flash n'avait pas bougé. Il servait d'oreiller à Kelli, car maintenir son confort et sa bonne humeur était vital.

Il réalisa que c'était sans doute ce que ressentaient ses amis envers leurs compagnes et leurs épouses. Il avait toujours été du genre protecteur, mais avec cette femme, ces sentiments étaient décuplés.

Kelli bougea dans ses bras, et Flash attendit qu'elle ouvre les yeux. Ses cheveux étaient emmêlés, collés à l'arrière de sa tête à l'endroit où la blessure avait saigné. Elle avait des cernes, et le visage noirci par la saleté qui traînait dans ce foutu bus, mais franchement, il n'avait jamais vu un spectacle aussi beau que ses grands yeux bruns quand elle les ouvrit et qu'ils se posèrent directement sur lui.

— J'ai cru que c'était un rêve, murmura-t-elle. Un mauvais rêve.

— Quoi ? Te réveiller dans mes bras ? lâcha Flash.

Elle sourit. Chaque sourire ou rire qu'il parvenait à provoquer chez elle était une victoire.

— Non. Ça, c'est le meilleur côté de la chose. Être avec toi. La bougie est encore allumée, ajouta-t-elle en changeant de sujet sans prévenir.

— Oui. Encore un point sur la liste des trucs positifs. Elle se consume lentement et de manière régulière. Heckle et Jeckle ont laissé la bougie parfaite, de longue durée. Ce sont des abrutis.

Le petit rire qu'elle laissa échapper fit ajouter à Flash une nouvelle coche mentale sur sa liste *je l'ai fait sourire*.

— Tu as besoin d'aller aux toilettes ?

Elle fit la moue et secoua la tête.

Flash n'aimait pas ça. Ne pas uriner signifiait qu'elle était déshydratée.

— OK. Je ne sais pas pour toi, mais moi, j'ai l'impression que mon estomac est en train de se bouffer lui-même. Et si on allait jeter un coup d'œil à ces boîtes ?

— Avec la chance qu'on a, ce sera vraiment de la nourriture pour chien, marmonna Kelli.

Mais elle se déplaça sur ses genoux.

Flash garda sa main sur la sienne jusqu'à ce qu'elle ait trouvé son équilibre, puis ils firent quelques pas vers la caisse. Il saisit la bouteille d'eau et la lui tendit.

— Par petites gorgées, la prévint-il.

Ils l'avaient déjà ouverte la veille – enfin, il supposait que c'était la veille – et chacun avait bu une grosse gorgée. Ce n'était pas suffisant, mais même si de l'eau gouttait dans le bus, il ne voudrait pas prendre le risque de tout consommer. Et au moins, il savait que celle-ci était potable ; pas question de choper la tourista à cause d'une source d'eau douteuse.

Déjà, en soi, il trouvait aussi un peu louche qu'il y ait de l'eau qui goutte à l'intérieur du bus. Après inspection, il en vint à penser que leurs ravisseurs avaient peut-être organisé cela d'une manière ou d'une autre, pour s'assurer qu'ils ne mourraient pas avant le paiement de la rançon. L'eau avait l'air trop propre pour venir de la pluie ou d'une autre source naturelle infiltrée dans le sol.

S'ils restaient plus longtemps dans le bus, ils finiraient par boire cette eau... mais il voulait repousser ce moment le plus possible.

La possibilité que l'eau soit contaminée, et que ce soit une autre manière de les torturer, n'était pas quelque chose qu'il allait évoquer maintenant. Il devait rester complètement positif pour Kelli. Il n'y avait aucun intérêt à lui faire peur avec des scénarios qui ne se réaliseraient peut-être jamais.

Elle hocha la tête et ferma les yeux en buvant une gorgée.

Ensuite, il prit la bouteille, but à son tour, referma le bouchon, puis la posa sur le côté. Il encouragea Kelli à s'assoir et s'installa près d'elle. Il pria pour que le contenu des boîtes soit comestible. Il espérait aussi de tout son cœur que ce ne soit pas de la nourriture pour chien... mais si jamais c'en était, il en mangerait. Ce serait franchement dégoûtant, mais des nutriments restaient des nutriments.

Les deux boîtes n'avaient plus d'étiquette. Il les soupesa, essayant de décider laquelle ouvrir en premier.

— Am, stram, gram ? dit Kelli en souriant.

— Et si tu choisissais une main ? suggéra Flash.

Elle tendit la main droite.

Il attendit. Comme elle ne disait rien, il demanda :

— Tu choisis ?

Elle rit – et Flash ajouta mentalement un point à son compteur.

— Je viens de le faire.

— Oh, je croyais que tu me faisais juste un signe, répondit Flash en lui rendant son sourire. Droite, donc.

Il posa les boîtes et attrapa la cuillère.

— Il me semble qu'hier, je t'ai dit que le couvercle est plus fin que le reste de la boîte. Donc si tu te sers du bout de la cuillère en frottant toujours au même endroit, tu creuses une rainure, et au bout d'un moment, tu peux percer le couvercle.

Il fit une démonstration en tenant fermement la cuillère, en maintenant la boîte en place, puis en appliquant une pression régulière au sommet et en frottant inlassablement le bord du couvercle.

Peu de temps après, la cuillère perça le métal.

— Voilà ! s'exclama-t-il joyeusement.

— Ça a marché ! Tu as été super rapide !

— Je te laisse faire l'autre.

— Oh, ça va...

— Si, si. Tu dois apprendre à le faire aussi. Peu importe si tu mets plus de temps que moi, j'ai plus d'entraînement, c'est tout. Et puis... on n'a rien d'autre à faire.

— C'est vrai, admit-elle. Qu'est-ce que c'est ? Qu'est-ce qu'il y a dedans ?

— Une fois le trou percé, tu découpes tout le tour avec la cuillère. Quand tu es assez loin, tu peux replier le couvercle. Mais fais attention, le métal est super tranchant, surtout avec les bords irréguliers.

— Oui, oui... mais qu'est-ce qu'il y a dedans ? insista Kelli en se penchant vers lui, impatiente.

Flash replia doucement le couvercle, puis il prit la bougie et l'approcha pour mieux voir.

— C'est... des épinards ? demanda Kelli.

— Si je devais deviner, je dirais que c'est sûrement du calalou en conserve.

Kelli le regarda en fronçant les sourcils.

— Du quoi ?

— C'est un légume jamaïcain, riche en fer, en calcium et en vitamines B2. C'est de la même famille que les épinards.

— Donc... c'est des épinards, conclut-elle en s'humectant les lèvres. On peut les manger crus ?

— Oui.

Ce n'était pas ce que Flash préférait, mais là, il avait l'eau à la bouche, et il n'y avait rien de plus appétissant que ces feuilles vertes dans la boîte.

Il plongea la cuillère dedans et la tendit à Kelli.

Elle leva les yeux vers lui, puis se pencha en avant. Sans le quitter du regard, elle ouvrit la bouche et le laissa la nourrir... avant de gémir quand les légumes entrèrent en contact avec sa langue.

Ce son fit immédiatement réagir l'entrejambe de Flash.

Il fut gêné par cette réaction. Ce n'était pas vraiment le moment de penser à autre chose qu'à la survie. Mais cette femme... Il n'arrivait pas à déterminer ce qu'elle lui faisait. Elle le retournait complètement, et dans le bon sens.

— Allez, goûte, l'encouragea-t-elle.

Flash goûta, et il eut toutes les peines du monde à ne pas gémir à son tour.

— Il faut faire durer, dit Kelli, les yeux rivés sur la boîte.

De toute évidence, elle avait faim, et elle avait envie d'engloutir tout le contenu. Mais elle savait qu'ils devaient faire durer le repas.

— On se raconte un truc entre chaque bouchée ? proposa-t-elle. Attends... On mange tout dans le même repas, ou on en garde un peu ?

La première réaction de Flash fut de vouloir conserver la nourriture. Il n'avait aucune idée du temps que mettraient Heckle et Jeckle à joindre quelqu'un pour la demande de rançon. Ni combien de temps il faudrait à cette personne pour comprendre que la menace était réelle, et qu'il ne s'agissait pas d'une blague. Ensuite, son équipe serait prévenue, certainement Tex aussi, et il faudrait encore obtenir l'autorisation pour se rendre en Jamaïque...

Il coupa court à ses pensées. Le sauvetage n'aurait sûrement pas lieu avant plusieurs jours.

— Je pense qu'on devrait tout manger. Le dernier truc dont on a envie, c'est que ça se gâte. Et ce serait idiot d'être secourus sans avoir touché à la nourriture. J'ai vu une émission à la télé, ça s'appelle *Alone*. C'est un programme de télé-réalité, mais pas comme les autres. Des hommes et des femmes sont largués dans des coins hyper isolés, et le but, c'est d'être le dernier à abandonner... ou à être évacué pour raison médicale. Ils n'ont aucun contact avec personne, ils doivent se filmer eux-mêmes, donc pas de drama ou d'alcool pour rendre ça plus *intéressant*, poursuivit-il en mimant des guillemets avec les mains. Bref, il y avait un gars qui avait pêché plein de poissons. Enfin, je crois que c'était du poisson. Il en avait un paquet, qu'il avait fumé et entassé dans son abri. Il avait perdu un nombre hallucinant de kilos, mais il préférait stocker la nourriture pour plus tard plutôt que manger sur le moment. Il a fini par être évacué par les médecins parce qu'il était trop maigre. Il avait toute cette nourriture sous la main, et il a quand-même perdu... parce qu'il ne mangeait pas.

Kelli hocha la tête.

— Quand on rentrera, il faudra que je regarde cette émission.

— On la regardera ensemble, répondit Flash sans réfléchir.

— J'aimerais bien, dit-elle avec un petit sourire timide.

D'un seul coup, Flash réalisa qu'ils venaient de décider de se revoir une fois rentrés en Californie. Et ça aussi, ça lui plaisait. Énormément.

— Donc... je crois qu'on va manger toute la boîte maintenant.

— Je ne vais pas te contredire, répondit Kelli. Mais on devrait quand même faire durer un peu le repas.

— D'accord. Voyons voir... Ma couleur préférée c'est... le noir.

— Pourquoi ça ne m'étonne pas ? lança Kelli en souriant. La mienne, c'est le rose.

— Pourquoi ça ne m'étonne pas ? répéta Flash.

— J'ai toujours rêvé de jouer au piano. Ça a l'air d'être un instrument tellement élégant. Mais je n'ai appris que la flûte à bec au collège. C'est à peu près les limites de mes compétences musicales, lui confia Kelli.

— J'ai joué de la clarinette pendant tout le lycée.

— Sérieux ? s'étonna Kelli.

— Oui.

— Tu n'as pas l'air du type à jouer dans un orchestre.

— Oh, j'étais un nerd de bout en bout, et j'en étais fier. Je faisais aussi partie d'un club de théâtre.

— Moi aussi ! s'exclama-t-elle, ravie.

Ils discutèrent des pièces dans lesquelles ils avaient joué, et des spectacles qu'ils rêveraient de voir à Broadway.

— Allez, une autre bouchée, proposa Flash en lui tendant une cuillerée de calalou.

— Franchement, ce truc est incroyable, admit Kelli pendant qu'il mangeait une bouchée à son tour. Je parie que c'est encore meilleur à la vapeur, ou cuisiné avec du poisson, comme les plats jamaïcains traditionnels.

— On n'en a pas mangé un peu au buffet de l'hôtel ? demanda Flash.

En entendant cette question, Kelli baissa les yeux, et ses épaules s'affaissèrent.

Flash s'en voulut d'avoir gâché l'ambiance, et posa doucement une main sur son épaule. Il ne dit rien ; qu'est-ce qu'il aurait pu dire ? Il savait qu'elle pensait à ce moment où ils se goinfraient au buffet du complexe en toute insouciance – c'était hier non ?

Il la sentit inspirer profondément, puis relever les yeux vers lui.

— Chiens ou chats ?

— Les deux, répondit-il sans hésiter. J'aime tous les animaux. Je n'ai jamais pu en avoir à cause de mon boulot, mais si j'en ai l'occasion un jour, j'aimerais aller dans un refuge et demander l'animal le plus vieux qu'ils ont, celui qui a le moins de chances d'être adopté, et le chouchouter jusqu'à la fin de sa vie.

— C'est... génial, répondit Kelli, touchée.

Flash haussa les épaules.

— Plage ou montagne ?

— Plage. Je crois savoir ce que tu répondrais à cette question.

Flash sourit.

— Tu sais ce que je pense de la plage.

— Ebook ou livre papier ?

— Livre audio, répondit Flash.

Ils continuèrent à se poser des questions, apprenant à mieux se connaître tout en finissant le calalou à tour de rôle. Quand il ne resta plus de feuilles dans la conserve, ils burent le jus jusqu'à la dernière goutte.

— C'est fou comme je me sens rassasiée, s'étonna Kelli une fois qu'ils eurent tout terminé.

Flash aurait voulu lui dire que ça ne durerait pas, que dès que son corps aurait absorbé tous les nutriments, elle aurait sûrement encore plus faim. Mais bien sûr, il ne dit rien. Si jamais ça arrivait, il la distrairait.

— Oh ! Tu sais à quoi on n'a pas pensé ? On aurait dû mettre les pâtes crues dans le jus des épinards. Ça les aurait peut-être ramollies.

Elle avait raison. Ils auraient clairement dû le faire.

— On essaiera avec la prochaine boîte, dit-il.

Il pria juste pour que son contenu soit mangeable et contienne un peu de liquide.

— J'ai un aveu à te faire, déclara soudain Kelli.

— Ah oui ?

— Hmm... Un truc que j'aurais peut-être dû te dire plus tôt.

Flash fronça les sourcils. Il n'avait aucune idée du sombre secret qu'elle pensait devoir révéler.... mais d'un coup, elle avait l'air un peu nerveuse.

— Je t'ai dit que j'étais passée par plein de boulots à cause de ce que mon père m'a dit avant de mourir. Mais si j'ai pu enchaîner les petits jobs comme ça, c'est parce qu'on a reçu une grosse indemnité à sa mort – et vu que j'étais mineure, j'en ai touché la majeure partie. J'ai de l'argent, Flash. Beaucoup. Et je pense que c'est peut-être pour ça qu'on m'a enlevée. Les types qui nous ont kidnappés ont dû l'apprendre d'une manière ou d'une autre. Et toi, tu t'es retrouvé embarqué là-dedans par hasard. Je suis désolée.

Flash fut surpris. Pas vraiment à propos de l'argent – même s'il ne s'attendait pas à ce qu'elle soit riche – mais surtout parce qu'elle croyait que tout cela était sa faute.

— Je ne crois pas que ce soit pour ça qu'on nous a enlevés.

— Tu ne crois pas ?

— Non.

Cette fois, ce fut Kelli qui fronça les sourcils.

— Enfin... je veux dire... ça ne change pas grand-chose, maintenant. Mais je n'ai aucun problème avec le fait d'utiliser mon argent pour nous sortir de là. Je paierai n'importe quelle somme pour nous sauver tous les deux. Je ne sais pas comment je pourrais le leur dire... Peut-être que s'ils reviennent, je peux leur avouer que je suis riche, et que je veux bien payer la rançon ?

— Si mon équipe fait son travail, personne n'aura à payer quoi que ce soit.

— Je dis juste que...

— Je t'ai entendue, mais tu garderas ton argent. Comme ça, tu pourras continuer à chercher un métier qui te plaît.

Il était content qu'elle ait de quoi assurer son indépendance. Mais il n'était pas question qu'elle donne un seul foutu centime à ces types, pas s'il pouvait l'en empêcher.

— Bon... Tu veux qu'on aille voir cette plaque d'égout ?

Flash trouvait que c'était une bonne idée de lui proposer de bouger tant qu'ils avaient encore un peu d'énergie grâce au repas. Plus tard, ils seraient peut-être trop faibles.

— D'accord. Même si elle est assez haute. Pas sûr qu'on puisse l'atteindre.

— Tu peux monter sur mes épaules, proposa Flash.

— Ce n'est sûrement pas une super idée, répondit-elle en se mordillant la lèvre. Je ne suis pas vraiment légère.

Flash lui lança un regard.

— Je croyais qu'on avait déjà réglé cette question. Tu es parfaite, Kelli. Je le pense vraiment.

— Je sais, mais...

— Pas de mais.

— D'accord... *Cependant*, je ne crois pas avoir assez de force pour soulever cette plaque.

La manière dont elle avait évité de dire *mais* fit sourire flash.

— Ne te sous-estime pas. Même si tu n'y arrives pas, je serai juste en-dessous. Il te suffira de poser la main dessus, de bloquer les coudes, et moi, je te pousserai vers le haut. Avec un peu de chance, ça suffira à la faire bouger. Il me faut juste une prise pour glisser les mains en-dessous, et ensuite, je pourrai la faire sauter.

— Et après ? demanda Kelli. On a avancé super loin dans la jungle. On ne sait absolument pas où on est, ni qui sont les gentils ou les méchants.

— J'ai suivi une formation poussée en survie en milieu tropical, la rassura Flash. Je peux nous trouver à manger, de l'eau, construire un abri... On pourra rester dans la jungle jusqu'à ce que mon équipe nous retrouve. Là-dehors, ce sera toujours mieux qu'ici.

— Oui, tu as raison. D'accord, allons-y, dit Kelli d'une voix plus assurée.

Flash ne pouvait pas s'éloigner d'elle, même si ça vie en dépendait. Une fois debout, il s'approcha et l'attira contre lui. Elle posa les mains sur son torse et cligna des yeux, surprise.

— Flash ?

— Je vais t'embrasser, la prévint-il. Et pas seulement t'effleurer les lèvres. Ça te va ?

— Euh... Je ne suis pas sûre que mon haleine soit très fraîche, avoua-t-elle.

Il sourit.

— La mienne non plus. Mais comme on sent tous les deux le calalou, je crois qu'on est quittes.

Elle leva les yeux vers lui.

Flash s'humecta les lèvres en la regardant.

— Si tu n'en as pas envie, ce n'est pas grave. Je voulais juste...

Elle ne le laissa pas finir. Elle remonta une main jusqu'à ses cheveux, puis elle l'attira vers elle en se mettant sur la pointe des pieds.

À partir de là, Flash prit le relais. Dès qu'il fut certain qu'elle était d'accord, il ne se retint plus.

Il posa ses lèvres sur les siennes, et gémit en sentant sa langue trouver la sienne sans hésitation. Elle ne se montrait pas timide, elle y allait vraiment, et la sentir contre lui, c'était comme... rentrer à la maison.

Il pencha Kelli en arrière jusqu'à la soutenir complètement tandis qu'il l'embrassait langoureusement. Leur baiser passa d'une exploration timide à un échange profond, charnel, une promesse de ce qui les attendait plus tard.

Il désirait cette femme. Complètement. Pas seulement physiquement. Il voulait tout savoir d'elle : ses espoirs, ses peurs, ses rêves. Il réaliserait ses rêves, et anéantirait ses démons.

Il releva la tête, mais ne redressa pas Kelli tout de suite.

— Flash ? souffla-t-elle en passant la langue sur ses lèvres.

— Quand on rentrera en Californie, je veux te revoir. Je veux qu'on sorte ensemble, je veux t'inviter dans mon appartement miteux et te préparer un dîner. On regardera les dix saisons de *Alone* ensemble, et on se moquera de toutes les mauvaises décisions qu'ils prennent. Je veux être ton mec, Kelli. Ton seul mec. Je veux te présenter à mes copains, venir te chercher après une soirée entre filles, t'aider à trouver le travail de tes rêves, et te voir t'épanouir. Dis-moi oui. Donne-moi une chance. Je te jure que je ne te décevrai pas.

Kelli posa une main sur sa joue.

— Je sais que tu ne me décevras pas.

Le bras de Flash commençait à fatiguer, alors il la redressa, mais ne la lâcha pas complètement pour autant. Il réalisa qu'il allait peut-être un peu vite. Il en faisait un peu trop.

Et il pressentait que ce serait un problème récurrent avec cette femme.

— Et *si* on sort d'ici, oui, j'aimerais bien voir où ça peut nous mener, ajouta-t-elle.

Ce n'était pas un oui ferme.... mais Flash s'en contenterait.

— *Quand* on sortira d'ici, rectifia-t-il. C'est un rencard, alors. Allez, allons voir cette plaque.

Il lui prit la main et retourna avec elle à l'endroit où on les avait balancés dans ce bus-tombeau. Il sauta et réussit à peine à toucher le plafond.

— Je pense que tu pourras simplement t'assoir sur mes épaules, dit-il en se tournant vers Kelli.

Il s'accroupit et lui tendit les mains.

Elle avait presque l'air sceptique, mais elle s'avança courageusement derrière Flash et lui agrippa les mains. Elle grimpa maladroitement sur ses épaules, et Flash lui serra fermement les cuisses en se redressant.

Elle était à la hauteur parfaite, presque nez à nez avec la plaque.

Elle essaya de pousser de toutes ses forces, sans succès. Alors Flash se baissa, Kelli tendit les bras, bloqua les coudes, et il utilisa toute la force de ses jambes pour pousser vers le haut. Mais rien ne bougea.

Frustré, il reposa Kelli au sol et se mit à faire les cent pas. Il comptait vraiment sur cette solution. Mais Heckle et Jeckle avaient dû poser quelque-chose par-dessus pour bloquer la plaque.

— On ne sortira jamais d'ici, hein ? lui demanda Kelli d'une voix découragée.

Il ne pouvait pas la laisser sombrer. C'était hors de question.

— Si, on va s'en sortir. Réfléchis bien. Si ces enfoirés ont garé une voiture ou un truc du genre juste au-dessus de nous, ce sera l'équivalent d'un panneau géant pour mon équipe. Une bagnole en pleine jungle ? On ne peut pas faire plus visible. Et tout ce qu'ils ont pu faire pour alourdir la plaque se verra aussi. Peut-être qu'on ne pourra pas s'échapper par-là, mais mon équipe, elle, pourra entrer. Je te le promets.

Kelli inspira profondément, puis hocha la tête.

Ce que Flash ressentait pour elle le bouleversait. Elle aurait eu toutes les raisons de craquer, et pourtant, elle choisissait de lui faire confiance. À lui, et à son équipe. C'était... déchirant.

— Et si on allait voir ce gros coquillage ? lui proposa-t-il. Si on peut le casser, on pourra se fabriquer des armes, au cas où Heckle et Jeckle reviendraient.

Il fallait qu'elle reste active.

— D'accord.

— Parfait. Mais avant, on boit un peu d'eau.

C'était à lui de veiller sur ses besoins physiques. Il savait ce que le corps humain pouvait endurer en situation de survie. Il s'assurerait qu'elle garde des forces, et qu'elle ait ce qui fallait pour tenir.

Ce ne serait plus très long avant que Kevlar ou un autre passe la tête par ce foutu trou pour lui demander ce qu'il faisait là-dedans. Du moins, il l'espérait.

9

À la seconde où la porte s'ouvrit, Smiley força le passage et saisit l'homme qui se trouvait de l'autre côté par la gorge, le poussant en arrière jusqu'à l'intérieur de la cabane.

— Doucement, Smiley, l'avertit Kevlar.

Cela faisait un moment qu'il s'inquiétait pour son ami. Toute cette histoire à propos de la disparition de Bree Haynes, et du fait que Smiley ne parvenait pas à la retrouver, le rongeait énormément. C'était frustrant pour eux tous de savoir que cette femme n'était pas loin, mais restait introuvable. Smiley, quant à lui, le prenait très personnellement.

Cependant, ils avaient réussi à retrouver Errol Brown sans trop de complications. Ils s'étaient contentés de se rendre à l'adresse que le responsable de la société de location de bouées leur avait donnée, et de frapper à la porte. L'homme vivait dans un quartier très pauvre. Les gens cuisinaient sur des feux de bois juste devant leur porte. Quand le minibus de l'équipe SEAL s'était arrêté, les voisins les avaient observés sans vraiment réagir. Kevlar n'arrivait pas à déterminer s'ils étaient habitués à voir des étrangers rôder autour de la maison d'Errol, ou s'ils s'en fichaient totalement.

Il referma la porte derrière eux, puis regarda Smiley plaquer Errol sur une chaise.

— Errol Brown ? demanda-t-il.

— Oui. Qui êtes-vous ? Qu'est-ce que vous me voulez ?

— On veut récupérer notre ami, répondit MacGyver d'une voix grave et furieuse.

En entendant cela, Errol se tendit. Il savait quelque chose. La clé pour retrouver Flash, c'était lui. Kevlar n'avait aucun doute là-dessus.

Il attrapa la seule autre chaise qu'il y avait dans la pièce. Une chaise en bois. Quand il la retourna pour s'assoir à califourchon face à Errol, il se demanda si elle supporterait son poids. Mentalement, il retint son souffle, puis il croisa les bras sur le dossier et regarda fixement leur *hôte*.

Plusieurs secondes s'écoulèrent dans une ambiance tendue, Kevlar ne disant rien. Avec son équipe, ils avaient convenu sur la route que ce serait lui qui mènerait l'interrogatoire.

Safe, Blink, Preacher, et Smiley s'étaient tous placés autour de lui, les bras croisés, les visages fermés. Ils formaient une bande impressionnante, et c'était exactement l'effet recherché.

— Alors... Errol, reprit Kevlar. Voilà le topo. On était peinards chez nous jusqu'à ce qu'on apprenne que quelqu'un avait enlevé notre pote pendant ses vacances ici, en Jamaïque. Le mec a eu le culot d'appeler notre commandant pour exiger cinquante mille dollars de rançon. Pas cool. Pas cool du tout. Tu sais ce qu'on a fait ?

Errol détourna brièvement les yeux et regarda les autres hommes, qui faisaient barrage entre lui et la porte, puis reposa son regard sur Kevlar. Il avala bruyamment sa salive et secoua la tête.

— On a pris le premier vol pour la Jamaïque, et notre enquête nous a menés directement ici, à toi. Qu'est-ce que tu en penses ?

— Je ne sais rien, répondit Errol.

— Tu vois, ça, je n'y crois pas. Tes potes à ton boulot – où tu n'as pas mis les pieds aujourd'hui – nous ont dit que tu étais le dernier à avoir vu Flash et sa copine. Et que c'est toi qui les avais récupérés à la rivière pour les ramener à l'hôtel. Sauf que, surprise, ils ne sont jamais arrivés. Tu veux bien nous expliquer ça ?

Errol pinça les lèvres.

Kevlar laissa échapper un soupir. Il en avait déjà marre. Il n'avait pas la patience de faire traîner les choses. Il lui fallait des réponses, et il sentait au fond de ses tripes que ce type les avait.

Il se leva brusquement et envoya valser la chaise d'un coup de pied. Elle vola sur le côté et se brisa en plusieurs morceaux sous la violence du choc.

Il s'approcha d'Errol et sortit le KA-BAR qu'il gardait toujours sur lui. Les images de Remi torturée par son ancien équipier lui revinrent en tête : son regard terrifié tandis qu'elle flottait à côté de lui dans l'océan, à Hawaï...

Le regard de Josie quand, avec Blink, ils l'avaient libérée de cette cellule de prison iranienne.

Wren, Maggie, et même les enfants de MacGyver, Ellory et Yana...

Il en avait ras le bol des mecs qui s'en prenaient aux femmes et aux enfants sous prétexte qu'ils étaient plus faibles. Certes, il ne savait pas ce qui avait motivé Errol à enlever Kelli en même temps que Flash, mais il en avait assez.

ASSEZ.

La pointe de son couteau vint se poser sous la gorge d'Errol, qui rejeta la tête en arrière pour s'éloigner de la lame.

Preacher et Blink s'étaient déjà déplacés derrière lui et lui avaient saisi les bras, l'immobilisant sur sa chaise.

Kevlar maîtrisait parfaitement la situation. Il ne comptait pas le tuer. Il voulait juste des informations. Tout de suite. Et il ferait ce qu'il fallait pour les obtenir.

— Parle, Errol. De toute évidence, tu ne vis pas la belle vie ici. Je ne vois pas de femme, il n'y a aucun luxe... et presque rien dans cette baraque. Ce qui me fait penser que tu en as marre de galérer. Tu crèves de faim ? Je sais ce que c'est. On t'a peut-être proposé une somme que tu ne peux pas refuser. Ou alors, c'est toi qui as eu l'idée de kidnapper ces deux touristes américains, et de demander une rançon. À ce stade, je me fous de ton rôle exact dans cette histoire. Je veux juste retrouver mon pote.

Errol était tendu comme un arc, les yeux rivés sur Kevlar. L'envie de lui planter le couteau dans la gorge était forte. Mais Kevlar n'était pas ce genre d'homme. Il ne tuait pas par frustration.

— Je crois que tu ne réalises pas, souffla Blink à l'oreille d'Errol, tout près de lui.

Sa voix était douce, presque intime, comme s'ils étaient amants. Mais ses paroles, elles, ne l'étaient pas du tout.

— Tu n'as aucune idée de la personne que tu as kidnappé, poursuivit-il. Sinon, tu aurais choisi un des autres touristes mous du genou sur la rivière, ce jour-là. Parce que notre pote Flash, c'est un Navy SEAL, comme nous. Tu as capturé l'un des mecs les mieux entraînés que le gouvernement des États-Unis ait jamais engendré – et tu as foutu ses coéquipiers en rogne.

Le ton de Blink devint presque amical.

— Tu sais qu'on nous a appris dix manières de tuer un mec en le faisant pisser le sang en quelques secondes ? La jugulaire, c'est cliché. Trop simple. Moi, je préfère l'artère fémorale.

Le déclic de son propre KA-BAR résonna dans la pièce silencieuse. Blink le plaça contre l'intérieur de la cuisse d'Errol.

— Ce que j'aime bien, c'est distraire ma cible en lui coupant la queue. Et pendant qu'il hurle et qu'il pleure, il ne se rend même pas compte que je viens de lui ouvrir la cuisse en deux et de trancher l'artère. C'est crado, mais super efficace.

— Pitié, mec ! Non ! Je vais vous dire ce que je sais. On ne savait pas qu'il faisait partie de la Marine ! Ce n'est qu'en fouillant dans leurs portefeuilles et en trouvant sa carte militaire que Brant a eu l'idée de contacter son commandant pour demander une rançon.

Blink se redressa, et la lame du couteau disparut aussi vite qu'elle était apparue.

Kevlar afficha un sourire satisfait. Ils obtenaient enfin ce pour quoi ils étaient venus.

— Brant qui ?

— Williams. C'est lui qui a eu l'idée ! Il disait qu'on pouvait se faire de l'argent facile avec les touristes. Je croyais qu'il avait l'intention de les braquer. Je n'étais pas au courant de cette histoire de kidnapping jusqu'à la veille, je le jure !

— Où sont-ils ? demanda Safe. Flash et la femme ?

Kevlar n'avait pas bougé. Il maintenait toujours la lame du couteau sous la gorge d'Errol.

— Il va me tuer, mec ! gémit Errol.

Kevlar ne ressentait pas la moindre pitié pour lui.

— Tu devrais plutôt t'inquiéter que ce soit moi qui te tue, grogna-t-il en appuyant la lame un peu plus.

Une goutte de sang perla et coula le long du cou d'Errol.

— Stop ! s'écria-t-il.

Kevlar s'efforça de garder son calme. Il inspira profondément, se redressa, puis rangea lentement son couteau dans l'étui caché sur sa ceinture. Il se pencha tout près du visage d'Errol. Le type avait une odeur infecte d'oignons rances, et son haleine aurait pu tuer quelqu'un. Mais Kevlar ne laissait rien transparaître.

— Voilà ce qui va se passer : tu vas tout nous dire sur ce plan, sur Brant Williams, sur sa famille. Tu vas nous dire où il vit, nous donner le numéro du compte en banque qu'il a donné à notre commandant pour le versement de la rançon... et peut-être qu'on te laissera en vie.

Errol déglutit et hocha la tête.

— Si tu nous mens... Blink se fera un plaisir de s'amuser avec toi.

Le regard d'Errol se tourna vers son coéquipier, qui lui tenait toujours les bras, puis revint vers Kevlar. Il hocha la tête à nouveau.

Bien. On se comprend. Lâchez-le, ordonna Kevlar à Blink et Preacher.

Ils obtempérèrent, mais restèrent près de lui. Errol, tremblant, se frotta les bras et porta la main à sa gorge. Il essuya le sang, regarda la paume de sa main, puis laissa échapper un long soupir. Ensuite, il se mit à parler.

Vingt minutes plus tard, Kevlar et le reste de l'équipe savaient tout du plan visant à kidnapper des touristes naïfs par le biais de la société de tubing. Flash et Kelli étaient leur tout premier essai, et même si Errol était un connard, il n'était pas idiot. Quand son complice avait commencé à impliquer la Marine dans le paiement de la rançon, Errol avait prétendument tenté de l'en dissuader, persuadé que ce plan ne tiendrait pas la route.

Il avoua aussi que c'était lui qui avait découvert que Flash était un Navy SEAL, et qu'il avait trouvé le compte Facebook de Kelli Colbert pour en conclure qu'elle ne ferait pas une bonne cible. En découvrant qu'elle travaillait dans une petite agence de voyage, et qu'elle venait tout juste d'être embauchée, il s'était dit que Flash était celui qui gagnait le plus d'argent, et que c'était donc lui qu'il fallait viser.

Il jura également qu'il s'était retiré de ce plan foireux, et qu'il avait laissé Brant se débrouiller tout seul.

Mais lorsqu'il avoua à contrecœur que ce fameux Brant avait enterré un vieux bus désossé en pleine jungle – un bus qu'il avait modifié en y intégrant une plaque d'égout en fonte sur le toit – et qu'ils y avaient enfermé Kelli et Flash, Kevlar vit rouge.

Remi avait été enterrée vivante, et elle en faisait encore des cauchemars. Pourtant, elle n'était restée dans cette caisse que quelques minutes. Flash et Kelli, eux, étaient coincés là-dedans depuis presque une journée. Un bus était plus spacieux qu'une caisse, certes, mais ils étaient quand même enterrés.

Il fit un pas en direction d'Errol, mais contre toute attente, Smiley lui saisit le bras pour l'arrêter. Safe prit alors le relais de l'interrogatoire avec une aisance qui démontrait qu'ils avaient déjà fonctionné comme ça par le passé.

Kevlar mit plusieurs secondes à retrouver son sang-froid. Il entendait Errol donner des indications aux autres sur l'endroit où le bus avait été enterré, mais tout ce qu'il avait en tête, c'était de s'y rendre au plus vite. Il y avait une chance que Flash ait réussi à sortir de ce bus, mais vu la description des lieux et les moyens mis en place pour empêcher toute évasion, Kevlar en doutait fortement.

— Et maintenant, qu'allez-vous faire de moi ? s'enquit Errol une fois qu'il eut terminé.

— Tu viens avec nous, répondit Safe. Tu vas tout raconter à la police, sans rien oublier.

Errol grimaça.

Il y avait peu de chances que les autorités locales fassent quoi que ce soit contre lui. Il était peu probable qu'il soit poursuivi. Mais comme le seul objectif de l'équipe était de retrouver Flash, l'avenir d'Errol ne les concernait pas.

En revanche, il fallait absolument retrouver Brant. Il devait payer pour ce qu'il avait fait, et pour ce qu'il prévoyait de faire au plus grand nombre de touristes possible. D'après Errol, il comptait utiliser le bus enterré plus d'une fois. Apparemment, après avoir reçu l'argent de la famille ou des proches des victimes, il attendrait que les captifs meurent, se débarrasserait de leurs corps, puis recommencerait son petit manège.

Errol Brown n'était qu'un pion. Un minable qui s'était laissé embarquer par la mauvaise personne.

Kevlar, lui, trépignait d'impatience à l'idée de partir dans la jungle. De toute évidence, le bus avait été enterré dans un endroit connu des locaux, mais difficile d'accès. Le plus simple aurait été d'emmener Errol avec eux pour qu'il leur montre l'emplacement exact. Mais ils avaient suffisamment d'informations pour trouver le bus sans lui, Kevlar en était certain.

Il préférait qu'Errol soit remis tout de suite aux autorités jamaïcaines. Il n'avait pas envie de devoir garder un œil sur lui pendant qu'ils cherchaient Flash et Kelli, ni de risquer que l'homme tente de s'échapper au pire moment.

Une chose était sûre : ils allaient chambrer Flash sans relâche pour s'être fait kidnapper. Kevlar, en particulier, avait hâte de lui balancer un bon *je te l'avais bien dit*. C'était lui qui l'avait mis en garde contre les vacances en Jamaïque dès le départ.

Mais tout ça, ce serait *après* s'être assuré qu'il allait bien, qu'il n'était pas blessé, ou qu'il recevait les soins nécessaires.

Ensuite, oui, ils se foutraient de lui. C'était leur manière de gérer, de relâcher la pression.

Kevlar avait besoin d'air. Il se retourna, puis sortit. À peine avait-il mis un pied dehors que toutes les conversations alentour cessèrent. Leur présence faisait déjà jaser. Kevlar savait qu'à l'échelle de l'île, tout le monde serait au courant d'ici un jour ou deux. Ce qui signifiait qu'ils devaient faire vite.

Si Brant Williams apprenait qu'ils étaient ici et qu'Errol avait été arrêté, il prendrait peur. Mais Kevlar refusait de séparer son équipe. Flash était la priorité. Si Brant disparaissait, ils finiraient bien par le retrouver, tôt ou tard. Il ne pourrait pas se cacher éternellement.

* * *

Il fallut plus de temps que Kevlar ne l'aurait voulu pour amener Errol au poste de police et lui faire faire une déposition complète. Il n'avait aucune confiance quant au fait que les policiers le puniraient réellement, au-delà, peut-être, d'une simple amende et d'un avertissement.

Finalement, ils n'eurent pas d'autre choix que de le laisser aux mains des autorités locales. Ils avaient fait tout ce qui était en leur pouvoir pour qu'il soit puni. L'un des officiers insista pour les accompagner dans la jungle afin de retrouver Flash et la femme enlevée.

C'était logique : sans preuve, Errol ne pouvait pas être inculpé. Mais cela agaçait Kevlar. Il n'avait envie d'avoir personne dans les pattes. Il voulait juste retrouver son ami sans avoir à se soucier des bonnes manières. Il pouvait presque entendre son commandant lui répéter de suivre les règles, de ne pas faire de vagues, de ne pas transformer cela en incident diplomatique.

Mais pour Kevlar, *c'était* un incident diplomatique. Garder le secret sur l'enlèvement d'un Navy SEAL n'était pas une bonne idée. Ce ne serait pas bon non plus pour la Jamaïque, qui comptait sur les revenus du tourisme. Il ne pouvait s'empêcher de penser à Remi, et à ce qu'elle avait vécu. Il y avait trop de similitudes. C'était impossible pour lui de rester rationnel.

Le trajet à travers la jungle fut long, et plus difficile que ce à quoi Kevlar s'attendait. Ils se perdirent une ou deux fois en tentant de suivre les indications d'Errol. Beaucoup de pistes se ressemblaient, et le terrain ne les aidait pas. Le minibus qu'ils avaient loué était malmené, mais Kevlar s'en fichait éperdument.

Le policier qui les suivait avait l'air de s'ennuyer ferme. Chaque fois que Kevlar regardait dans le rétroviseur, il le voyait au téléphone. Une fois, il crut même le surprendre en train de fumer un joint, sans en être certain.

Il ne tarda pas à regretter d'avoir laissé Errol sur place. Même si ça aurait ajouté au stress, il les aurait conduits directement au bus. Ils auraient dû attendre pour le livrer à la police. Mais de toute façon, il était trop tard pour revenir en arrière.

Son niveau de stress était au maximum, d'autant plus que la nuit approchait. Le soleil allait se coucher, et s'ils ne retrouvaient pas le bus avant, ils allaient devoir attendre le lendemain matin. L'idée que son ami passe une nuit de plus sous terre était insupportable.

Ils atteignirent enfin la zone où le chemin s'arrêtait net, comme Errol l'avait annoncé.

L'adrénaline de Kevlar monta en flèche. Ils y étaient ! À l'endroit que Errol avait décrit, là où ils avaient fait descendre Flash et Kelli du véhicule pour les emmener à pied dans la jungle.

Les quatre portes s'ouvrirent en même temps, et les six SEALs jaillirent du van, impatients de retrouver leur coéquipier. L'officier sortit de sa voiture et s'appuya contre la portière.

— Je vous attends ici, déclara-t-il.

Écœuré, mais ne prêtant plus vraiment attention à lui, Kevlar se mit à suivre les traces au sol, sans doute laissées par l'engin de chantier utilisé par Brant pour enterrer le bus.

Kevlar ignorait comment le type avait fait, et quand. Certes, il avait clairement utilisé du gros matériel, mais la logistique de toute l'opération était démente. Cependant, le *comment* importait peu pour l'instant. Seul le *où* comptait.

Ils marchèrent environ cinq cents mètres, et autour d'eux, il n'y avait que des arbres et des lianes. Le sol était recouvert de végétation. Une vraie jungle tropicale. Comment retrouver quoi que ce soit d'enterré là-dedans ?

Jusqu'à ce qu'il les voie.

Exactement comme Errol l'avait décrit.

Trois énormes pneus empilés les uns sur les autres. Deux d'entre eux avaient encore des jantes, ce qui les rendaient extrêmement lourds. Kevlar le savait d'expérience. Il avait déjà changé les pneus d'un camion. Trois pneus comme ceux-là, posés sur une plaque d'égout, suffisaient largement à empêcher quiconque de sortir.

Il courut vers les pneus, et lança d'une voix bien plus calme que son état réel :

— Preacher, prends l'autre côté. Safe et MacGyver, occupez-vous du deuxième. Smiley, je t'aide avec le dernier.

Sans discuter, ils se mirent aussitôt au travail. Personne n'osa non plus parler à voix haute de ce qu'ils allaient peut-être découvrir en soulevant cette plaque d'égout. Ça ne faisait pas si longtemps que Flash et Kelly avaient été enlevés et enterrés vivants, mais selon leur état au moment où on les avait enfermés ici, et selon les éventuelles provisions qu'on leur avait laissées, ils pouvaient très bien être confrontés au pire.

Kevlar prit une profonde inspiration et attrapa le premier pneu.

10

Kelli se sentait épuisée. Vidée. Elle était morte de fatigue, mais incapable de fermer l'œil. La peur de s'endormir et de se réveiller à nouveau dans l'obscurité totale la paralysait. La bougie leur avait été d'un secours inestimable, mais maintenant, elle était réduite à une minuscule flamme vacillante.

Flash avait été le partenaire idéal dans cette... Cette quoi, au juste ? Cette aventure ? Non, ce n'était pas le bon mot. Dans ce cauchemar ? Oui, c'était plus proche de la réalité. Avoir Flash à ses côtés avait rendu tout ce qui leur était arrivé un peu moins effrayant. Si elle avait été seule, elle aurait complètement perdu pied. Et elle n'osait même pas imaginer ce que ça aurait été si elle s'était retrouvée coincée ici avec sa cousine et les Trois A. Ce serait vite devenu invivable.

Pourtant, elle avait appris des choses grâce à Flash. C'était lui qui l'avait poussée – non, obligée – à ouvrir la deuxième boîte de conserve. Elle voulait la garder, parce qu'au fond, elle doutait encore que les amis de Flash finiraient vraiment par les retrouver. Mais elle avait fini par céder, et par accepter de voir ce que contenait la boîte.

Flash avait fait en sorte que l'ouverture de la première semble facile. Elle, de son côté, avait eu l'impression d'avoir passé une heure à scier le couvercle avec la pointe de la cuillère jusqu'à enfin percer le métal À l'intérieur, il y avait ce qui ressemblait à des petits pois, mais d'un brun tacheté. Selon Flash, c'étaient sans doute des pois gungo, un aliment de base en Jamaïque. Le liquide dans lequel ils baignaient sentait bon – sûrement parce qu'elle était morte de faim.

Cette fois, ils avaient pensé à ajouter quelques pâtes crues dans la boîte. En attendant qu'elles ramollissent, rien que l'odeur la faisait saliver. Et au moment où ils ne tenaient plus, ils en avaient tous deux grignoté quelques morceaux.

Jamais Kelli n'aurait cru que faire tremper des pâtes dans du liquide froid – sans aucune source de chaleur – pouvait donner quelque chose de comestible. Pourtant, ces minuscules bouchées lui avaient semblé être un véritable festin. Elle avait presque eu l'impression de sentir son corps absorber les glucides et les rares nutriments tandis qu'elle ingurgitait la nourriture.

Les pois n'étaient pas terribles, mais étant donné l'état dans lequel elle était, Kelli ne s'était pas posé la moindre question. Et quand ils avaient fini la boîte et vidé jusqu'à la dernière goutte du lait de coco dans lequel baignaient les légumes – ce qu'il en restait une fois que les pâtes avaient tout absorbé – il s'en était fallu de peu pour qu'elle éclate en sanglots hystériques.

C'était terminé. Il n'y avait plus rien à manger. Plus une goutte d'eau non plus. Ils avaient repéré la source du goutte-à-goutte et s'étaient mis à remplir la bouteille vide, mais mourir de faim n'était pas vraiment la fin qu'elle avait envisagée.

— Viens là, dit Flash depuis l'endroit où il était appuyé contre la paroi du bus.

Il tendit un bras. Sans hésiter, Kelli rampa jusqu'à lui et se blottit contre son torse. Sentir son bras autour d'elle, c'était comme être chez soi. Il était son filet de sécurité. Sa présence suffisait à lui faire croire qu'on finirait par les retrouver, et qu'ils seraient sauvés.

— Il était une fois une jeune fille. Elle avait une mère cruelle et un beau-père abominable. On l'obligeait à travailler du lever au coucher du soleil. Mais ça ne la dérangeait pas. Le fait d'être occupée lui permettait de penser à autre chose, comme son ventre vide, ou les moqueries des autres filles du village, qui portaient de jolies robes, prenaient le thé au soleil... Tandis qu'elle...

Kelli sourit en se nichant plus confortablement contre Flash. Quelques heures plus tôt, elle lui avait raconté qu'elle adorait les contes de fée, et que les fins heureuses l'apaisaient. Ils avaient passé le temps en inventant des histoires à tour de rôle. C'était au tour de Flash, et elle était contente de l'écouter en regardant danser la dernière flamme de la bougie.

— Un jour, un opossum arriva dans sa cour en boitillant. Son beau-père voulut le tuer. Il disait que c'était de la vermine qui allait détruire toutes les cultures. Mais bien sûr, il ne voulait pas s'en charger lui-même. Il ordonna à la fille de le faire. Elle prépara donc un piège, y mit une partie de son dîner, et l'opossum finit par se faire prendre. Mais elle fut incapable de le tuer. Il était laid, couvert de cicatrices, et il lui crachait dessus... mais elle s'en fichait. Il avait simplement peur. Il était piégé, comme elle. Il voulait juste vivre. Alors, en pleine nuit, quand tout le monde dormait, elle sortit et ouvrit le piège. Elle dit à l'animal de ne plus jamais revenir en plein jour, et promit de laisser de quoi manger pour lui s'il revenait. Pendant un an, elle continua. Même si elle avait toujours faim, elle lui réservait chaque soir une partie de son repas. Puis un soir, son beau-père entra dans une colère folle et la frappa. Elle était recroquevillée pour essayer de se protéger, quand elle entendit du bruit à l'extérieur. Quelque chose grattait à la porte. Le bruit s'intensifia, jusqu'à ce que son beau-père, furieux, finisse par ouvrir. Là, il vit un opossum. Juste un. Mais il se mit à grandir, de plus en plus... jusqu'à devenir gigantesque ! Un énorme géant, laid et balafré. Il cracha sur le beau-père, le saisit par la gorge, le sortit de la maison... et lui écrasa la tête. Littéralement. La fille resta figée sur place. Le géant se pencha, entra dans la cuisine, la souleva avec délicatesse, puis la porta à l'extérieur, par-dessus le muret de la cour. Ils étaient alors entourés d'une dizaine d'autres opossums qui, un par un, se mirent eux aussi à grandir. Et voilà qu'elle était cernée par des géants, mâles et femelles. *Voici ma famille*, dit le prince. *Mes frères, mes sœurs, mes parents. Grâce à toi, qui ne m'as pas tué, on a pu survivre. Pour te remercier, on va t'emmener dans notre monde. Tu deviendras ma femme, et tu vivras heureuse pour toujours.* La fille était confuse. *Mais, tu es un opossum*, dit-elle. Je le suis, et à la fois je ne le suis pas. *C'est notre forme secrète. En réalité, je suis un prince. Mais peut-être que tu me trouves trop laid...* Il avait l'air si triste. Alors elle lui dit : *Je ne te trouve pas laid. Mon beau-père, lui, était laid. Au fond de lui. Toi, non. Je viens avec toi. Je serai ta princesse.* Ce soir-là, il y eut une grande fête. Les géants célébrèrent leur nouvelle princesse, que le prince guérit d'un simple toucher. Plus aucune trace de ses ecchymoses. Et ils vécurent heureux, pour toujours.

Kelli sourit, blottie contre Flash. Ses histoires... Elles étaient toujours un peu bancales, parfois absurdes, mais elle les adorait, parce qu'elles avaient toujours une fin heureuse. Comme elle lui avait dit qu'elle aimait.

— C'était parfait, murmura-t-elle.

Il rit doucement, et elle sentit son torse vibrer contre elle.

— C'était nul. Mais je vais m'améliorer.

— C'était fou qu'elle puisse encore sourire. Elle était crasseuse, elle sentait mauvais, elle était morte de soif et de faim... et pourtant, elle se sentait bien.

À ce moment précis, la flamme de la bougie vacilla... puis s'éteignit.

Kelli sentit l'odeur âcre de la mèche encore fumante. Elle inspira brusquement.

— Du calme, Kelli. Tout va bien.

Elle hocha la tête contre Flash, avalant péniblement sa salive. À présent, l'obscurité semblait plus dense, plus lourde. Ce n'était pas rationnel, mais elle ne pouvait s'empêcher de le ressentir.

— À toi. Raconte-moi une histoire, lui demanda Flash.

Il essayait de la distraire, de détourner son attention de la faim, de la peur, de cette foutue obscurité.

Tout ce que Kelli avait envie de faire, c'était hurler. Faire une crise. Ce n'était pas juste. Qu'est-ce qu'elle avait fait pour mériter ça ? Elle était une bonne personne. Elle ne coupait pas la file sur l'autoroute, elle disait merci même aux gens désagréables, elle rangeait toujours son caddie dans l'abri du parking au lieu de le laisser en plein milieu. Elle payait ses impôts, elle ignorait les piques de Charlotte. Tout ça pour quoi ? Pour finir enterrée vivante dans un bus au beau milieu d'une foutue jungle ?

Le bras de Flash se resserra autour d'elle, puis elle sentit ses lèvres sur son front.

Malgré tout... elle n'était pas seule. Elle avait Flash. Et plus elle passait du temps avec lui, plus elle l'appréciait. Il n'y avait sans doute aucune explication psychologique à cela. C'était une forme de dépendance, un lien né du traumatisme. Mais Kelli ne pouvait plus imaginer sa vie sans lui. Elle aimait parler avec lui. Il était intelligent, il avait un bon instinct, et il savait comment l'apaiser. Grâce à lui, elle se sentait vivante. Il ne voyait pas ses défauts – et pourtant, elle en avait plein.

Il la voyait *elle*.

— Allez, à toi, insista Flash en la poussant doucement avec le coude.

Kelli inspira profondément, puis se lança. Elle raconta l'histoire de la sauterelle nommée Fred qui quittait la maison pour découvrir le monde... pour finalement comprendre que tout ce qu'il cherchait se trouvait chez lui depuis le début.

Elle venait de terminer son récit et savourait les doux éclats de rire de Flash quand un bruit sourd résonna dans l'épaisse carcasse métallique du bus.

Flash, fidèle à son surnom, se leva à la vitesse de l'éclair. Kelli n'eut même pas le temps de comprendre ce qui se passait qu'il l'avait déjà attrapée et plaquée contre un coin du bus, à l'opposé du trou par lequel on les avait jetés ici.

— Reste là, lui ordonna-t-il d'un ton qu'elle n'avait jamais entendu de sa part.

Il était froid, dur, purement professionnel.

C'était le soldat qui venait de surgir. Le SEAL. Elle aurait pu avoir peur, mais au lieu de ça, elle se sentit protégée.

— J'ai le couteau qu'on a fabriqué avec le coquillage. Si c'est Heckle et Jeckle, je ferai en sorte qu'ils n'aient même pas le temps de te toucher.

Son premier réflexe n'était même pas de chercher à s'échapper, mais de la protéger, elle.

— Fais attention, murmura-t-elle.

Elle sentit sa main sur son bras une fraction de seconde avant que ses lèvres ne trouvent les siennes avec une précision troublante. Le baiser fut bref et intense.

— Je vais faire gaffe. Contrairement à Fred la sauterelle, je sais exactement ce que j'ai, et je ne vais pas tout foutre en l'air maintenant.

Sur ce, il s'éclipsa.

Kelli ne voyait rien, et elle entendait à peine Flash se déplacer discrètement dans le bus. Elle retenait son souffle et tendait l'oreille, guettant le moindre éclat de lumière. Mais il n'y avait rien à faire. Leur tombeau était toujours aussi sombre qu'avant.

Les bruits étranges de grattage au sommet du bus continuaient, lui dressant les poils de la nuque. Peu importe ce que Heckle et Jeckle avaient mis sur la plaque d'égout, c'était lourd – exactement comme Flash l'avait supposé. Elle ne comprenait pas vraiment pourquoi ils ne les avaient pas entendus empiler tout cela au moment où on les avait enfermés ici, mais l'état de choc les avait certainement empêchés d'y prêter attention.

Puis... la plaque commença à coulisser.

La lumière qui envahit le bus n'était pas aveuglante. Ce n'était pas la lumière directe du soleil, mais c'était bien suffisant pour que Kelli plisse les yeux, éblouie.

Elle parvint tout juste à distinguer Flash, plaqué contre la paroi sous l'ouverture, une moitié de coquillage à la main, prêt à frapper... quand une voix venant d'en haut retentit.

— Flash ? T'es là-dedans ?

Kelli cligna des yeux, surprise. Heckle et Jeckle connaissaient-ils le surnom de Flash ? Il n'était inscrit sur aucun papier d'identité, et elle ne se souvenait pas l'avoir prononcé dans le fourgon au début de ce cauchemar.

— Flash ? appela une autre voix.

Puis une tête apparut dans l'ouverture pour regarder à l'intérieur. Les yeux de l'homme croisèrent ceux de Kelli, et ils se regardèrent fixement un instant.

— Smiley ?! lança Flash avec un mélange de soulagement et d'incrédulité dans la voix.

L'homme tourna la tête et sourit en apercevant Flash en-dessous.

— En chair et en os, répondit Smiley.

Kelli comprit que c'était l'un de ses coéquipiers. Flash lui avait parlé de ses amis et de leurs compagnes. Rien qu'à travers leurs histoires, elle avait l'impression de les connaître.

— Bordel, qu'est-ce que je suis content de te voir ! Vous en avez mis du temps !

— Va te faire voir, répondit une autre voix. Ça ne fait même pas un jour et demi.

— C'est tout ? s'étonna Kelli sans réfléchir.

— Je te jure, j'aurais dit une semaine, souffla Flash au même moment. Tu es avec qui ?

— On est tous là. Allez, on vous sort de là, et après, on discutera, déclara Smiley en se redressant sur ses genoux.

Avant que Kelli ait pu réagir, l'homme avait déjà les jambes pendantes dans l'ouverture, et sautait à l'intérieur du bus.

Flash laissa tomber son arme de fortune et serra son ami dans une accolade vigoureuse.

— Kevlar, mec, tu n'imagines même pas à quel point ça me fait plaisir de te voir !

— Moi aussi. Par contre, mec... Tu as besoin d'une bonne douche.

Kelli fronça les sourcils. C'était un peu déplacé, vu les circonstances. Mais comme les deux hommes se mirent à rire de bon cœur, elle comprit que Flash n'était pas vexé. Il le serra même à nouveau dans ses bras.

Ensuite, il se tourna vers elle.

— Viens, Kelli.

Soudain gênée, elle hésita. Elle était crasseuse, elle avait encore du sang dans les cheveux, et dans le dos, sur son paréo. De plus, elle portait un maillot de bain, merde...

Mais Flash ne lui laissa pas le temps de tergiverser. Il s'approcha rapidement, se mit devant elle pour la cacher, et posa les mains de chaque côté de son visage, relevant doucement son menton.

— Ça va. On est en sécurité, maintenant.

— Tu ne vas pas me dire *je te l'avais bien dit*, hein ? plaisanta-t-elle.

— Non. Mais je vais te demander de me faire confiance. Ces hommes, mes coéquipiers... Ce sont des types bien. Ils comprennent ce qu'on vient de traverser. Personne ici ne va te juger. D'accord ?

Cet homme lisait en elle comme dans un livre ouvert. C'était un peu perturbant, et effrayant à la fois.

Il se pencha et l'embrassa sur le front, devant son ami. Kelli n'en revenait pas.

— Allez, sortons d'ici. On aura de quoi manger, de l'eau, et une bonne douche qui nous attendent à l'hôtel.

Elle ne pouvait absolument pas résister à ces trois arguments. Flash lui prit la main et se retourna pour partir. Kelli le suivit en baissant les yeux... puis s'arrêta.

— Quoi ? Qu'est-ce qu'il y a ? demanda Flash, inquiet.

Kelli s'agenouilla et ramassa la cuillère qui était dans la caisse. Celle avec laquelle ils avaient ouvert les boîtes de conserve. Ce n'était qu'une stupide cuillère. Et encore, elle était bon marché, et tordue par la force qu'elle avait dû fournir pour venir à bout de la boîte de pois. Mais pour une raison qu'elle ne s'expliquait pas, elle ne voulait pas la laisser. C'était une preuve, une trace de ce qu'ils avaient vécu.

Certains trouveraient cela morbide de vouloir garder un souvenir d'un moment aussi affreux... mais la situation n'avait pas été *uniquement* affreuse.

Le baiser avec Flash lui revint à l'esprit. C'était loin d'être affreux.

Flash lui pressa la main et la guida jusqu'à Kevlar.

— Salut, moi, c'est Kevlar, lança-t-il avec un sourire quand elle s'approcha.

— Moi, c'est Kelli.

— Ravi de faire ta connaissance, Kelli. On te sort d'ici ?

— Oui, volontiers, répondit-elle.

Kevlar lança un regard en coin à Flash.

— Elle est polie, ta petite protégée.

— Oui. Comment on s'organise ?

Kevlar leva les yeux vers l'ouverture, puis regarda Flash à nouveau.

— Tu la fais grimper sur tes épaules. Les gars prendront le relais là-haut.

Flash hocha la tête et se tourna vers Kelli.

— On fait comme tout à l'heure. Sauf que cette fois, tu seras debout. N'aie pas peur de tomber, mon équipe te rattrapera, et moi aussi.

Kelli était toujours aussi mal à l'aise à l'idée de monter sur les épaules de Flash, mais l'envie de sortir de ce foutu bus était bien trop forte pour chercher une autre solution.

Avant qu'elle ne comprenne ce qui se passait, Flash était déjà accroupi devant elle. Kevlar se plaça derrière pour l'aider à grimper.

— Merde ! Tu ne m'as pas dit qu'elle était blessée ! s'exclama-t-il. Preacher ! Va voir si le flic a une trousse de secours.

— Non ! lança Flash. Elle va bien. C'est arrivé au début. Jeckle l'a frappée avec la crosse de son flingue. Le sang a séché.

— Vous êtes sûre, mademoiselle ? demanda Kevlar, inquiet.

Leur sollicitude était presque trop dure à encaisser.

— Flash dit vrai, c'est arrivé au tout début. Bon, j'ai un peu mal à la tête, mais je crois que c'est juste à cause de la lumière, après tout ce temps passé dans le noir.

— On nettoiera ça et on s'occupera de vous quand on sera dehors, la rassura Kevlar.

— Allez, Kelli. Grimpe. On te sort d'ici.

Tout alla très vite. Kelli grimpa sur les épaules de Flash, et avec l'aide de Kevlar, Flash se redressa. La tête de Kelli émergea au niveau du sol, et en moins de temps qu'il ne faut pour le dire, deux hommes à l'extérieur l'attrapèrent par les bras et la hissèrent hors du trou.

Un des amis de Flash la retint doucement, l'écarta du trou, et avant qu'elle n'ait le temps de se retourner, Flash était dehors lui aussi, et marchait tout droit vers elle. Elle vit deux hommes se coucher au sol et tendre les bras dans le trou pour aider Kevlar à sortir, mais cette vision fut vite obstruée par Flash.

Il la prit dans ses bras presque brutalement, et ils restèrent là, immobiles, à respirer l'air frais.

Au bout d'un moment, Kelli leva les yeux et observa les

alentours. Des arbres. Rien que des arbres. Pourtant, ces hommes les avaient retrouvés. C'était un véritable miracle.

— Allez, on vous ramène à l'hôtel, déclara Kevlar. Une douche, un bon repas, et sûrement quelques questions de la police vous attendent.

Kelli n'eut pas le temps d'écouter la fin de la phrase. Flash la fit pivoter, le bras toujours autour de ses épaules, et l'éloigna de ce tombeau dans lequel elle avait cru mourir. Si elle était encore en vie, c'était uniquement grâce à l'homme qui se trouvait à ses côtés. Et elle ne savait absolument pas comment elle allait faire pour tourner la page quand leurs chemins se sépareraient.

Car ce moment arriverait. Au fond d'elle, elle le savait pertinemment. Il avait une vie, des amis, un travail. Et elle... Un boulot minable seulement pour s'occuper, et même si sa mère l'aimait, elle avait sa propre vie. Avec les années, Kelli s'était peu à peu isolée, à force de toujours dire oui, de ne jamais contredire sa mère ou sa cousine, et de faire ce qu'on attendait d'elle pour éviter les conflits.

Mais c'était fini. Elle n'irait pas au mariage de sa cousine. Elle prendrait un rendez-vous avec un conseiller d'orientation dans une université locale, pour enfin réfléchir à ce qu'elle voulait faire de sa vie.

Elle s'inscrirait aussi à un cours de self-défense, et de survie. Elle ne voulait jamais plus se sentir aussi impuissante que dans ce bus.

Quant à Flash... Elle avait aussi envie d'être avec lui, mais elle ne savait pas du tout si c'était réciproque. Il avait affirmé qu'il voulait la revoir, il l'avait embrassée comme s'il désirait plus qu'une simple amitié... mais maintenant qu'ils étaient libres, les choses pouvaient changer. Peut-être que ses sentiments étaient à sens unique.

Elle allait bien voir.

Chaque chose en son temps. Une douche, un repas, de l'eau, et ensuite, elle verrait.

Cependant, même en marchant vers le véhicule qui allait enfin les sortir de cette foutue jungle, elle ne pouvait qu'adorer la sensation du bras de Flash autour d'elle, cette impression de se sentir protégée, en sécurité. Ce serait une erreur de s'habituer à cela. Mais pour l'instant, elle se l'autorisa.

Elle retrouverait du courage... plus tard.

11

Flash resta tendu durant tout le trajet du retour au complexe hôtelier. Impossible de ne pas penser à la dernière fois où il s'était retrouvé à l'intérieur d'un véhicule dans ce pays. Heureusement, son équipe l'entourait, lui posant mille questions à propos de l'enlèvement, ce qui l'obligeait à se concentrer, et l'empêchait de trop penser à la lumière aveuglante après avoir passé tout ce temps dans ce foutu bus, ou à cette impression constante qu'ils allaient percuter un autre véhicule chaque fois qu'il regardait à travers le pare-brise.

Alors il fit de son mieux pour rester concentré sur ce qu'on lui demandait... et sur la caresse rassurante du pouce de Kelli, qui faisait lentement des allers-retours sur sa main.

Depuis qu'ils s'étaient retrouvés dehors, dans la jungle, près de ce fichu trou dans le sol, il ne l'avait pas lâchée. Il lui avait tenu la main pendant que Kevlar examinait la blessure à l'arrière de sa tête, confirmant qu'elle ne nécessitait sûrement pas de points de suture, mais qu'il valait mieux la désinfecter et vérifier à nouveau pour en être sûr.

Même quand ils étaient montés dans le van, Flash n'avait pas pu la lâcher. Il se sentait complètement déséquilibré. Une tempête d'émotions lui parcourait les veines : de la colère, de la frustration, de l'inquiétude, et bien sûr, le soulagement que son équipe ait réussi à les retrouver aussi rapidement.

Il raconta tout ce qui s'était passé, depuis le moment où sa bouée avait explosé dans les rapides, les obligeant à partager la même, ce qui les avait mis en retard pour rejoindre le point de rendez-vous. Il décrivit Heckle et Jeckle du mieux qu'il pouvait – même si ses coéquipiers lui avaient donné les véritables noms des ravisseurs, il préférait les surnoms débiles qu'il leur avait attribués – et expliqua comment ils les avaient forcés à entrer dans ce bus enterré.

— Pourquoi tu ne l'as pas désarmé ? demanda Smiley. Et ne me dis pas que tu ne pouvais pas. On sait tous que ça aurait été facile pour toi.

Flash pinça les lèvres. Il avait déjà eu une discussion similaire avec Kelli, et n'avait pas très envie de revenir là-dessus. Il se sentait encore un peu coupable : s'il avait agi comme on le lui avait appris, ils n'auraient peut-être pas eu à passer autant de temps dans ce cercueil métallique.

— Je ne savais pas si Heckle... euh, Brown... était armé. Je ne voulais pas risquer qu'il tire sur Kelli pendant que je gérais Jeckle, répondit Flash le plus sobrement possible.

À son grand soulagement, ses coéquipiers hochèrent la tête. Ils comprenaient. Certes, il aurait pu neutraliser Brant Williams, le désarmer en quelques secondes, mais si ça avait mis Kelli en danger... il ne l'aurait jamais accepté.

— Et puis, je savais que vous comprendriez ce qui s'était passé, et que vous alliez trouver où on était, ajouta Flash.

— Il aurait très bien pu te descendre une fois que vous étiez dans le bus, fit remarquer Safe. C'était du tout cuit. Rien de plus facile.

Flash sentit Kelli se tendre à côté de lui.

— Mais il ne l'a pas fait, répliqua-t-il fermement. D'ailleurs, Jeckle n'a vraiment demandé que cinquante mille dollars au commandant ?

Il avait envie de changer de sujet. L'image de Kelli se faisant tirer dessus lui retournait les tripes.

Le reste du trajet se déroula sans incident. Flash et Kelli furent mis au courant de tout ce qui s'était passé depuis l'arrivée de l'équipe sur l'île. L'interrogatoire à la société de tubing avant de retrouver Errol Brown. Le lendemain matin, ils allaient essayer de localiser Brant Williams.

Flash ne leur proposa pas d'y aller avec eux. Il ne voulait pas laisser Kelli seule à l'hôtel. En réalité, il ne voulait la laisser seule nulle part. Ils venaient de traverser un enfer ensemble, et même s'il voulait s'assurer qu'elle allait bien émotionnellement, il n'était pas du tout prêt à ce qu'elle ne soit plus dans son champ de vision.

Quand ils arrivèrent au complexe hôtelier, tous les membres de l'équipe étaient en tenue, propre et repassée. Flash se sentit mal à l'aise... sale, et en décalage. La lumière l'agressait. Les gens l'agaçaient. Cela lui arrivait parfois, après certaines missions en terrain reculé. Revenir à la vie *normale* n'était jamais simple.

— Allez. J'ai parlé au directeur. On a fait vos valises à tous les deux, et l'hôtel vous a mis dans des chambres communicantes, leur annonça Kevlar. Tex a réservé des billets pour demain après-midi, donc vous avez largement le temps de manger, de dormir, et de vous laver. Si vous avez besoin de quoi que ce soit, il n'y a qu'à demander. Tout est pris en charge.

Flash regarda Kelli. Elle avait les yeux rivés sur le sol, évitant les regards, et les épaules rentrées. Elle était manifestement mal à l'aise. Il fallait qu'il l'éloigne de là.

— Parfait. On a toujours nos passeports, hein ?

— Oui, c'est bon, répondit Preacher.

— Je vais commander de quoi manger pour vous deux, comme ça vous serez tranquilles dans vos chambres jusqu'à demain, ajouta MacGyver. Des protéines, du pain, et des plats pas trop épicés. Si vous avez envie d'autre chose, il suffit de décrocher le téléphone.

— Merci, dit Flash à son ami. Ça fait une chose de moins à gérer. Tenez-moi au courant demain, pour Jeckle.

— Promis. Et prends soin d'elle, déclara Blink en désignant Kelli d'un léger mouvement de tête.

Flash acquiesça, puis se dirigea vers les portes du hall. Ils s'arrêtèrent à la réception pour récupérer leurs nouvelles clés, et pendant tout ce temps, il pouvait presque sentir la tension qui émanait de Kelli. Il fallait qu'il comprenne ce qui n'allait pas, mais il attendrait qu'ils soient enfin seuls.

Leurs chambres étaient de l'autre côté du complexe, loin de celle où il avait séjourné au départ – à peine un jour plus tôt ? - et Kelli n'avait toujours pas prononcé un mot quand ils arrivèrent devant leurs portes.

Flash était de plus en plus inquiet. Ce n'était pas la femme qu'il avait appris à connaître. Elle s'était repliée sur elle-même. Mais il ne la laisserait pas s'éloigner de lui. Il savait exactement ce qu'elle ressentait. Il avait vécu ça, après certaines missions particulièrement difficiles. Mais il avait été formé. Il savait à quoi s'attendre : le contrecoup, passer du statut de captif à celui de sauvé... c'était brutal.

Il glissa une des cartes dans la serrure et entra sans lâcher la main de Kelli. Il n'ouvrit même pas l'autre chambre, puisqu'elles communiquaient. Il l'entraîna simplement avec lui.

La suite qu'on lui avait attribuée était immense, bien plus grande que la précédente. Il y avait une vraie cuisine, avec un évier, des plaques de cuisson et un réfrigérateur. Une table de salle à manger, un coin salon avec un canapé et un grand écran plat. Une baie vitrée donnait sur une vaste pelouse qui s'étendait jusqu'à la plage. C'était un espace luxueux... mais Flash ne s'intéressait qu'à Kelli.

— Kelli ? l'appela-t-il doucement.

Elle leva les yeux vers lui, un petit sillon d'inquiétude entre les sourcils qu'il avait envie de lisser du bout des doigts.

— Dis-moi ce que tu ressens, souffla-t-il.

— La chambre est jolie.

Ce n'était pas ce qu'il voulait savoir.

— À quoi tu penses ? Ça va ? Tu ne dis presque rien. Ça m'inquiète.

— Je suis juste... dépassée ? C'est idiot. Je veux dire...

— Ce n'est pas idiot, l'interrompit Flash. Il y a une heure, on était assis dans le noir, à se raconter des contes de fée avec des opossums géants et une sauterelle nommée Fred. Maintenant, notre monde a encore basculé. En bien, cette fois, mais c'est quand même brutal.

Elle hocha la tête.

— J'ai l'impression de vivre la vie de quelqu'un d'autre. Et tous mes sens sont en alerte. J'ai senti une odeur de poulet dès qu'on est sortis du van. Et le sel de la mer. Les phares des voitures, le hall... Tout était trop lumineux. J'ai du mal à m'adapter.

— Je sais, répondit Flash. Ça va s'arranger.

Il était fier d'elle. Elle arrivait à mettre des mots sur ce qu'elle ressentait.

Elle hocha lentement la tête.

— Maintenant qu'il n'y a plus personne autour de nous, ça va déjà mieux. Enfin, je veux dire... J'étais heureuse de rencontrer tes amis, et super reconnaissante qu'ils nous aient retrouvés.

Elle releva les yeux vers lui.

— J'ai été malpolie, non ? J'aurais dû leur parler un peu.

— Non, tu as été parfaite. Ils comprennent, vraiment. Tu veux aller voir ta chambre ?

Elle lui lâcha aussitôt la main, tendue... ce qui blessa Flash plus que tout ce qu'ils avaient vécu ces dernières vingt-quatre heures.

— Qu'est-ce qu'il y a ? s'inquiéta-t-il.

Elle haussa les épaules.

— Rien. Bien sûr, on peut aller voir ma chambre. J'imagine que tu as envie de prendre une douche. Moi aussi.

Mais elle se refermait à nouveau, et Flash refusait de la laisser s'éloigner. Pas après tout ce qu'ils avaient vécu ensemble.

Il lui prit la main et l'entraîna vers la table. Il tira une chaise et s'assit, attirant Kelli sur ses genoux.

— Flash ! protesta-t-elle avec une voix qui ressemblait davantage à la Kelli qu'il connaissait.

Il posa un bras sur ses cuisses, et passa l'autre autour de sa taille, la maintenant fermement contre lui. À son immense soulagement, elle ne se débattit pas, et n'essaya pas de se relever. Sinon, il l'aurait laissée partir.

— Qu'est-ce qui ne va pas ? lui redemanda-t-il.

Elle soupira, et ferma les yeux. Flash sentit son corps se détendre contre lui. Il resserra son étreinte.

— Je n'ai pas envie de voir ma chambre, répondit-elle doucement. Je veux rester ici, avec toi. Si ça ne te dérange pas.

La sensation de soulagement qui envahit Flash fut si soudaine qu'il en eut le vertige.

— *Si ça ne me dérange pas* ? répéta-t-il. C'est tout le contraire. Je crois que si tu étais dans une autre chambre, je l'aurais mal vécu.

— Parce que tu me crois trop faible ?

— Non. Parce que *moi*, je le suis.

Elle le regarda dans les yeux, incrédule.

— C'est vrai, reprit-il. L'idée d'être séparé de toi me fout la trouille. Tu as été mon pilier pendant toute cette épreuve.

— Tu exagères.

— Pas du tout. J'étais furieux. Malgré mon entraînement et tous les avertissements qu'on nous a donnés à propos des sorties hors du complexe, malgré tout ce que j'ai fait en tant que SEAL... j'ai réussi à me foutre dans une situation qui aurait pu me coûter la vie. Toi, tu m'as permis de garder les idées claires. Tu m'as aidé à me concentrer sur ce qui fallait faire. Si j'avais été seul, j'aurais sûrement fait une connerie en essayant de m'échapper du bus au lieu de garder mon calme, de me servir de ce que Heckle et Jeckle avaient laissé, et d'attendre que mon équipe me retrouve. J'ai toujours laissé MacGyver être le cerveau. Moi, j'étais le gars costaud. Mais toi... Tu m'as fait découvrir une autre facette de moi-même. Et j'ai aimé ça. L'idée que tu partes maintenant... me donne la nausée, franchement.

— Je pense que c'est soit la faim, soit notre odeur, plaisanta Kelli.

Flash n'était pas sûr d'être prêt à alléger l'ambiance, mais il voulait lui laisser le temps de digérer ce qu'il venait de dire, de comprendre qu'il ne racontait pas de salades. Elle avait vraiment été son roc, et dans ce bus, elle avait fait bien plus qu'elle ne le croyait.

Flash lui adressa un léger sourire, refusant de penser au lendemain – au moment où ils devraient se séparer, et où il allait falloir faire avec.

— Tu veux voir la salle de bain ?

— Oui ! répondit-elle avec enthousiasme, retrouvant un peu de cette énergie qu'il aimait tant chez elle.

— Je te laisse même y aller la première, ajouta-t-il généreusement.

Elle le regarda du coin de l'œil.

— Tu fais ça parce que c'est galant, ou parce que tu veux avoir le premier choix sur ce que ton copain a commandé au room service ?

Flash éclata de rire.

— Je suis démasqué, répondit-il alors qu'il n'y avait même pas pensé.

Mais maintenant qu'elle l'avait mentionné, son ventre gargouilla bruyamment.

Il aida Kelli à se lever, puis lui reprit la main. En baissant les yeux vers leurs doigts entrelacés, il constata à quel point ils étaient sales. Il y avait de la terre sous les ongles, de la crasse sur la peau, du sang séché provenant de la blessure de Kelli, et de la rouille provenant du métal du bus. Pourtant, grâce à ce qu'elle était, à sa force, à sa résilience, elle restait belle à ses yeux.

— Flash ?

Il s'arrêta net.

— Oui ?

— Merci.

Il ne savait pas vraiment pourquoi elle le remerciait.

— Je sais très bien que tu aurais pu t'enfuir avant qu'on soit enfermés dans ce bus. Tu aurais pu faire ton truc... de SEAL. Et sans doute mettre une raclée à Heckle et Jeckle. Mais tu ne l'as pas fait à cause de moi. Tu t'es laissé enfermer dans ce bus alors que tu n'étais pas obligé. Je...

Elle déglutit péniblement.

— Je crois que personne n'a jamais rien fait d'aussi désintéressé pour moi de toute ma vie.

— C'est bien dommage. Parce que tu es le genre de femme pour qui on déclenche des guerres. Le genre de femme qui rend les hommes idiots parce qu'ils feraient n'importe quoi pour capter ton regard. Et je vais te dire un truc : si c'était à refaire, je referais tout exactement pareil, juste pour te maintenir en sécurité.

— Flash... souffla-t-elle, visiblement bouleversée.

Flash prit une grande inspiration et tenta de se calmer un peu. Il désirait cette femme, mais il ne voulait pas lui faire peur.

Quelle blague... C'était trop tard pour ça. Bien trop tard.

— Allez, viens voir la salle de bain. Ensuite, j'irai chercher ta valise dans la chambre d'à côté, pour que tu puisses récupérer tes affaires de toilette avant de te doucher.

La salle de bain était immense. Encore un cran au-dessus des chambres qu'ils avaient avant. La douche était séparée de la baignoire-jacuzzi, et suffisamment grande pour deux personnes. Mais ce n'était pas le moment de penser à autre chose qu'aux besoins essentiels : se laver, manger, dormir.

Flash fila dans l'autre chambre, récupéra la valise de Kelli, puis revint. Elle était toujours là, plantée au milieu de la salle de bain, à se regarder dans le miroir. Elle avait l'air triste et secouée à nouveau. Alors Flash s'approcha derrière elle, passa un bras autour de sa taille, posa le menton sur son épaule, et regarda leur reflet.

Ils allaient bien ensemble. Même avec le sang sur sa peau et sa robe de plage, la saleté sur leurs visages et leurs mains, les cernes sous leurs yeux. Ils formaient un tout, ils se complétaient. Ses cheveux foncés à lui, ses mèches plus claires à elle. Ses yeux bruns, les siens verts. Son corps musclé, ses courbes à elle. Il aimait leurs différences, et ce qu'elles formaient ensemble.

— On est dans un sale état, murmura Kelli en posant ses mains sur les avant-bras qu'il avait croisés sur son ventre.

— Oui, approuva Flash. Mais on est en vie. Ces enfoirés n'ont pas gagné.

— C'est vrai.

Il ne voulait pas la lâcher. Il avait envie de l'emmener sous la douche et nettoyer chaque partie de son corps, de faire disparaître la peur et l'incertitude de ces derniers jours. Mais il savait que ce serait trop tôt. Il allait lui laisser l'intimité qu'elle n'avait pas eue depuis un moment, même si ça le tuait.

— Je regarderai ta blessure quand tu auras fini. Prends ton temps, vraiment. On n'a rien de prévu.

— À part manger. Je te jure, j'ai une faim de loup.

Flash rit doucement. C'était aussi son cas.

— On devra sûrement se contenter de poulet ou de bœuf. Peut-être un peu de porc.

— Ça me va. Flash ? Je suis désolée. Je sais que c'est idiot, on a deux salles de bain, et pourtant je n'ai pas envie d'aller me doucher dans l'autre chambre.

— Ce n'est pas idiot. C'est normal, tu peux me croire.

— D'accord. Je culpabilise quand même un peu de me laver pendant que tu attends.

— Ne t'en fais pas. Rappelle-toi, je vais choisir les plats en premier ! lança Flash avec un sourire.

Il fut récompensé par le sien.

— D'accord, mais ne mange pas tout. Garde-m'en un peu.

En guise de réponse, Flash relâcha son étreinte et se mit à côté d'elle. Il l'embrassa sur la tempe, passa doucement la main à l'arrière de sa tête, puis recula en direction de la porte.

— Promis, dit-il en refermant derrière lui, le sourire tendre de Kelli gravé dans son esprit.

Il lui fallut quelques instants pour retrouver un semblant de calme. Elle était juste de l'autre côté de la porte. Et pourtant, il devait garder en tête qu'elle allait bien, que personne n'allait surgir pour la lui enlever.

Il se força à s'éloigner de la porte, puis se dirigea vers la chambre, apercevant sa propre valise sur le lit. Il l'ouvrit pour prendre ses affaires de toilette et quelques vêtements propres. Il se brossa les dents dans la cuisine pendant ce qui lui parut durer cinq bonnes minutes. C'était l'un de ses rituels préférés après une mission. Se laver les dents à fond. Ce soir n'échapperait pas à la règle.

Une fois qu'il eut fini, il n'osa pas s'assoir sur le canapé avec son short de bain et son T-shirt crasseux, alors il se mit à faire les cent pas.

Il ne pouvait s'empêcher d'imaginer Kelli sous la douche. L'image d'elle en maillot de bain noir sur ses genoux tandis qu'ils dérivaient ensemble sur la rivière lui revint à l'esprit. Cette femme était une déesse. Et elle n'en avait même pas conscience.

On frappa à la porte, le faisant sortir de ses pensées, et

Flash en fut reconnaissant. Il devait arrêter de fantasmer sur le corps de Kelli... et sur ce à quoi il ressemblerait sans le maillot.

Quand il ouvrit la porte, il en prit plein les yeux : devant lui, il y avait trois chariots débordant de plats. Les employés les poussèrent à l'intérieur et les disposèrent sur la table et le bar de la cuisine. Une odeur divine envahit la pièce. Le ventre de Flash se contracta cruellement. Il avait envie de tout engloutir à même les plats, comme un sauvage. Mais il se retint, de justesse. Il ne supporterait pas de manger sans Kelli.

Comme si elle avait senti les odeurs depuis la salle de bain, l'eau se coupa. Quelques secondes plus tard, le porte s'ouvrit et se tête apparut.

— Oh, mon Dieu, ça sent trop bon ! Je le sentais déjà sous la douche.

Tandis qu'elle jetait un œil à l'extérieur, de la vapeur s'échappait derrière elle. Flash remarqua qu'elle était enveloppée de l'une des gigantesques serviettes pour lesquelles le complexe hôtelier était réputé, des épaules jusqu'aux mollets. Et même si elle était davantage couverte que ces deux derniers jours, il la trouva encore plus sexy. Sa peau était propre et encore rosée sous l'effet de l'eau chaude, et le sourire qui illuminait son visage semblait plus éclatant que jamais.

À cet instant précis, cette femme ne pensait pas à comparer son corps à celui d'une autre, ni à la vulnérabilité de se retrouver nue sous une serviette dans une chambre avec un homme qu'elle connaissait depuis seulement quelques jours. Elle vivait l'instant présent, concentrée sur la nourriture, et rien que la nourriture.

— Habille-toi et viens par ici, ma belle, qu'on voie un peu ce que MacGyver nous a commandé.

La tête de Kelli disparut, et la porte se referma derrière elle.

Flash sourit. Il prit note mentalement : quand sa femme avait faim, rien ne pouvait l'arrêter.

Sa femme.

Oui, ça lui plaisait. Beaucoup.

Kelli réapparut quelques minutes plus tard, la peau encore rosée, vêtue d'un pantalon en coton ample et d'un sweat-shirt. Elle inspira profondément, et un nouveau sourire radieux illumina son visage.

— Je ne prendrai plus jamais un repas pour acquis, déclara-t-elle avant de se tourner vers Flash. Alors ? Qu'est-ce que tu attends ?

Flash tendit la main vers le plat le plus proche pour soulever la cloche, mais Kelli s'approcha de lui en secouant la tête.

— Non ! Je voulais juste dire que c'est à toi d'aller sous la douche. Ce sera un peu une torture d'attendre que tu aies fini, mais ça l'a sans doute été pour toi aussi. Me savoir là-dedans alors que tous ces plats étaient là.

— Tu n'as pas besoin de m'attendre. Vas-y, commence pendant que je me douche.

Kelli secoua la tête avec insistance.

— Non. Hors de question que je mange sans toi.

Bon sang, cette femme le faisait fondre.

— Je vais faire vite.

— Prends ton temps. La douche est géniale. La pression est parfaite.

— Il faut que j'examine ta blessure à la tête, se rappela Flash.

— Plus tard, Flash. Va te doucher, c'est incroyable. Je ne voudrais jamais priver qui que ce soit de cette sensation, surtout pas toi. Les plats seront toujours là quand tu auras fini.

Je ne vais pas mourir de faim, même si je dois encore attendre vingt minutes.

Il n'allait clairement pas mettre vingt minutes à se doucher. C'était certain. Pourtant, il avait envie de la prendre dans ses bras, de la renverser en arrière comme il l'avait fait dans ce foutu bus, et de l'embrasser. Il en mourrait d'envie. Mais maintenant qu'elle était toute propre, il refusait de la toucher avec son corps sale.

Conscient que s'il ouvrait la bouche, il risquait de dire quelque chose de trop intense, il se contenta de lui sourire, puis se retourna et se dirigea vers la salle de bain.

12

Kelli resta plantée là, les yeux rivés sur la porte de la salle de bain. Elle ne se sentait vraiment pas elle-même. Le fait d'être propre lui faisait un bien fou, mais dans cette salle de bain... dès que Flash avait disparu de son champ de vision, elle avait craqué. Elle avait arraché son paréo et son maillot de bain – qu'elle n'avait d'ailleurs plus jamais envie de voir – et elle était entrée sous la douche avant de fondre en larmes.

À cause de ce qu'elle avait vécu... Du soulagement d'avoir été sauvée... De la reconnaissance de ne pas avoir été seule pendant cette épreuve.

Et aussi parce qu'elle était tombée follement amoureuse d'un homme qui, dans la vraie vie, ne lui aurait sûrement même pas accordé un second regard.

Désormais, elle connaissait mieux Flash que la plupart des hommes avec qui elle était sortie – et certains qu'elle avait fréquenté pendant des mois. Il était son roc. Grâce à lui, elle se sentait en sécurité. Et le lendemain, elle allait devoir lui dire au revoir.

Ce n'était qu'après s'être lavé les cheveux deux fois – délicatement, car l'endroit où Jeckle l'avait frappée était encore douloureux – vidé une demi-bouteille d'après-shampoing et s'être savonnée au moins trois fois qu'elle avait commencé à se sentir un peu mieux. Ses larmes avaient cessé de couler, mais elle se sentait vide, étrangement creuse à l'intérieur.

Puis elle avait senti l'odeur de la nourriture.

À présent, debout au milieu du petit salon à regarder fixement les plats sous cloches, c'était une véritable torture. Mais elle refusait de manger sans Flash. Ils avaient partagé ce calalou et cette boîte de pois, ils avaient bu à tour de rôle dans la même bouteille. Elle n'allait pas se goinfrer alors que lui aussi avait faim. Elle ne pouvait pas faire ça. Même si les effluves qui s'échappaient des plats lui mettaient l'eau à la bouche.

Elle avait l'impression d'être là depuis des heures, mais elle regarda sa montre, et Flash sortit de la salle de bain sept minutes précisément après y être entré.

Kelli n'arrivait pas à le quitter des yeux. Il était... Bon sang, il était canon. D'une certaine manière, passer tout ce temps avec lui dans le noir lui avait presque fait oublier à quel point cet homme était beau. En le voyant juste après la douche, les cheveux encore humides et en bataille, la barbe bien taillée qui mettait en valeur ses lèvres charnues et sa mâchoire anguleuse, ses yeux verts et ce regard perçant... elle avait envie de lui arracher ses vêtements et de le supplier de faire d'elle ce qu'il voulait.

— Seigneur, ça fait du bien. La première douche après une

mission, c'est toujours un bonheur, dit-il avec un léger sourire. Tu es prête à voir ce qu'on nous a apporté ?

Kelli avala sa salive, et hocha la tête.

Elle s'attendait à ce que Flash se dirige vers la table, mais au lieu de ça, il vint directement vers elle. Sans dire un mot, il la prit dans ses bras. Kelli posa la tête contre son torse en laissant échapper un soupir de satisfaction, et le serra aussi fort que lui.

Ce moment était chargé d'émotion. Et Flash sentait terriblement bon. Elle devait absolument découvrir quel savon il utilisait, et en acheter des litres. Elle sentit ses tétons durcir sous son sweat-shirt, et regretta de ne pas avoir mis un soutien-gorge. Elle s'était dit que ce n'était pas la peine, étant donné qu'elle allait juste manger et dormir... mais là, elle aurait préféré une couche supplémentaire entre elle et lui.

Son désir pour cet homme était effrayant. Elle avait vraiment besoin de lui. Il lui donnait l'impression qu'elle pouvait déplacer des montagnes. Peu importait qu'elle n'ait ni amis, ni un métier passionnant. Grâce à lui, elle avait survécu à un enlèvement, enterrée vivante.

Cette envie soudaine de le supplier de ne jamais la quitter poussa Kelli à inspirer profondément et à s'éloigner. Elle devait se ressaisir. Ce n'était pas un film ou un roman. Dans la vraie vie, ça ne fonctionnait pas comme dans les romances.

— Tu as mal à la tête ? lui demanda-t-il.

Elle cligna des yeux et mit un moment à intégrer sa question.

— Oh... non, pas vraiment.

— Je peux jeter un œil avant qu'on se jette sur les plats ?

En guise de réponse, Kelli se retourna et lui présenta l'arrière de sa tête. Dès que les mains de Flash se perdirent dans ses cheveux, elle se tendit. Non pas parce qu'il lui faisait mal, mais parce que ses fichus tétons durcissaient encore, et qu'il lui fallait toute la volonté du monde pour ne pas remuer sur place. Elle pria pour qu'il ne sente pas à quel point elle était excitée.

— Tout bien considéré, ça me semble pas mal. Par précaution, tu devrais sans doute prendre un petit traitement antibiotique, mais je suis d'accord avec Kevlar : pas besoin de points de suture.

— Tant mieux, répondit Kelli en se retournant, essayant désespérément d'éteindre le feu qui la consumait.

— Oui. Allez, à table.

Flash lui prit la main, et ce simple contact lui donna l'impression d'être chez elle. Leurs doigts entrelacés avaient l'air parfaitement à leur place.

Il l'emmena vers la cuisine, où ils sortirent deux assiettes du placard. Il lui lâcha la main, mais cette fois, Kelli n'y prêta même pas attention... car il commença à découvrir les plats.

Il y avait assez de pain pour une douzaine de personnes, des nuggets de poulet, des haricots verts, du steak, divers légumes locaux, et ces fameuses pommes de terre au fromage qu'ils adoraient. C'était comme s'ils avaient le buffet entier dans leur chambre.

Au début, Kelli se servit en toutes petites portions, mais en voyant Flash remplir son assiette, elle lâcha prise et fit comme lui. Ils échangèrent un sourire complice, snobant tous les deux les pois et le calalou. Elle était reconnaissante de les avoir dans le bus, et c'était franchement bon, mais y repenser maintenant faisait remonter trop de mauvais souvenirs.

Une fois leurs assiettes bien remplies, ils choisirent le canapé plutôt que la salle à manger, avancèrent la table basse et saisirent leurs couverts.

Flash adressa un sourire à Kelli avant d'enfourner un morceau de poulet.

— Mon Dieu, marmonna-t-il la bouche pleine. C'est le meilleur poulet que j'ai mangé de ma vie.

Les vingt minutes qui suivirent se passèrent dans un silence quasi total. Ils étaient trop occupés à se remplir le ventre. Flash retourna se servir deux fois, alors que Kelli n'arrivait même pas à finir sa deuxième assiette. Peu après, elle était affalée sur le canapé, et elle avait l'impression qu'elle allait exploser. Elle avait trop mangé, son ventre était gonflé, et Flash n'était pas dans un meilleur état.

— Je dois une fière chandelle à MacGyver, dit Flash avec un sourire satisfait. C'était incroyable.

— Oui, approuva Kelli.

Quand il se leva, elle voulut faire de même, mais il fit non de la tête.

— Reste là et détends-toi. Je m'occupe de tout.

— Je peux t'aider, protesta Kelli.

— Je sais, mais c'est inutile. Je vais juste mettre les restes au frigo pour demain matin. Il y a assez d'assiettes dans le placard, donc pas besoin de faire la vaisselle, je vais rincer celles-ci et les laisser dans l'évier. Si tu veux, tu peux aller dans la chambre et te préparer à te coucher.

Kelli se figea, et leva les yeux vers Flash.

— Sauf si tu ne veux pas rester ici, ajouta-t-il. Je comprendrais. On ne se connait pas depuis longtemps, et...

— Non, l'interrompit Kelli. Je veux rester. Seulement... je ne savais pas si *toi*, tu voulais que je reste.

Flash posa les assiettes vides et se pencha vers elle, la piégeant un instant sur le canapé.

— Je veux que tu restes, murmura-t-il.

Son regard glissa jusqu'à ses lèvres, puis remonta vers ses yeux avant qu'il se redresse.

Kelli resta immobile un instant, puis se força à se lever. Elle gémit parce qu'elle avait trop mangé – vraiment sexy – et se traîna jusqu'à la chambre. Elle fit ce qu'elle avait à faire dans la salle de bain le plus rapidement possible, puis se glissa sous les couvertures en gardant son pantalon souple et son sweat-shirt.

Elle entendit le bruit de la vaisselle dans l'autre pièce, et peu de temps après, Flash entra dans la chambre. Il lui sourit avant de se diriger vers la salle de bain.

Kelli était tendue. Tout à coup, ça lui semblait bizarre. Elle aurait dû aller dans l'autre chambre. Elle était en train de se torturer elle-même en restant là avec Flash. Dormir dans ses bras coincés dans ce bus, c'était une chose. Mais maintenant ? Dormir avec lui dans un vrai lit douillet ?

Elle était idiote.

Mais dès que Flash se glissa sous les couvertures et vint se coller à elle en la prenant dans ses bras, un sentiment de paix et d'harmonie qu'elle n'avait jamais ressenti auparavant l'envahit.

— C'est tellement mieux que ce sol métallique, soupira Flash.

Kelli ne pouvait qu'être d'accord avec lui. Même si elle avait profité d'un meilleur confort, vu que Flash lui avait servi d'oreiller.

Ils se turent pendant un long moment, serrés l'un contre l'autre dans le noir... Perdus dans leurs pensées.

La vie de Kelli avait changé à jamais. Son mec, c'était lui. Celui des livres et des films. Celui pour qui elle était faite. Son âme sœur. Elle en était certaine. Mais ce n'était pas la fin de l'histoire. La vie continuait. Elle ne savait absolument pas ce que l'avenir leur réservait, mais pour la première fois de sa vie, elle était prête à se battre pour ce qu'elle voulait.

— Désolé, je suis pas très bavard, murmura Flash. Je suis crevé.

— Chhhhhut, pas besoin de parler. Je suis épuisée aussi.

Flash s'endormit le premier. Kelli, presque allongée sur lui, sentit sa respiration profonde sur sa joue. Il avait le bras autour de ses épaules, et sa main libre agrippée au bras qui reposait sur son torse. Une des jambes de Kelli était sur l'une de celles de Flash. Ils étaient aussi emmêlés qu'on pouvait l'être, et même si elle n'avait jamais dormi de cette manière avec quelqu'un, elle ne s'était jamais sentie aussi à l'aise.

Au rythme régulier des battements de son cœur sous son oreille, Kelli ne tarda pas à le rejoindre dans un sommeil profond. Elle venait de vivre la pire expérience de sa vie, et pourtant, elle était reconnaissante. Cela lui avait permis de découvrir cet homme. Il l'avait changée à jamais, et même s'ils ne devenaient rien de plus que des amis, elle ferait en sorte de s'en contenter... tant qu'il restait dans sa vie.

* * *

Brant Williams regarda fixement le siège d'avion qui se trouvait devant lui en fronçant les sourcils.

Rien ne s'était passé comme prévu. Il avait été si méticuleux, et il avait dépensé plus que ce qu'il pouvait se le permettre pour tout organiser. Ce n'était pas donné de vider un bus et de le faire enterrer au beau milieu de nulle part. Il était persuadé que le gouvernement américain paierait pour récupérer ce connard.

Mais il s'était trompé, et ça faisait mal.

Il attendait que l'argent tombe sur son compte quand il avait appris qu'un groupe d'Américains venait d'arriver sur l'île. Le réseau d'information était rapide et efficace ici, et très rapidement, il avait appris que ces types étaient chez Errol Brown... à poser des questions.

Brant avait tout de suite compris qu'il était dans la merde. Il avait fourré tout ce qu'il pouvait dans deux valises et foncé à l'aéroport. Errol ne lui était pas loyal, il allait forcément tout balancer. Il dirait tout aux Américains, et certainement à la police aussi : l'enlèvement, la demande de rançon... et le fait que Brant était derrière tout ça.

Il devait quitter l'île, et disparaître.

Il n'avait pas mis longtemps à décider où aller. Il pensa aux fausses pièces d'identité planquées dans ses bagages, et aux adresses qu'il connaissait par cœur.

La Californie. Il avait encore des affaires à régler aux États-Unis.

Ce n'était qu'une question de temps avant qu'on retrouve cette garce et ce connard... grâce à Errol. Car évidemment, il allait tout raconter. Sans lui, personne n'aurait jamais trouvé sa planque dans la jungle. Elle était parfaite. Le plan était parfait.

Il avait choisi le mauvais partenaire.

Il ne pouvait plus atteindre Errol, qui était manifestement entre les mains de la police. Impossible de lui faire payer sa trahison. Mais il pourrait peut-être atteindre l'Américain... Surtout une fois qu'il serait de retour sur son territoire. Le type ne se douterait de rien. Il n'imaginerait jamais qu'il était suivi. Même s'il était censé être un super soldat des Navy SEALs, assez important pour que le gouvernement envoie une équipe le chercher. Brant n'avait aucun doute : il pouvait le berner. Lui, et quiconque se mettrait en travers de son chemin. Surtout quand il baisserait la garde.

Ce n'était plus une question d'argent. C'était une question de principe. Wade Gordon et Kelli Colbert n'allaient pas s'en sortir aussi facilement après avoir foutu en l'air tous ses plans.

Une fois rentrés chez eux, ils allaient se croire en sécurité, et reprendre leur petite vie tranquille. Foutus Américains ! Ils se croyaient toujours au-dessus des autres.

Mais il savait où ils habitaient, tous les deux. Ils n'avaient pas envie d'entendre parler de Brant Williams. Il était bien décidé à aller jusqu'au bout, et il obtiendrait ce qu'il voulait : la satisfaction de la victoire.

13

_____

Pour la première fois de sa vie, Flash redoutait de rentrer chez lui. Non pas parce qu'il aurait voulu rester en Jamaïque, mais parce que ça voulait dire quitter Kelli. Pourquoi il s'était attaché à elle aussi vite, il n'en avait aucune idée. Mais c'était une réalité, et il ne regrettait rien.

En se réveillant ce matin-là, il avait eu un moment de flottement. Il n'était pas du genre à accepter les coups d'un soir, et il ne passait pas la nuit avec les femmes – au sens littéral du terme. Pourtant, il s'était réveillé avec un corps tout doux dans les bras, un parfum fleuri dans les narines, et une érection presque douloureuse.

Mais la confusion avait disparu presque aussitôt, quand les souvenirs lui étaient revenus. Il était au complexe hôtelier avec Kelli. Ils étaient en sécurité, propres, et il venait de passer sa meilleure nuit de sommeil depuis longtemps.

En se déplaçant lentement pour ne pas déranger la femme endormie dans ses bras, Flash avait glissé un oreiller sous sa tête afin de mieux l'observer. Ses cheveux étaient éparpillés sur son T-shirt, et sa main reposait près de son visage. Une de ses jambes était posée sur sa cuisse, et quand il avait légèrement bougé, elle s'était blottie un peu plus contre lui, comme pour s'assurer qu'il ne s'éloignait pas.

Flash s'était dit : *c'est ça... C'est ce qui me manque dans la vie.*

Ce sentiment d'être désiré. D'être essentiel.

Il ne savait pas du tout combien de temps il était resté à la regarder dormir, mais il n'avait pas pu s'empêcher de sourire quand elle s'était réveillée. Elle avait pincé les lèvres et un peu froncé les sourcils. Ses traits étaient plissés. Elle était adorable.

Elle avait fini par inspirer lentement, puis son corps tout entier s'était tendu, comme si elle réalisait tout juste qu'elle était blottie contre quelqu'un, et pas juste un oreiller.

Refusant qu'elle se sente embarrassée, Flash lui avait dit bonjour calmement, puis s'était levé pour aller aux toilettes. À son retour, Kelli était assise dans le lit, et lui avait adressé un petit sourire timide.

Il avait réchauffé les restes de la veille pour le petit déjeuner, et quand ils avaient fini de tout ranger et de faire leurs valises, il était presque midi. Kevlar avait appelé pendant qu'ils mangeaient pour prévenir Flash que Brant Williams s'était volatilisé avec la majorité de ses affaires. Il avait manifestement eu vent de leur petite visite chez Errol, et avait pris la fuite.

Un appel à Tex confirma qu'il avait pris un avion la veille au soir, et quitté l'île. Flash était déçu, car il aurait aimé le confronter en face à face.

Mais quand Kevlar lui avait dit quelle était la destination de Brant, la matinée paisible de Flash avait pris un autre tournant.

Los Angeles. L'homme qui les avait enlevés, qui les avait

enterrés dans la jungle et tenté d'obtenir une rançon auprès du gouvernement américain s'était envolé pour Los Angeles.

C'était bien trop proche de Riverton pour qu'il soit tranquille, surtout que Williams avait leurs papiers d'identité... avec leurs adresses.

Tex essayait de le localiser, ravi qu'au moins, ce soit sur ce qu'il appelait son propre terrain de jeu, un endroit où il y avait des caméras à tous les coins de rue, et où on ne pouvait même pas péter sans laisser une trace numérique.

Ce n'était toujours pas la nouvelle que Flash avait espérée, et il n'avait pas voulu affoler Kelli alors qu'elle était détendue et heureuse ce matin-là. Il avait décidé de lui en parler une fois rentrés aux États-Unis.

Ce qui n'allait plus tarder. L'avion était sur le point d'atterrir à San Diego. Ils étaient rentrés via un vol commercial, contrairement à l'aller, où l'équipe était venue à bord d'un avion militaire. Le voyage s'était déroulé sans incident, et Flash se sentait à l'aise, entouré de ses coéquipiers.

Kelli était assise côté hublot, et lui à côté d'elle. À sa grande surprise, et pour son plus grand bonheur, peu après le décollage, Kelli avait posé la main sur sa cuisse. Ce n'était pas un geste sexuel, non pas qu'il ait pu en juger. Il supposait qu'elle cherchait simplement à garder un contact, comme lui ressentait le besoin d'être connecté à elle.

Flash avait posé la main sur la sienne, et avait somnolé un peu, sans jamais rompre ce lien.

Mais maintenant, ils rentraient chez eux.

Retour à la réalité.

Et Flash n'avait pas la moindre idée de la manière de dire au revoir à cette femme qui avait bouleversé sa vie. Elle avait littéralement transformé sa vision de l'avenir. Il avait envie de l'emmener chez lui, et qu'elle emménage dans son petit appartement. L'idée de la laisser partir le rendait grognon, et il lança un regard noir à ses coéquipiers, qui parlaient de leur programme de la semaine à venir, comme si rien n'avait changé.

Il soupira. Pour eux, rien n'avait changé. Le voyage en Jamaïque n'était qu'un léger détour dans leur planning. Mais pour Flash, ces quelques jours avaient tout bouleversé.

Il avait pris le temps d'appeler sa sœur et ses parents dans la matinée pour rassurer tout le monde. Évidemment, ils avaient appris ce qui s'était passé, puisque Chuck était rentré plus tôt que prévu, et avait dit à Nova qu'il était porté disparu. Toute la famille avait paniqué, mais Flash avait réussi à les convaincre de ne pas venir à Riverton. Il avait promis à Nova de la rappeler plus tard pour tout lui raconter.

Kelli, elle aussi, avait appelé sa mère, qui ne s'était pas montrée aussi émotive que sa famille à lui. Elle était soulagée de savoir sa fille saine et sauve et voulait tout savoir, bien sûr, mais à la fin de la conversation, elles parlaient déjà des dernières courses que sa mère avait faites, et de ses projets pour la semaine.

Au final, Kelli et lui avaient eu de la chance. Une sacrée chance. S'il n'avait pas été qui il était, s'il n'avait pas eu les ressources dont il disposait – à savoir une équipe de Navy SEALs ultra compétents qui veillaient sur lui – l'issue aurait pu être différente.

À peine sortis de l'avion, Flash saisit la main de Kelli tandis qu'ils avançaient vers le tapis à bagages. Il se réhabituait un peu à être entouré de gens, mais il sentit Kelli se rapprocher de lui en marchant.

— C'est dingue comme ça me paraît chaotique, maintenant, dit-elle en levant les yeux vers lui.

— J'ai souvent ce ressenti après une mission, répondit Flash pour la rassurer. Notre travail est intense. La plupart du temps, on est au beau milieu de nulle part, dans un silence total. Et quand je rentre, le brouhaha, le tohu-bohu... Tout ça me prend toujours de court.

Quand elle éclata de rire, il baissa les yeux vers elle.

— Quoi ? Qu'est-ce qu'il y a de drôle ? demanda-t-il, surpris.

— Rien... Enfin, ce que tu dis a du sens, et je suis désolée que tu doives vivre ça si souvent, parce que sincèrement, ce n'est pas super agréable. J'ai ri parce que quand tu dis brouhaha et tohu-bohu, ça m'a fait penser à Heckle et Jeckle. Je ne sais pas pourquoi, c'est sorti comme ça, ça m'a fait rire.

Flash lui sourit.

— Donc si je disais Gigote et Fricote, ce serait encore plus drôle ?

À sa grande satisfaction, elle sourit de plus belle, et éclata de rire à nouveau.

— Prout-prout, lâcha-t-elle entre deux gloussements.

— Jeepers Creepers, lança Flash.

— Tic et Tac.

— Dupond et Dupont.

— Satanas et Diabolo ! s'écria Kelli, tellement hilare qu'elle comprenait à peine ce qu'elle disait.

Flash secoua la tête.

— Je crois que tu as gagné.

Il avait mal aux zygomatiques à force de sourire. Il ne se souvenait pas de la dernière fois où il avait eu une conversation aussi amusante.

— Qu'est-ce qui vous fait rire ? demanda Safe en les regardant par-dessus son épaule.

Flash croisa le regard de Kelli, et ils repartirent dans un fou rire. Il finit par se calmer suffisamment pour répondre à son ami.

— C'est impossible à expliquer, et de toute façon, tu ne trouverais pas ça drôle.

Safe leva les yeux au ciel, mais n'insista pas.

L'humeur de Flash s'assombrit peu à peu à mesure qu'ils approchaient du tapis à bagages. Il avait un nœud dans le ventre. Ce n'était pas une réaction normale, mais il n'y pouvait rien. C'était sûrement à cause de ce qu'ils avaient vécu ensemble, même s'il n'avait jamais ressenti ça pour un coéquipier après une mission particulièrement éprouvante. Il ne comprenait pas ce qu'il ressentait, et ça le mettait mal à l'aise.

Dès qu'ils franchirent le portique séparant la zone sécurisée du reste de l'aéroport, Flash cligna des yeux, surpris.

Au lieu de passer devant les gens venus accueillir leurs proches, comme il avait l'habitude de le faire quand il prenait un vol commercial... il s'arrêta net en reconnaissant des visages familiers.

Remi, Wren, Josie, Maggie, et Addison étaient là. Et au lieu de courir dans les bras de leurs compagnons ou de leurs maris, elles foncèrent tout droit vers Kelli et lui.

En quelques secondes, ils furent cernés.

Flash dut lâcher la main de Kelli pendant que les compagnes de ses amis se précipitaient sur lui pour l'enlacer, s'agiter autour de lui, et dire à quel point elles étaient soulagées qu'il aille bien. En jetant un regard vers Kelli, il vit qu'elle avait les yeux écarquillés. Elle avait l'air perdue... et légèrement paniquée.

Il croisa le regard de Kevlar, et son chef d'équipe comprit visiblement le message silencieux que Flash essayait de lui faire passer, car il passa le bras autour de Remi et la tira doucement en arrière.

— Et si on leur laissait un peu d'espace, ma belle ?

Les autres firent de même, s'écartant un peu et rejoignant leurs hommes pour permettre à Kelli et Flash de respirer. Flash reprit la main de Kelli tandis que le groupe déplaçaient leur petite réunion pour ne pas gêner la circulation dans le terminal.

— Merci à vous d'être venus, dit Flash. Je ne m'y attendais pas.

— Pourquoi ça ? répondit Wren. Tu fais partie de la bande. Tu es l'un des nôtres.

— Quand on a appris que tu avais disparu, on a paniqué, expliqua Remi.

— Dieu merci, les gars ont été envoyés aussitôt pour te chercher, ajouta Josie.

— Est-ce qu'ils ont chopé le connard qui t'a enlevé ? demanda Maggie.

— Je n'arrive pas à croire qu'il ait eu les couilles d'appeler la Navy pour demander une rançon, murmura Addison. Quel idiot...

— Et tes enfants, où sont-ils ? lui demanda Flash. Tu ne les as pas laissés seuls à la maison, j'espère ?

Addison leva les yeux au ciel, amusée.

— Bien sûr que non. Caroline est venue les garder.

Flash hocha la tête. Caroline était la femme de Wolf Steel, un ancien SEAL légendaire qui jouait un peu le rôle de mentor pour lui et le reste de l'équipe. Ils s'étaient beaucoup rapprochés de son ancienne unité, et de leurs familles.

— Tu fais les présentations ? lança Remi avec un sourire en direction de Kelli.

— Oui, pardon. Voici Kelli Colbert. Kelli, je te présente Remi, Josie, Maggie, Wren et Addison, ajouta Flash en les désignant à tour de rôle.

— Ravie de vous rencontrer, répondit Kelli poliment.

— Enfin, ravie, ce n'est peut-être pas le bon mot, dit Josie avec un sourire en coin. On a hésité à venir. On ne voulait surtout pas t'effrayer. Mais on aime toutes beaucoup Flash, et on voulait qu'il sache à quel point on est soulagées qu'il aille bien. Et toi aussi. On est toutes un peu passées par là... Des situations pourries dans lesquelles quelqu'un pense pouvoir te forcer à faire des trucs contre ta volonté. Alors on s'est dit que tu aurais peut-être besoin de soutien.

— Oui, et justement, en parlant de ça, j'espère que tu vas venir avec nous chez Wren et Safe, ajouta Remi.

— Attends... quoi ? s'enquit Flash.

— Euh... on a peut-être organisé une soirée *heureux de te revoir saint et sauf*, annonça Wren avec un sourire un peu gêné. Ce n'était pas vraiment prévu, mais de fil en aiguille, tous les amis de Caroline et vos copains SEALs ont voulu passer, parce qu'ils voulaient s'assurer que tu allais bien. Et maintenant, tout le monde est réuni chez nous.

Flash la regarda fixement un instant, puis se tourna vers Safe.

— Tu étais au courant ?

— Non, ne me regarde pas comme ça, répondit Safe en secouant la tête. J'y suis pour rien.

— Allez, Flash. S'il te plaît. On n'a pas besoin d'excuse pour se retrouver, mais ce sera bizarre si tu n'es pas là, vu qu'Addison a préparé un énorme gâteau avec *bon retour parmi nous* écrit dessus. Alabama a aussi gonflé des tas de ballons, et Jessyka s'occupe des enfants qui fabriquent des banderoles à afficher partout dans la maison pour t'accueillir.

— Et toi aussi, Kelli, il faut que tu viennes, l'implora Remi. On est tellement contentes que tu ailles bien aussi. On ne te connaît pas encore, c'est vrai, mais si Flash t'aime bien, alors nous aussi. On est un peu turbulentes, mais on a bon fond. Je te le promets.

Flash regarda Kelli, qui leva les yeux vers lui. Il n'arrivait pas à lire l'expression de son visage.

— Vous nous laissez une minute ? demanda-t-il à ses amis.

— Bien sûr.

— Évidemment.

— Prenez le temps qu'il vous faut.

— Mais pas trop quand même, il y a de la bouffe qui nous attend !

Les autres s'éloignèrent en direction du tapis à bagages, mais Flash resta sur place. Il se tourna vers Kelli.

— Dis-moi tout. Tu flippes ? Je te jure que je ne savais pas qu'ils allaient tous être là. Sinon, je t'aurais prévenue. Tu n'as aucune obligation. Dis-moi ce que tu ressens.

Elle lui pressa légèrement la main.

— Je pense que tu es un homme drôlement chanceux.

Ce n'était pas du tout la réponse à laquelle Flash s'attendait.

— Tu t'es absenté quoi... un jour de plus que prévu ? poursuivit Kelli. Et tout le monde s'est pointé à l'aéroport parce qu'ils ne voulaient pas attendre une minute de plus avant de te voir. Non seulement tes six meilleurs amis ont tout laissé tomber pour aller te chercher en Jamaïque, mais ils sont littéralement partis dans les heures qui ont suivies l'annonce. Et là, ils sont tous tellement soulagés que tu sois rentré qu'ils ont improvisé une fête parce qu'ils tenaient à te le dire en personne.

Elle avait raison. Flash était un homme chanceux. Mais ça ne voulait pas dire qu'il avait tout ce qu'il fallait dans la vie. Il lui manquait quelque chose.

Une partenaire.

— Tu as raison, j'ai de la chance. Alors... tu viens avec moi ? Tu veux bien rencontrer mes amies et apprendre à les connaître ?

— Eh bien... j'ai un peu l'impression de déjà les connaître. Tu m'as beaucoup parlé d'elles.

Elle allait dire oui, Flash le savait.

— D'accord. Oui, merci, j'adorerais venir avec toi.

Une sensation de soulagement mêlée de satisfaction envahit Flash.

— Je te ramènerai dès que tu en auras marre. Il suffira de me le dire. Ce sera un peu animé, je préfère te prévenir. Si tu trouves que Remi et les autres sont énergiques, attends de rencontrer la bande de Caroline. Elles vont te proposer des soirées pyjama, des virées entre filles au Aces Bar & Grill, et Dieu sait quoi d'autre d'ici la fin de la soirée.

— Si tu essaies de me dissuader, c'est raté, dit Kelli en souriant. Je n'ai jamais eu de copines avec qui faire ce genre de trucs. Enfin, pas à l'âge adulte.

— Allez, on va récupérer nos valises et filer d'ici. Je ne sais pas toi, mais moi, j'ai encore faim. C'est toujours comme ça après une mission, ou quand je n'ai pas pu manger correctement. Pendant quelques jours, je dévore tout ce qui passe jusqu'à ce que mon corps comprenne qu'il va être nourri régulièrement.

Flash était heureux. Il n'avait pas besoin de lui dire au revoir. Pas encore. Il venait de gagner quelques heures précieuses. Et lui faire rencontrer les femmes de la bande était l'un des meilleurs moyens de s'assurer qu'il reverrait Kelli. Personne ne pouvait résister à Remi et sa clique. Du moins, il l'espérait.

* * *

Kelli regardait autour d'elle, émerveillée. Même dans ses rêves les plus fous, jamais elle n'aurait imaginé se retrouver ici, dans une petite maison bondée – avec encore plus de monde dans le jardin – en train de rire avec des gens qu'elle venait tout juste de rencontrer, mais qu'elle avait l'impression de connaître depuis toujours.

Tous les amis de Flash étaient chaleureux, ouverts, bienveillants. Et ils semblaient sincèrement heureux de sa présence.

C'était... étrange, mais génial. Kelli n'était pas le genre de femme vers qui les gens se tournaient naturellement. Elle avait l'habitude de rester dans l'ombre, et d'observer les autres pendant les fêtes et les réunions. Quand on lui adressait la parole, c'était souvent par politesse, et ça se sentait.

Mais ici, elle n'avait ressenti aucune de ces vibrations. On lui avait présenté un tas de personnes, hommes et femmes, et même si elle n'arrivait pas à retenir tous les prénoms – Fiona, Summer, Mozart, Benny, Julie, Matthew... – elle se sentait plus heureuse qu'elle ne l'avait été depuis longtemps. Apparemment, les femmes appelaient les hommes par leurs prénoms, alors que les hommes s'appelaient par leurs surnoms. C'était un peu confus, mais elle s'en fichait.

Flash n'était pas le seul à être mort de faim. Le gâteau

qu'Addison avait préparé fondait littéralement dans la bouche, et Kelli avait eu toutes les peines du monde à ne pas gémir de plaisir dès la première bouchée. Le reste était tout aussi délicieux. Il y avait plein de petits en-cas faciles à attraper, ce qui permettait de discuter tout en mangeant.

Des enfants couraient partout, criaient trop fort, bousculaient les adultes, faisaient tomber la nourriture par terre, mais personne ne s'en souciait plus que ça. On leur demandait simplement de faire attention, de s'excuser quand ils fonçaient sur quelqu'un – Kelli, par exemple – et on secouait la tête en souriant face à leur énergie débordante.

En consultant sn téléphone – qu'elle était vraiment soulagée de ne pas avoir emmené lors de la descente en bouée – Kelli constata qu'ils étaient là depuis déjà trois heures. Difficile à croire, tant elle avait l'impression qu'ils venaient à peine d'arriver.

Comme si elle l'avait invoqué par la pensée, Flash apparut à ses côtés. Il passa un bras autour de sa taille, et elle se pencha contre lui tandis qu'il se baissait pour lui murmurer quelque chose à l'oreille.

— Ça va ?

Elle acquiesça.

— Tu as récolté combien de numéros ce soir ? demanda-t-il.

Kelli rit.

— Euh... tous ?

— Très bien. Et combien d'invitations à remettre ça ?

— Trois ou quatre.

— Est-ce que Julie a déjà essayé de t'embaucher dans sa friperie ?

Kelli leva les yeux vers lui en souriant de plus belle.

— Comment tu le sais ?

— Parce qu'elle a de la suite dans les idées. Tu es fatiguée ?

Kelli haussa les épaules. Elle était crevée. C'était idiot, elle n'avait pourtant rien fait de la journée. Elle s'était levée tard, elle avait mangé, pris l'avion, et maintenant, elle était là, debout. D'un autre côté, elle était toujours dans un état vaseux après un voyage. Et cette fois, elle était clairement à plat.

— Je suis *crevé*, admit Flash.

Elle ne put s'empêcher de sourire.

— *Crevé* ? Tu as du sang français et tu ne me l'as pas dit ?

— Non, mais j'adore ce mot, et j'étais content de pouvoir le placer.

Ce mec... Il la faisait rire, il la rassurait... et l'effrayait à la fois. Surtout parce qu'elle avait des nœuds dans le ventre à l'idée de le perdre. Elle avait cette sensation absurde que dès qu'ils se diraient au revoir, tout serait fini. Il retournerait à sa vie, avec tous ces gens formidables autour de lui, et il l'oublierait. Cette fille petite et quelconque avec qui il avait été kidnappé lors d'un voyage en Jamaïque.

— Tu veux rentrer ? demanda-t-il.

Oui et non. Mais Flash était fatigué, et c'était lui qui la ramenait chez elle. Elle ne voulait pas le retenir. Elle acquiesça.

— D'accord. On fait le tour pour dire au revoir, et on file.

Évidemment, les adieux durèrent encore une bonne heure. En passant de pièce en pièce, puis dans le jardin pour saluer ceux qui étaient dehors, Flash ne la quitta pas une seconde. Il gardait toujours un bras autour de sa taille, ou lui tenait la main.

Quand ils franchirent enfin la porte d'entrée, Flash souffla.

— Pfiou ! J'ai cru qu'on ne sortirait jamais.

— Tu revois tes coéquipiers demain, non ? demanda Kelli.

— Oui, pourquoi ?

Elle haussa les épaules.

— Comme ça.

— C'est une habitude, expliqua Flash comme s'il avait deviné ce qu'elle pensait sans qu'elle ait à le dire. On ne part jamais d'une soirée sans dire au revoir à tout le monde. On a appris à la dure que la vie est trop courte.

Ça faisait sens. Et ça expliquait beaucoup de choses sur le lien qui unissait ces hommes et ces femmes.

Flash la guida jusqu'à son SUV Honda Pilot gris garé sur le bas-côté.

— Attends... c'est ta voiture ? demanda-t-elle alors qu'il ouvrait la portière côté passager.

— Non, je suis en train de la voler, répondit-il d'un ton parfaitement sérieux.

— Mais bien sûr... Comment est-elle arrivée ici ?

— Wolf et Dude sont passés la récupérer chez moi pour me la déposer ici.

— Et comment ils ont eu tes clés ?

— C'est sûrement Kevlar qui les leur a données.

Kelli se retourna dans l'embrasure de la portière avant de monter.

— Et lui, comment il les a eues ?

Flash posa une main sur la portière, l'autre sur le toit, et se pencha vers elle. Elle avait la possibilité de s'échapper en passant sous son bras, mais pourquoi aurait-elle fait ça ? Elle était exactement là où elle voulait être. Tout près de Flash.

— On a tous un double des clés des uns et des autres. On ne sait jamais quand on va devoir laisser une voiture quelque part, et si quelqu'un d'autre devra la récupérer. Chez nous, c'est comme ça.

— Oh...

— Oui... Allez, monte. Il fait nuit, et même si le quartier s'est bien assaini, ce n'est pas encore complètement sûr.

Kelli obéit, et s'installa sur le siège. À sa grande surprise, Flash tira la ceinture de sécurité et la lui tendit. Personne ne lui avait jamais fait ça. C'était... touchant. Une fois qu'elle fut attachée, Flash referma la portière et fit le tour pour s'installer au volant.

Ils prirent la route, et restèrent silencieux durant presque tout le trajet jusqu'à l'appartement de Kelli à La Jolla. Elle lui indiqua le chemin, et bien trop vite à son goût, ils arrivèrent sur le parking de son immeuble.

Elle avait une boule dans la gorge, et elle eut toutes les peines du monde à ne pas éclater en sanglots. Elle se sentait incroyablement émotive. C'était absurde. Elle était saine et sauve après avoir été enterrée vivante, elle avait le ventre plein, et son téléphone débordait de nouveaux contacts qui, elle l'espérait, deviendraient des amis. Mais l'idée de quitter Flash... était douloureuse.

Il ouvrit le coffre pour sortir sa valise – que quelqu'un avait manifestement glissée dans le SUV auparavant – puis il la traîna vers elle, s'arrêtant à un mètre en lui tendant la main.

Il ne dit rien, et ne la prit pas dans ses bras. Il attendit qu'elle vienne à lui.

Et Kelli le fit sans hésiter.

La question de la raccompagner jusqu'à sa porte ne se posait même pas. Il ne s'agissait pas d'un premier rendez-vous au terme duquel elle aurait hésité à révéler son adresse. C'était Flash. Ils avaient traversé l'enfer ensemble. Elle ne voyait aucun problème à lui montrer l'endroit où elle vivait.

Son immeuble comptait plusieurs étages, et elle habitait au troisième. La vue était superbe. On distinguait l'océan entre deux bâtiments. Ce n'était pas luxueux : les appartements donnaient tous sur des coursives extérieures. Certains disaient que ça ressemblait à un motel géant, mais Kelli avait toujours adoré ça. Elle aimait pouvoir sortir et respirer l'air marin.

Dans l'ascenseur, ils restèrent silencieux. De toute façon, Kelli n'aurait pas su quoi dire. *Merci ? Ne t'en va pas ? J'ai passé un super moment ?* Rien de tout cela ne semblait convenir.

Une fois arrivés devant sa porte, Flash s'écarta pendant qu'elle ouvrait. Elle tira sa valise à l'intérieur, puis se retourna.

À sa grande surprise, il s'était déjà avancé, et quand elle se redressa, il était tout près d'elle. Elle laissa échapper un petit cri de surprise – et les lèvres de Flash se posèrent sur les siennes.

Le baiser passa de zéro à cent en un éclair. Kelli s'agrippa à Flash tandis qu'il la penchait en arrière. Elle adorait ça : cette sensation de flottement, suspendue à ses bras. Elle n'avait pas la moindre crainte qu'il la lâche. Aucune.

Quand il redressa la tête et la ramena doucement contre lui, ils haletaient tous les deux.

Mais il ne relâcha pas son étreinte.

— Nous deux, ce n'est pas fini, dit-il d'une voix rauque.

— D'accord.

— Je t'ai dit que je voulais sortir avec toi une fois qu'on serait rentrés. Je le ferai.

— D'accord.

— Mais je pense que j'ai besoin d'un peu de temps.

— Du temps ? répéta-t-elle, confuse.

— Ce qu'on a vécu... c'était intense. Je ne veux pas passer pour un connard en disant ça, mais tu t'es beaucoup reposée sur moi là-bas.

Il n'avait pas tort. Kelli ne se sentit pas blessée.

— Je veux juste que tu sois sûre de ce que tu veux, poursuivit-il. Maintenant qu'on est de retour dans le monde réel, tes sentiments pourraient changer. Tu vas peut-être te rendre compte que tu n'as pas envie d'être avec un militaire. Je suis souvent absent. Parfois, je dois partir au pied levé. Je ne serai pas là tous les soirs, et je ne pourrai pas toujours faire ce que font les petits amis ordinaires.

— Tu es en train d'essayer de me convaincre de ne pas sortir avec toi ? s'enquit Kelli, complètement perdue.

Les doigts de Flash se crispèrent un instant sur sa taille avant de se détendre.

— Je veux que tu sois sûre, répéta Flash. Parce qu'avec ce que je ressens pour toi... si tu décidais que je ne suis pas celui qu'il te faut, ça me briserait. Tu as peut-être une vision idéalisée de moi après ce temps passé ensemble en Jamaïque.

La demande de Flash ne l'enchantait pas, mais Kelli le comprenait.

— Toi aussi, tu pourrais te rendre compte que je ne suis pas celle que tu pensais, répliqua-t-elle avec un léger hochement de tête.

Il sembla vouloir dire quelque chose, mais se contenta de pincer les lèvres.

— On se laisse une semaine ? suggéra-t-elle.

— Une semaine, approuva-t-il.

— Très bien.

— D'accord.

— On peut quand-même... se parler ? demanda-t-elle.

— Se parler ?

— Oui. S'envoyer des messages. S'appeler. Couper tout contact comme ça, ça me paraît... bizarre.

— J'aimerais bien. Il y a des moments où je ne serai pas disponible, où je serai en réunion ou autre, mais si tu as besoin de quoi que ce soit, je ferai de mon mieux pour te répondre dès que possible.

— Ma vie n'est pas très palpitante, Flash. Il n'y a rien d'urgent qui justifierait que tu répondes dans la seconde.

— Possible, mais quoi qu'il arrive, je serai là pour toi, Kelli. Toujours.

Il ne faisait qu'aggraver les choses, la rendant encore moins capable d'accepter cette foutue pause d'une semaine. Elle hocha la tête.

— Dans une semaine, je viendrai te chercher et je te ferai visiter Riverton. Je te montrerai la boutique de Julie, ma petite plage préférée, peut-être même la base navale. On pourra déjeuner quelque part... Et si tu en as envie, on ira chez moi pour regarder un film, ou un truc du genre.

— Ça me plairait bien.

Et elle était sincère. Elle aimait surtout la partie où ils iraient chez lui. Elle avait déjà pris sa décision : elle voulait être avec cet homme. Complètement. Elle voulait qu'il soit nu sur son corps. Ou dessous. Peu importait. Elle n'avait jamais autant désiré un homme que Flash. Dormir avec lui était agréable, mais après l'avoir senti profondément en elle, et après un orgasme ? Ce serait le paradis.

Ils se regardèrent dans les yeux un instant, puis Flash inspira profondément. Il l'embrassa à nouveau. Ce n'était pas un baiser aussi passionné que certains autres qu'ils avaient échangés, mais elle avait quand même les jambes en coton...

— Une semaine, murmura-t-il en s'éloignant.

Kelli fut incapable de lui répondre. Elle se contenta de hocher la tête.

Puis il partit, redescendant le long de la passerelle.

Kelli ferma sa porte à clé, puis s'y adossa avant de glisser jusqu'au sol. Elle prit ses genoux dans les bras, posa le front dessus, et inspira profondément à plusieurs reprises. Elle ne voulait pas pleurer. Elle avait déjà suffisamment pleuré. Flash ne lui avait pas dit adieu pour toujours. Seulement pour une semaine. Elle comprenait qu'il veuille qu'elle soit sûre de ses sentiments, et qu'elle ne le voie pas comme un héros. Mais ça ne rendait pas la séparation moins frustrante.

Car même si elle voyait Flash comme son sauveur, il était bien plus que ça. Il n'était pas parfait, et elle non plus. Ils étaient deux êtres imparfaits qui avaient vécu une expérience intense ensemble, et qui avaient tissé un lien.

Un lien que Kelli était certaine de vouloir renforcer, et pas l'inverse. Mais si Flash avait besoin de temps, elle le lui accorderait.

Elle prit une grande inspiration, puis se leva et saisit la poignée de sa valise. Elle la traîna jusqu'au placard du couloir, où son lave-linge et son sèche-linge étaient empilés. Elle l'ouvrit et mit directement tout son linge sale dans la machine... sauf le maillot de bain et le paréo, qu'elle avait jetés à la poubelle à l'hôtel.

Elle sortit ses produits de toilette et d'autres petites affaires pour les ranger dans la salle de bain. Ensuite, elle traîna sa valise dans son grand dressing et la poussa dans un coin au fond. Enfin, elle s'assit sur son lit et resta un long moment à regarder dans le vide.

Son téléphone se mit à sonner, lui faisant une peur bleue – à la fois parce qu'elle était perdue dans ses pensées, et parce que personne ne l'appelait jamais. En voyant le nom de Flash s'afficher, Kelli sourit.

— Tu as oublié quelque chose ? lui demanda-t-elle au lieu de le saluer.

— Non. Je voulais juste entendre ta voix.

Elle sourit de plus belle.

— Tu es déjà au lit ?

— Non, je viens de lancer une machine et de finir de déballer mes affaires. Tu es rentré ?

— Presque.

Ils continuèrent la conversation tandis que Flash arrivait chez lui, entrait, déballait ses affaires, et se préparait quelque chose à manger. Kelli grignota aussi un peu avant d'aller se changer pour la nuit. Ils parlèrent de tout et de rien, sans aucun silence gênant.

— Il faut que je te laisse, dit soudain Flash.

Kelli réalisa alors le temps qu'ils avaient passé au téléphone.

— Tu dois te lever tôt demain ? Enfin... Tout à l'heure ?

— Oui. On a un entraînement dans quelques heures.

— Un entraînement ? Tu n'as même pas un jour de repos après ce que tu as vécu ?

Flash rit.

— Non. Et il faut aussi que je voie mon commandant, et que je lui fasse mon rapport. Il doit savoir que Jeckle est aux États-Unis. Je ne sais pas trop ce que ça changera, ni s'il se passera quelque chose, mais le fait qu'il ait exigé une rançon du gouvernement américain constitue sans doute un crime.

— Je n'aime pas trop quand tu parles de toi comme si tu étais la propriété du gouvernement, marmonna Kelli.

Plus tôt, Flash lui avait annoncé que l'homme qui les avait enlevés avait fui la Jamaïque et pris un vol pour Los Angeles. Elle n'aimait pas du tout ça, mais elle était bien décidée à ne plus accorder une seule seconde à cette idée dans son esprit.

Il rit doucement.

— C'est comme ça. Je t'appelle demain ?

— Oui, s'il te plaît.

— Qu'est-ce que tu as de prévu ?

— Rien d'aussi palpitant que toi. Je vais sûrement aller voir ma mère. Ensuite, j'appellerai mon patron à l'agence de voyage, pour voir si j'ai toujours mon boulot. Je devais travailler aujourd'hui, et comme je n'ai pas appelé pour prévenir, je suis peut-être virée.

— Ils vont certainement comprendre que tu n'as pas pu appeler parce que tu as été kidnappée, non ? Au pire, ils te reprendront.

— Peut-être. Mais je ne suis pas sûre de vouloir y retourner. Je pense que je vais passer au centre communautaire pour parler à un conseiller. Il serait peut-être temps que je décide quoi faire de ma vie. S'il y a bien une chose que cette histoire m'a apprise, c'est que je veux avoir un impact, même modeste, sur le monde autour de moi. Je ne veux plus passer ma vie à faire des jobs que je n'aime pas.

— Je trouve ça génial. On pourra en reparler demain soir, tu me diras ce que tu as découvert. Je serai ton oreille attentive.

Une sensation d'apaisement envahit Kelli.

— Merci.

— Dors bien. Ça va faire bizarre que tu ne t'endormes pas contre moi ce soir.

— Oui.

— On se rappelle demain.

— À demain.

— Salut.

— Salut.

— Kelli raccrocha, un sourire aux lèvres. Elle devrait être au lit depuis des heures, mais au moins, elle allait pouvoir faire la grasse matinée. Pas besoin de se lever à 5 h pour aller s'entraîner, comme Flash.

Elle attrapa un oreiller supplémentaire et le serra contre elle en fermant les yeux. Ce n'était pas pareil qu'avec Flash... mais ça ferait l'affaire. Pour une semaine, en tout cas.

Ensuite... les paris seraient ouverts.

14

La semaine qui suivit fut surréaliste pour Kelli. Elle avait été de nouveau catapultée dans sa vie, et même si elle se sentait profondément changée, tout autour d'elle semblait figé. Son voisin insupportable continuait à mettre la musique trop fort, et sa mère – bien qu'heureuse de la savoir saine et sauve – n'avait pas vraiment posé de questions sur ce qui s'était passé, et avait déjà replongé dans ses propres préoccupations. La circulation était toujours un enfer, la météo toujours splendide, et les factures continuaient d'arriver.

Il y avait tout de même une chose qui avait changé... Kelli avait bel et bien été virée pour ne pas avoir signalé son absence au travail. Peu importait qu'elle ait littéralement été enterrée vivante dans un pays étranger. Apparemment, les règles étaient les règles. Mais elle ne se formalisa pas pour ça. Elle avait fait tout ce qu'elle avait dit à Flash : elle était allée au centre communautaire, non loin de chez elle, pour rencontrer un conseiller d'orientation. Elle n'était pas plus avancée sur ce qu'elle voulait faire dans la vie, mais c'était quand même un pas dans la bonne direction.

Et désormais, elle avait tout un groupe de copines. Ça, c'était carrément nouveau. Chaque jour, elle recevait soit des SMS, soit des e-mails. Remi était la première à avoir pris de ses nouvelles, tout en lui disant que si elle avait besoin de parler de ce qu'elle avait vécu, elle était là. Après tout, elle aussi avait traversé une épreuve similaire, même si elle n'avait été enterrée qu'une infime partie du temps que Kelli avait passé sous terre. Wren et Josie lui avaient aussi envoyé des messages. Addison, sans prévenir, lui avait proposé des cookies ou un gâteau. Et Maggie, même si elle souffrait de nausées matinales, avait pris le temps de lui écrire pour lui dire qu'elle aimerait la voir la prochaine fois qu'elle viendrait à Los Angeles pour une réunion. Apparemment, c'était là que vivaient ses frères et son père biologique, et elle s'y rendait régulièrement pour le travail.

Les compagnes des coéquipiers de Flash n'étaient pas les seules à l'avoir contactée. Caroline, Julie, Jessyka... Elle avait reçu des messages de la part de toutes les compagnes des anciens SEALs.

Avoir autant de soutien amical lui semblait presque irréel. C'était un rêve devenu réalité. Kelli ne comprenait pas vraiment pourquoi tout le monde était si gentil avec elle, mais elle n'allait certainement pas risquer de les faire changer d'avis.

Le plus beau changement, c'était que chaque soir, elle parlait avec Flash pendant environ trois heures... voire plus. Un soir, alors qu'ils étaient en appel vidéo, ils avaient discuté tellement longtemps qu'elle s'était endormie sans s'en rendre compte. Quand elle s'était réveillée au beau milieu de la nuit, elle avait découvert que Flash avait calé son téléphone sur sa table de chevet, et avait laissé la lumière allumée pour qu'elle puisse le voir.

Certaines personnes auraient trouvé ça bizarre. Kelli, elle, trouvait ça... intime. Elle avait adoré. Elle avait mis fin à l'appel et lui avait envoyé un SMS pour s'excuser de s'être endormie, en ajoutant que son lit paraissait bien vide sans elle.

Ce message était risqué, mais vu la fréquence de leurs échanges, et le fait que Flash lui rappelait régulièrement combien d'heures il restait avant leur rendez-vous, elle se sentait suffisamment confiante pour se dire que ce n'était pas déplacé.

Aujourd'hui, Flash lui avait dit qu'il risquait de finir tard. Ils étaient en pleine planification de leur prochaine mission, ce qui inquiétait un peu Kelli. Mais elle refusait de laisser la nature de son métier l'éloigner de lui. Après tout, c'était parce qu'il était SEAL qu'ils s'en étaient sortis. Sans ses compétences de survie, leur situation aurait été bien pire. Et sans les ressources et l'expérience de ses coéquipiers, ils n'auraient certainement pas été retrouvés aussi vite.

Si elle voulait construire quelque chose avec Flash, il fallait qu'elle accepte ses absences et ses missions dangereuses. Elle se dit que ce serait un bon début d'en parler avec les femmes qui l'avaient déjà vécu – et qui semblaient toutes très heureuses avec leurs compagnons. Elle avait des tas de questions à leur poser.

Mais elle allait un peu vite en besogne. Flash avait raison. Ils avaient traversé quelque chose de violent et de traumatisant ensemble. Surtout elle, parce que lui avait l'habitude de ce genre de situations, mais quand même...

Elle avait bien l'intention de sortir avec Flash, de faire des trucs de couple : dîners, cinéma, passer du temps ensemble, apprendre à mieux se connaître. Elle ne voulait pas se précipiter dans une relation juste parce qu'elle lui était reconnaissante d'avoir été là quand tout avait dérapé en Jamaïque.

Cependant... ce mec cochait toutes les cases : gentil, patient, incroyablement séduisant...

En y repensant, Kelli grimaça. Franchement, le physique n'était pas aussi important pour elle que tout le reste. Il pouvait très bien devenir chauve, grossir, ou voir ses orteils tripler de volume avec l'âge.

Elle éclata de rire toute seule en déposant sur le plan de travail les sacs de courses qu'elle venait de ramener. Elle était ridicule. Penser à l'apparence de Flash dans vingt ans n'avait aucun sens. Ce qui comptait, c'était l'homme qu'il était. Avait-il mauvais caractère ? Elle ne le pensait pas, mais seul le temps le dirait. Était-il possessif ? Trop possessif ? Allait-il mal vivre le fait qu'elle avait suffisamment d'argent de côté pour ne pas avoir besoin d'être *prise en charge* ?

Au fond, les réponses à ces questions n'avaient pas d'importance. Tout en elle lui criait que Flash était le bon, peut-être l'homme avec qui elle passerait le reste de sa vie. C'était trop rapide, ils venaient à peine de se rencontrer, mais vu les circonstances, ils avaient très vite appris l'essentiel l'un sur l'autre.

Auprès de Flash, elle se sentait en sécurité. Quand elle parlait, il l'écoutait. Il ne passait pas son temps à regarder son téléphone, ou à scruter la pièce à la recherche d'un truc plus intéressant. Quand elle était avec lui, elle avait l'impression d'être au cœur de l'univers. Et elle espérait qu'il ressentait la même chose. Elle voulait qu'il sache, sans l'ombre d'un doute, qu'elle était exactement là où elle voulait être.

D'ailleurs, c'était sûrement pour ça qu'il avait insisté pour faire une semaine de pause.

Elle sourit. Est-ce que c'était vraiment une pause, étant donné qu'ils s'appelaient tous les soirs pendant des heures, et qu'ils s'envoyaient des messages toute la journée ? Elle n'en était pas sûre. Tout ce qu'elle savait, c'était que Flash lui manquait. Lui parler ne suffisait plus. Elle avait besoin de le voir, de le toucher. Le simple contact de sa main dans la sienne était devenu un refuge.

Elle venait de finir de couper des légumes et du poulet, qu'elle avait disposés sur une plaque pour les mettre à cuire, quand son téléphone vibra.

Elle jeta un regard sur le plan de travail. Flash venait de lui envoyer un message :

Flash : *Mauvaise nouvelle, je ne pourrai t'appeler que tard ce soir. On vient de recevoir de nouvelles infos, et on doit rester plus longtemps que prévu pour les analyser.*

Kelli fut frappée par la déception, mais la refoula aussitôt. Elle n'avait pas la moindre idée de la nature des informations qu'il avait reçues, mais elle était fière de lui. Fière qu'il fasse ce qu'il fallait pour protéger le monde.

Kelli : *Pas grave. Je n'ai rien de prévu ce soir. Je vais réfléchir un peu plus au métier que j'aimerais faire, et peut-être regarder un autre épisode d'Alone, comme ça on pourra s'appeler plus tard.*

Flash : *Hâte de savoir ce que tu penses de ceux qui vont abandonner l'aventure ce soir. Et ça fait six jours. Je viendrai te voir demain soir... si tu es d'accord. Réfléchis à l'endroit où tu aimerais dîner.*

Les tétons de Kelli se durcirent instantanément. Manifestement, quand Flash disait quelque chose, il le pensait sincèrement. Il avait dit une semaine. Et le lendemain, ça ferait pile une semaine. Elle était plus que prête à le revoir, et à vérifier si ce qu'ils ressentaient l'un pour l'autre était réel. Elle pensait que oui, et elle allait bientôt en avoir le cœur net. Elle avait hâte.

Kelli : *Bien sûr que je suis d'accord.*

Flash : *Parfait. Je t'envoie un message quand j'aurai fini. Si tu dors, ce n'est pas grave, on se verra demain.*

C'était important pour Kelli. Elle n'avait pas réalisé qu'il pourrait rentrer si tard. Elle aimait dormir, mais depuis quelques jours, elle veillait plus tard rien que pour l'entendre.

Kelli : *D'accord. Tu vas me manquer ce soir.*

Flash : *Tu vas me manquer encore plus. Il faut que j'y aille. Kevlar me lance des regards assassins.*

Kelli : *À plus tard.*

Flash : *À plus.*

Kelli laissa échapper un soupir. Elle aurait aimé être déjà au lendemain soir. Il y avait plein de super restaurants où elle pouvait l'emmener. Elle n'avait plus qu'à attendre de voir ce dont il avait envie, et ce qu'il préférait.

Le reste de la soirée passa plutôt vite. Son dîner était délicieux, bien qu'un peu solitaire. Elle s'était habituée à manger en discutant avec Flash. L'épisode d'*Alone* fut captivant, et elle avait hâte de pouvoir en parler avec lui. Elle était bluffée par la résilience des candidats. Ils donnaient presque l'impression que camper en pleine nature par des températures négatives était facile. Sans parler de la chasse aux écureuils et autres petits animaux, ou encore de la pêche malgré des conditions exécrables.

Elle se disait que certains pourraient trouver ce qu'elle avait fait tout aussi impressionnant, mais elle était avec Flash, qui avait tout pris en charge. Elle pourrait sans doute survivre dans un climat glacial... tant que Flash était avec elle. Elle s'installerait dans l'abri – qu'il construirait – et cuirait les animaux qu'il chasserait.

Kelli éclata de rire toute seule. Non, elle détesterait ça. Elle n'aimerait pas avoir l'impression de ne pas participer.

En regardant sa montre, elle fut surprise de voir qu'il était 21 h. Vu l'heure à laquelle elle s'était couchée les soirs précédents, il n'était pas si tard que ça, mais quand même un peu tard pour que Flash soit encore au travail.

Elle éteignit la télé et partit se changer dans sa chambre. Elle enfila le haut à manches longues et le shorty qu'elle mettait pour dormir, puis retourna dans le couloir jusqu'à l'unique salle de bain de l'appartement. Une fois prête, elle se glissa dans son lit, tira la couette, et posa son téléphone sur la table de nuit. Elle attrapa sa tablette et rouvrit le livre qu'elle lisait en ce moment.

Elle pensait qu'elle aurait du mal à se concentrer, trop occupée à attendre des nouvelles de Flash, mais à sa grande surprise, elle se laissa happer par l'histoire.

Plus d'une heure plus tard, Flash finit par lui envoyer un message pour lui dire qu'il était épuisé, et qu'il rentrait se coucher. Mais il lui promit de l'appeler tôt le lendemain pour convenir de l'heure à laquelle il l'emmènerait dîner.

Au lieu d'éteindre la lumière, Kelli poursuivit sa lecture. Elle voulait savoir qui était le méchant dans son roman.

C'est la raison pour laquelle elle était encore éveillée vers minuit... quand un bruit étrange venant de l'entrée de son appartement la fit sursauter.

Kelli se figea, penchant légèrement la tête comme si cela allait l'aider à mieux entendre.

Le grincement reconnaissable des gonds de la porte d'entrée fit immédiatement grimper son taux d'adrénaline.

Elle était pourtant certaine d'avoir... mais avait-elle mis le verrou de sécurité ? La chaîne ? Elle en doutait. Elle avait les bras chargés de sacs tout à l'heure. Elle avait sans doute oublié.

À part sa mère, personne n'avait le double des clés. Donc qui que ce soit, ce n'était pas quelqu'un qu'elle avait envie de croiser dans un appartement plongé dans le noir, au beau milieu de la nuit.

Sans réfléchir, Kelli bondit hors du lit, jetant des regards affolés autour d'elle. Où aller ? Si elle sortait de sa chambre, l'intrus la verrait immédiatement. L'espace n'était pas très grand. La salle de bain était dans le couloir, donc c'était hors de question. De plus, il n'y avait rien à l'intérieur qui ferait une bonne cachette. Elle ne pouvait pas non plus se glisser sous son lit, c'était un lit-coffre, avec des tiroirs sur toute la longueur.

Elle paniqua une seconde – puis jura entendre la voix de Flash dans sa tête, lui disant de respirer, de réfléchir.

Elle se retourna brusquement, puis remonta rapidement et en silence la couette pour donner l'impression qu'il n'avait pas été occupé. Évidemment, les draps étaient encore chauds, mais elle ne pouvait rien y faire.

Elle attrapa son téléphone et se dirigea vers le seul endroit qui lui semblait envisageable : sa penderie.

Elle était plutôt grande, ce qui l'avait ravie quand elle avait emménagé. Deux tringles longeaient le mur. Il y avait les T-shirts sur celle du haut, et les pantalons sur celle du bas. Elle aurait pu se cacher derrière les pantalons, mais l'espace était trop étroit, et n'aurait pas suffi à la dissimuler.

Son regard affolé tomba alors sur la valise qu'elle avait vidée une semaine auparavant. Elle était toujours là, dans le coin où elle l'avait laissée. Elle avait eu la flemme de la fermer et de la ranger dans le placard du couloir, comme d'habitude.

Par pur instinct – et remerciant le ciel de ne mesurer qu'un mètre cinquante – elle ouvrit la valise, grimpa à l'intérieur, et se recroquevilla en position fœtale. Elle la referma sur elle et tâtonna pour attraper la fermeture éclair.

L'intrus avançait dans le couloir. Elle entendait ses pas se rapprocher.

Elle parvint enfin à saisir la fermeture et à fermer partiellement la valise.

Elle entendit une voix masculine jurer en entrant dans sa chambre, et elle retint sa respiration.

Kelli n'avait jamais eu aussi peur, même quand un flingue était braqué sur elle. Et elle comprit pourquoi : cette fois-là, Flash était avec elle. Sa présence ne changeait rien au danger réel, mais affronter cela avec quelqu'un d'autre rendait la peur moins paralysante.

Recroquevillée dans le noir à entendre ce type retourner sa chambre, elle était au bord de la panique.

Sa main la lançait affreusement, et elle se rendit compte qu'elle serrait son téléphone tellement fort que les coins devaient s'enfoncer dans sa paume.

Son téléphone ! Dans la panique, elle avait complètement oublié qu'elle l'avait pris en quittant la chambre.

Elle allait composer le 911 quand l'intrus entra dans la penderie. La lumière s'alluma, et Kelli comprit qu'elle n'avait plus que quelques secondes avant d'être découverte, peut-être violée... et tuée.

Le type fouillait dans ces vêtements – c'était bien un homme, elle n'en doutait plus en l'entendant marmonner des jurons. Puis un grand fracas la fit sursauter dans sa cachette. Elle sentit un poids s'abattre sur la valise. Il avait dû faire tomber une des tringles, qui avait atterrit directement sur elle.

C'était une bonne chose. Pas les dégâts, mais le fait d'être enfouie sous les vêtements. Ça voulait dire qu'il n'avait aucune raison de penser qu'elle se trouvait là, juste sous son nez.

Elle ne bougea pas d'un millimètre. Tant qu'il était dans la pièce, elle refusait de faire le moindre geste. L'écran du téléphone pourrait émettre de la lumière à travers la fermeture à moitié tirée. Et si le type voyait les vêtements bouger, elle était foutue. Elle devait rester parfaitement immobile, et silencieuse.

Évidemment, ce fut à ce moment que son nez se mit à la démanger.

Si elle éternuait, elle était morte.

Elle ferma les yeux très fort et fit de son mieux pour maîtriser cette réaction corporelle incontrôlable.

À son immense soulagement, l'homme finit par sortir de la penderie. Elle l'entendait encore saccager sa chambre, le danger était donc loin d'être écarté.

Kelli saisit cette chance et regarda son téléphone, toujours coincé dans sa main crispée. Elle baissa la luminosité de l'écran, cliqua sur l'historique d'appels, puis sur le nom de Flash.

C'était stupide. Elle aurait dû appeler la police. Mais la seule personne à laquelle elle pensait, c'était Flash. Il savait où elle habitait, et il allait venir sans hésiter. Elle en était convaincue.

Elle porta maladroitement le téléphone à son oreille. Impossible de mettre le haut-parleur – pas si elle voulait rester cachée. Il ne sonna que deux fois avant que Flash décroche.

— *Kelli ? Qu'est-ce qui se passe ? Ça va ?*

Elle ouvrit la bouche pour répondre que non, ça n'allait pas du tout, qu'elle avait besoin de lui, mais elle se figea en entendant l'intrus revenir dans la penderie.

— *Kelli ?*

La voix de Flash lui semblait trop forte. Beaucoup trop forte. Mais une fois de plus, Kelli n'osa pas bouger d'un iota. Pourquoi était-il revenu ? Est-ce qu'il savait qu'elle était là ? Avait-il deviné qu'il n'y avait littéralement aucun autre endroit où elle aurait pu se cacher ?

— *Si tu ne réponds pas, j'arrive tout de suite. Compris ?*

Oui, elle avait compris. Elle ferma les yeux, et laissa échapper une larme. Sa respiration s'accélérait, et devenait saccadée. Elle avait l'impression d'étouffer.

Flash devait l'entendre paniquer à l'autre bout du fil, car sa voix se fit plus douce, plus posée.

— *Je suis là, Kelli. J'arrive. Essaie de respirer plus calmement, tu peux le faire.*

Mais elle n'y arrivait pas. La panique l'envahissait. À un moment, l'homme donna un coup de pied dans la valise. Kelli était certaine qu'il allait la trouver bien trop lourde... et la découvrir.

Mais il se contenta de râler, puis sortit du placard.

— *Je suis dans ma voiture. Tiens bon, Kelli. Tiens bon.*

Elle était persuadée que l'intrus allait finir par s'en aller, mais non. Elle l'entendit encore piétiner à travers l'appartement et continuer à tout casser.

Il allait falloir au moins une demi-heure à Flash pour arriver chez elle. Peut-être un peu moins, étant donné qu'on était au milieu de la nuit, et que la circulation devait être plutôt fluide. Mais tant de choses pouvaient arriver en trente minutes. Même en vingt.

— J'ai peur, murmura-t-elle si bas qu'elle était sûre que Flash ne l'entendrait pas.

Et pourtant, il l'entendit.

— *Je sais. J'entends à quel point tu respires vite. Qu'est-ce qui se passe ? Tu as fait un cauchemar ?*

— Non. Cambriolage.

— *Merde. Quelqu'un est entré chez toi ? Il faut que j'appelle Dude. Il habite plus près.*

L'état de panique de Kelli monta d'un cran. Il ne pouvait pas raccrocher ! Sinon elle allait craquer ! L'avoir au téléphone était la seule chose qui la retenait de bondir hors de sa cachette et de courir en hurlant à travers l'appartement pour tenter d'atteindre la porte.

— *Je ne raccroche pas, je reste en ligne. Je vais l'ajouter à l'appel.*

La vague de soulagement qui submergea Kelli la fit presque vaciller. Ou alors, c'était le manque d'oxygène. Elle ne savait plus. Tout ce qui comptait, c'était qu'il reste en ligne.

— *Dude ? C'est Flash. J'ai besoin de toi. Quelqu'un s'est introduit dans l'appart de Kelli. Elle s'est cachée.*

— *Quelle adresse ?*

Flash lui indiqua immédiatement l'adresse.

— *T'es où ?* lui demanda Dude.

— *Je suis en route, mais encore à une vingtaine de kilomètres.*

— *OK. J'y serai dans dix minutes.*

— *Je vais peut-être te battre. Kelli ?*

— Oui ? chuchota-t-elle, se sentant tout à coup bien plus forte maintenant qu'elle savait que deux personnes arrivaient.

— *Il est encore là ?*

Elle retint son souffle et tendit l'oreille, à la recherche du moindre bruit. Et elle fut prise de court : elle ne l'entendit pas, mais elle sentit quelque chose.

Du bacon.

Ce connard cuisinait ? Elle avait bien un peu de bacon à cuire au micro-ondes dans son frigo. Elle préférait le véritable bacon, mais quand l'envie lui prenait, c'était rapide et bien moins salissant d'en cuire deux tranches au micro-ondes.

— *Kelli ?* s'inquiéta Flash d'une voix agitée.

— Oui, répondit-elle.

— *Très bien. Reste où tu es. Ne fais pas de bruit. On arrive. Tu t'en sors très bien. Vraiment, ma belle.*

Elle n'en avait pas du tout l'impression. Son nez la démangeait toujours, son corps commençait à se crisper à force d'être recroquevillé, et elle avait encore du mal à respirer, surtout maintenant qu'elle pleurait.

— *On sait qui c'est ?* demanda Dude.

— *Non.*

Cette question fit cogiter Kelli. Qui était dans son appartement ? Que voulait-il ? Elle vivait au troisième étage, au milieu du couloir. Ce n'était pas vraiment l'endroit rêvé pour un cambrioleur. Est-ce qu'on l'avait repérée ? Est-ce que quelqu'un savait qu'elle vivait seule ? Elle n'avait rien remarqué de suspect, mais ça ne voulait rien dire. Elle n'était pas SEAL, elle n'avait pas été entraînée à repérer ceux qui surveillaient ses faits et gestes.

C'était peut-être le type de la maintenance. Il était un peu bizarre. Ou alors le gérant, qui avait un passe-partout... Mais à cette heure ? C'était peu probable.

La vraie question restait entière : qui était là, dans sa cuisine, à ruiner son appartement tout en faisant chauffer du bacon ? Le mystère était complet.

— *Je raccroche,* annonça simplement Dude. *J'arrive.*

— *Kelli ?* appela Flash au bout d'un instant. *Tu es encore là ?*

— Oui, chuchota-t-elle.

— *Un de mes meilleurs souvenirs en Jamaïque, c'est Fred la sauterelle. Tu te souviens ?*

Elle s'en souvenait. C'était son tour d'inventer une histoire, et elle avait improvisé ce conte débile sur Fred, et Flash avait ri comme jamais.

— *Tu devrais l'écrire. Ce serait parfait comme livre pour enfants. Tu n'as jamais pensé à faire ça ? Raconter des histoires ?*

Elle comprit ce qu'il était en train de faire. Il essayait de la distraire, et ça marchait incroyablement bien. Flash continua de lui parler d'une voix calme et régulière tandis qu'il approchait de chez elle. Elle n'entendait plus un son provenant de sa chambre, ni d'ailleurs. Même l'odeur du bacon s'était dissipée. Impossible de savoir si l'intrus était encore là, ou s'il était parti.

Soudain, une image lui traversa l'esprit : celle de Flash débarquant en force dans l'appartement... et tombant sur un type armé. Elle se mit à trembler de plus belle.

— Je ne sais pas s'il est armé, murmura-t-elle. Je ne l'ai pas vu.

— *Ne t'inquiète pas, Kelli. Je gère.*

Facile à dire... Kelli n'était plus que tension et inquiétude.

— *J'arrive dans trois minutes. Quoiqu'il arrive, ne bouge pas. Reste cachée jusqu'à ce que je te donne le feu vert. Je ne pourrai pas faire ce que j'ai appris si je suis inquiet pour toi. D'accord ? Tu attends, et j'appellerai Fred. Ce sera notre mot de passe.*

Ses paroles intensifièrent encore son stress, mais Kelli réussit à répondre.

— D'accord.

— *Parfait. C'est bientôt fini. Je te le promets. Tu as été super courageuse, et super maline de te cacher à un endroit où il n'a pas pu te trouver. Je suis impressionné. Je suis en train de me garer. Dude vient d'arriver aussi. Je raccroche, mais je suis là. Tu me verras bientôt.*

Kelli avala sa salive.

— Fais attention, souffla-t-elle.

— Promis. J'ai un rendez-vous demain soir, et je ne compte pas le rater. À tout de suite, ma belle.

La ligne se coupa. Contre toute attente, Kelli se surprit à sourire suite à sa remarque sur leur rendez-vous. Comment faisait-il pour la faire sourire alors qu'elle était terrifiée ? Il était stressé, elle l'avait bien entendu. Et pourtant, il restait calme, concentré. Comme dans ce bus en Jamaïque.

Flash gardait toujours le contrôle – et c'était pour ça que Kelli pouvait sourire. Parce qu'il était doué. Et c'était exactement pour cette raison qu'elle l'avait appelé plutôt que la police. Si l'intrus était encore là, Flash allait s'occuper de lui, le neutraliser, et le retenir jusqu'à l'arrivée des forces de l'ordre. Kelli, elle, n'avait qu'à rester bien cachée et silencieuse jusqu'à ce qu'elle entende le mot de passe.

Kelli inspira profondément et tendit l'oreille. Le suspense la rongeait, mais elle ne bougerait pas. Même pas d'un centimètre. Pas avant d'avoir entendu Flash. Elle lui faisait confiance, aveuglément.

15

Flash bondit hors de son SUV et hocha la tête en direction de Dude. Ensemble, ils gravirent les marches deux par deux jusqu'au troisième étage. Il n'y avait personne dans le couloir. L'endroit était désert, mais cela ne voulait pas dire que l'intrus n'était plus à l'intérieur.

Comme s'ils avaient travaillé ensemble toute leur vie – SEAL un jour, SEAL toujours – Dude se plaça d'un côté de la porte, et Flash de l'autre. De toute évidence, la serrure avait été forcée. Des marques visibles bordaient le chambranle, et la porte n'était pas totalement refermée.

Flash avait son arme à portée de main, tout comme Dude, dont les yeux plissés et les lèvres pincées montraient clairement qu'il était prêt à agir, quoi qu'ils découvrent à l'intérieur.

Dude désigna la porte d'un mouvement de tête, puis lança un regard à Flash en levant trois doigts.

Flash acquiesça, puis recula légèrement pour lui laisser de l'espace.

Dude s'aligna avec la porte, fit le compte à rebours avec ses doigts – trois, deux, un – puis leva la jambe et frappa de toutes ses forces.

La porte s'ouvrit violemment, percutant le mur du petit vestibule de l'appartement.

Bizarrement, en entrant dans l'appartement, arme à la main, ce fut l'odeur du bacon que Flash remarqua en premier.

Dude et Flash avancèrent rapidement, balayant du regard le salon et la cuisine. Personne. Sans faire attention aux dégâts considérables, Flash se dirigea vers le couloir. Ils vérifièrent la salle de bain, qui était déserte également, puis continuèrent vers la chambre principale.

La couette et les draps avaient été arrachés du lit, les tables de chevet renversées et détruites. Des livres et des bibelots jonchaient le sol. Les cadres accrochés au mur avaient été jetés par terre et piétinés, le verre brisé en mille morceaux. Même la bibliothèque avait été renversée.

Le coupable était... en colère. Il ne s'agissait pas d'un cambriolage au hasard, Flash en aurait mis sa main à couper.

Dude se dirigea vers le placard, et quand Flash le rejoignit, il constata que cette pièce aussi avait été saccagée.

Les tringles avaient été arrachées, et des vêtements recouvraient le sol de la grande penderie. Flash secoua la tête face à cette dégradation gratuite. Il ne semblait pas que l'intrus cherchait des objets de valeur. Il s'était simplement acharné à tout casser, à ruiner les affaires de Kelli, juste parce qu'il pouvait le faire. Cela rendait la situation encore plus dangereuse. S'il n'était pas là pour voler... alors que voulait-il ?

— Où est-elle ? demanda Dude.

Flash n'en avait aucune idée. Ils n'avaient pas encore fouillé dans les moindres recoins, certes, mais il ne voyait pas où elle aurait pu se cacher.

— On regarde dans la salle de bain ? proposa-t-il.

Mais après un second passage, toujours rien. L'adrénaline de Flash monta encore d'un cran, et elle était déjà à son comble. Où était Kelli ? Est-ce qu'elle s'était échappée ? Est-ce que l'intrus l'avait trouvée ? Étaient-ils descendus par l'ascenseur pendant que Dude et lui montaient par les escaliers ?

Non... Il en était certain. Il n'avait raccroché qu'une fois garé sur le parking. Il n'avait vu personne rôder dans le coin, ni Kelli embarquée de force dans un véhicule, ou transportée sur l'épaule de quelqu'un. Elle était encore là, tout simplement. C'était indéniable.

Soudain, il se rappela ce qu'il lui avait dit : qu'il prononcerait un mot de passe pour lui donner le signal. Dans le feu de l'action, il avait complètement oublié.

— Fred ! cria-t-il.

— Quoi ? fit Dude avec un regard interloqué.

— Fred ! répéta Flash en entrant dans la chambre.

Et là, il entendit un bruissement provenant du placard.

— On a bien vérifié le placard, non ? lança-t-il à Dude tout en s'y précipitant.

Ce qu'il vit le figea sur place. Le monticule de vêtements dans le coin bougeait légèrement.

— Aide-moi ! s'exclama-t-il en tombant à genoux et en écartant frénétiquement les habits.

Dude arriva à ses côtés en un éclair, dégageant une tringle tordue, des pantalons, des chemisiers, et même des chaussures. Sous le tas, il y avait une valise.

— Kelli ? appela Flash, incrédule, au moment où de petits doigts apparurent à travers la fermeture éclair de la valise.

Ensuite, il aperçut un œil, puis le haut de son corps lorsqu'elle ouvrit la valise pour de bon.

— Bordel de merde ! lâcha Dude.

Flash tendait déjà les bras vers celle qui s'était immiscée dans sa vie pour ne plus jamais en sortir. Elle se jeta hors de la valise, et Flash se retrouva sur les fesses, une Kelli tremblante et terrorisée dans les bras.

— Tu es venu, murmura-t-elle au creux de son cou.

— Bien sûr que je suis venu, la rassura-t-il.

Son propre cœur battait à tout rompre. Il réalisait peu à peu qu'il avait bien failli la perdre, que l'intrus aurait pu lui faire du mal, la blesser de manière irréversible.

Ou même la tuer, si l'on en croyait la rage qui avait guidé ce carnage.

Il ne savait pas vraiment combien de temps ils étaient restés là, assis dans le placard à se serrer l'un contre l'autre, mais finalement, Dude revint – Flash n'avait même pas remarqué qu'il était parti.

— Les flics sont en route, annonça-t-il. Et j'ai appelé Kevlar. Je sais qu'il est 2 h 30 du matin, mais si on ne les avait pas informé aussitôt, ton équipe nous aurait botté les fesses à tous les deux.

Il n'avait pas tort. Si la situation avait été inversée, et que Flash avait appris que l'un des siens ou l'une de leurs compagnes avait eu un problème sans qu'on l'ait mis au courant, il aurait été furieux... et ça l'aurait blessé.

— Merci, répondit-il un peu tardivement.

— Au risque de parler comme Tex, merde, ne me remercie pas, grogna Dude.

Flash esquissa un sourire. Tex était réputé pour râler dès qu'on le remerciait. Ça faisait partie de son charme.

— D'accord. Dans ce cas, tu peux m'aider à me relever ? demanda Flash.

Il n'avait aucune intention de lâcher Kelli.

Dude hocha la tête, saisit Flash par le bras, et le redressa comme s'il était léger comme une plume.

— Ça va ? s'enquit-il d'un ton bourru.

— Ça va.

Flash avait toujours Kelli dans les bras, et il la porta à travers la chambre. Dude les devança pour dégager un espace sur le canapé. Flash s'installa avec Kelli sur les genoux. Pendant tout ce temps, Kelli se laissa faire et ne dit presque rien – ce qui inquiétait Flash.

— Kelli ? l'encouragea-t-il doucement.

Elle redressa enfin la tête pour le regarder.

— Tu es venu, répéta-t-elle.

— Je serai toujours là si je peux, répondit-il.

Il aurait voulu lui dire qu'il serait là quoi qu'il arrive, mais en réalité, il y aurait parfois des situations où il ne pourrait tout simplement pas. Il fallait quand même qu'elle sache que dans ces cas-là, elle pouvait compter sur ses amis, Dude par exemple...

Comme si elle lisait dans ses pensées, Kelli tourna la tête vers Dude.

— Merci d'être venu en pleine nuit, lui dit-elle.

Dude haussa les épaules.

— Comme si j'allais refuser...

Kelli balaya la pièce du regard, et Flash perçut exactement le moment où elle réalisa l'ampleur des dégâts.

— On va ranger tout ça, lui promit-il aussitôt.

Elle observa son appartement, tournant lentement la tête d'un côté à l'autre.

— Je l'ai entendu... Des bruits, des fracas. Je ne savais pas exactement ce qu'il faisait.

— Comment tu as su qu'il ne te trouverait pas dans la valise ? demanda Dude tandis que les sirènes commençaient à résonner dans la nuit.

— Je n'en savais rien, répondit Kelli avec un léger haussement d'épaules. J'étais encore éveillée, en train de lire, quand j'ai entendu le gond de ma porte grincer. Je suis sortie du lit, et j'ai compris qu'il était trop tard pour me cacher dans la salle de bain, ou ailleurs. Il m'aurait vue quitter la chambre. J'ai refait le lit en espérant qu'il penserait que je n'étais pas là, et je suis allée dans le placard. Je comptais me planquer derrière les vêtements. Heureusement que je ne l'ai pas fait, vu qu'il a tout arraché. Et puis j'ai vu la valise. Normalement, je la range dans le placard du couloir, mais cette semaine, j'avais la flemme. Je me suis glissée dedans... Je n'en revenais même pas de tenir à l'intérieur. J'ai fait en sorte de la fermer comme j'ai pu avant qu'il n'entre dans la chambre, et j'ai retenu mon souffle en espérant qu'il n'aurait pas l'idée de regarder ici.

— Et c'était bien un homme ? demanda Flash. Tu l'as entendu ?

— Oui, répondit-elle. Il n'arrêtait pas de jurer. Et je crois que j'ai senti du bacon. Il l'a peut-être fait cuire avant de partir...

Flash était sidéré. Lui aussi avait senti l'odeur, mais il s'était dit que c'étaient simplement les restes d'un en-cas que Kelli s'était préparé, ou quelque chose dans le genre.

— Pourquoi aurait-il fait ça ?

Elle haussa les épaules.

— Aucune idée.

— Désolé, je ne te demandais pas vraiment une réponse. J'étais juste... surpris. Tu devrais le dire aux enquêteurs.

Peut-être qu'il a laissé des empreintes sur le frigo, ou sur l'emballage...

Kelli hocha la tête, et Flash remarqua l'expression de choc sur son visage. Elle n'était pas blessée, mais mentalement, elle avait encaissé beaucoup trop de choses en très peu de temps. L'effraction, la destruction de ses affaires, la peur que l'intrus soit toujours dans les parages...

— Une fois qu'on aura parlé à la police, je t'emmène à la maison.

Elle le regarda, confuse.

— À la maison ?

— Chez moi.

Le soulagement qui s'afficha sur son visage confirma à Flash qu'il prenait la bonne décision.

— D'accord, répondit-elle doucement.

À ce moment-là, deux policiers apparurent sur le pas de la porte, leurs armes braquées sur eux.

— Les mains en l'air ! s'écria l'un deux.

Kelli enfouit aussitôt son visage dans le cou de Flash tout en levant les mains.

Flash, se souvenant que son arme était toujours dans la penderie, là où il l'avait posée en voyant le tas de vêtements bouger, leva aussi les mains en l'air. Les deux agents ne mirent pas longtemps à comprendre qu'ils ne représentaient aucune menace.

Mais il fallut davantage de temps à Kelli pour leur raconter ce qui s'était passé. Et encore plus quand elle dût recommencer une fois les enquêteurs arrivés. Puis les agents du NCIS débarquèrent à leur tour et il fallut encore tout expliquer.

Entre-temps, Kevlar était arrivé avec le reste de l'équipe, et les premières lueurs du jour commencèrent à apparaître. Kelli n'avait littéralement pas dormi de la nuit, et Flash voyait bien qu'elle tenait à peine debout. Il devait l'emmener en lieu sûr, dans un endroit où elle pourrait se reposer.

Dude expliqua à Kevlar et aux autres ce qui s'était passé, pour éviter à Kelli de le faire une quatrième fois. Ce ne fut que pendant qu'elle parlait avec le gérant que Kevlar s'approcha de Flash... et lui rappela quelque chose qui le frappa de plein fouet.

— Brant Williams est toujours dans la nature. Et il avait vos papiers d'identité en Jamaïque, avec vos adresses. Tu crois que ça pourrait être lui ?

La première réaction de Flash aurait été de répondre non. Impossible. Mais il se ravisa.

Pourquoi pas, en fait ? Ce type devait être furieux que son plan ait échoué. Et le bus dans lequel il avait sans doute investi pas mal d'argent pour le modifier et l'enterrer ne servait plus à rien. Il avait été obligé de fuir le pays pour échapper à la justice, et c'était désormais un fugitif. Alors pourquoi ne s'en prendrait-il pas à Kelli ? Ou à Flash, d'ailleurs ?

— Merde, souffla-t-il.

Si c'était bien Williams, ce n'était pas prudent d'emmener Kelli chez lui. Ce type savait où il habitait.

— Tiens, allez chez moi, proposa Smiley en lui tendant ses clés. Il ne sait pas où je vis, et je peux l'attendre chez toi. S'il ose se pointer, il le regrettera.

C'était une offre généreuse, mais Flash hésita. Il n'aimait pas l'idée de mettre Smiley en danger, même s'il savait que son ami était largement capable de se défendre. Et puis... il avait très envie de mettre le grappin sur Williams lui-même.

— Prends-les, insista Smiley. C'est une bonne solution. Les autres doivent s'occuper de leurs compagnes, donc ça a du sens.

La sécurité de Kelli passait avant sa fierté – et son envie d'attraper Williams lui-même. Alors Flash accepta de prendre les clés.

— Merci. Sois prudent.

— Ce n'est pas à moi de faire gaffe, répliqua Smiley, un soupçon d'agacement dans le regard. Et ne me remercie pas trop vite. Tu n'as pas encore vu l'état de mon appart. À vrai dire, il ressemble un peu à ça.

Il désigna d'un mouvement de tête le désordre qui les entourait.

Flash laissa échapper un soupir, et ses coéquipiers éclatèrent de rire.

Il aperçut Kelli qui se dirigeait vers lui, et tourna aussitôt le dos à ses amis pour aller à sa rencontre.

— Ça me gêne que les policiers posent autant de questions au gérant, avoua-t-elle quand il lui prit les mains.

— Ne t'en fais pas. Il a les clés de ton appartement, c'est normal qu'ils l'interrogent.

— Oui, mais quand même...

Flash, quant à lui, ne culpabilisait pas du tout. En fait, il était pratiquement sûr que Preacher et MacGyver prévoyaient déjà d'aller lui parler eux aussi, une fois que les flics seraient partis.

— Tu es prête à partir ? demanda Flash à Kelli.

Elle regarda autour d'elle. Des techniciens de la police scientifique étaient encore en train d'aller et venir.

— Remi, Wren et Addison vont passer tout à l'heure pour commencer à trier tes affaires, et séparer ce qui est récupérable de ce qu'il faut jeter. Wolf et Mozart vont changer la serrure, sûrement avec un système à quatre clés avec reconnaissance d'empreintes digitales. Josie et Maggie vont demander à Julie de remplacer les vêtements abîmés, et elles laveront le reste pour que tout soit propre.

— Oh, elles ne sont pas obligées...

— Bien sûr que non. Elles le font parce qu'elles en ont envie.

— Je...

Kelli avait les larmes aux yeux. Elle était clairement à bout.

— Viens là, dit Flash en l'attirant contre lui.

— Je ne sais pas quoi dire. Ni quoi faire.

— Tu n'as rien à dire ou à faire. Tu as juste besoin de dormir. Tu verras, après une bonne nuit de sommeil, tout semblera plus simple.

Elle prit une grande inspiration, et Flash sentit sa poitrine se soulever.

— On va toujours chez toi ?

Flash n'avait pas envie de lui annoncer... mais il ne lui cacherait rien.

— Changement de programme. On va rester chez Smiley quelques temps.

Elle leva les yeux, les sourcils froncés.

— Pourquoi ?

— On ne sait pas qui s'est introduit chez toi, et Williams n'a pas encore été retrouvé.

— Et il connaît nos adresses, conclut-elle à sa place.

Flash aurait dû se douter qu'elle comprendrait tout de suite. Cette femme était intelligente.

— Exactement.

Elle soupira.

— D'accord. Mais ça ne me plait pas trop qu'on vire Smiley de chez lui.

— On ne le vire pas. Il est ravi d'aller chez moi. En fait, il espère même que Williams soit derrière tout ça, et qu'il ose se pointer.

— Je n'ai pas envie qu'il soit blessé, dit-elle à voix basse.

— Personne ne prendra Smiley par surprise. Il est d'une humeur massacrante depuis que Bree Haynes s'est volatilisée de nouveau.

— C'est la femme qu'il a retrouvée à Vegas, c'est ça ?

— Oui, celle qui a sauvé Ellory et Yana des griffes du type qui les avait vendues pour leurs organes.

Kelli fronça les sourcils.

— Est-ce qu'on peut faire quelque chose pour les aider ?

Mon Dieu, qu'est-ce qu'il l'adorait... Elle vivait un enfer, et elle pensait encore aux autres.

— Non. Bree est clairement dans une situation compliquée, mais elle sait comment rester dans l'ombre. On espère tous qu'elle trouvera le courage de revenir vers l'un d'entre nous.

Kelli chancela légèrement dans ses bras, et Flash décida que la discussion était terminée. Il passa un bras autour de ses épaules et la guida vers la porte. Les enquêteurs leur avaient donné l'autorisation de partir. Ils avaient leurs coordonnées, et ils les contacteraient dès qu'ils auraient du nouveau, ou d'autres questions à poser.

Flash fit un signe à ses coéquipiers, qui lui répondirent d'un hochement de tête. Kevlar avait promis de prévenir leur supérieur et de lui expliquer pourquoi Flash ne serait pas présent ce jour-là. Les autres allaient aider les filles à remettre un peu d'ordre dans les affaires de Kelli. À ce rythme, une montagne de nourriture allait sûrement être livrée chez Smiley dans l'après-midi, Flash en aurait mis sa main à couper.

Il n'avait jamais été aussi reconnaissant d'avoir des amis comme les siens.

Dude les rejoignit au moment où ils atteignaient le SUV. Kelli se tourna vers lui, et comme si elle le connaissait depuis toujours, elle le serra longuement dans ses bras.

— Merci d'être venu dès que Flash t'a appelé.

— Si tu as besoin de quoi que ce soit, appelle-moi. Si Flash et son équipe sont en mission, mes potes et moi, on sera toujours là. Quoi qu'il arrive. Compris ?

— Oui, monsieur, lança Kelli avec un petit sourire malicieux.

Mais ce qu'elle vit dans son regard la fit aussitôt reprendre son sérieux.

— Je ne m'en lasserai jamais, lança Dude avec un petit rire avant de se tourner vers Flash et de la pousser doucement dans ses bras. Prends soin d'elle.

Il tourna les talons et traversa le parking pour rejoindre sa voiture.

— Il est... intense, marmonna Kelli.

— Tu n'as pas idée, répondit Flash.

Tout le monde était au courant des préférences sexuelles de Dude. Au lit, il aimait garder le contrôle total. Et parfois, cette domination déteignait sur d'autres parties de sa vie... De toute évidence, même si Kelli ne comprenait pas complètement l'aura qu'il dégageait, elle y était sensible.

— Allez, il faut que je te mette au lit.

Kelli leva les yeux vers lui en souriant.

— Ce programme me plaît bien.

Flash secoua la tête. Il n'avait pas voulu dire ça dans ce sens-là... mais en y pensant, l'idée de la tenir dans ses bras pendant qu'ils dormaient lui plaisait énormément.

Tandis qu'ils roulaient en direction de l'appartement de Smiley, l'esprit de Flash fut submergé de questions. Qui s'était introduit chez Kelli ? Pourquoi ? Que voulait-il ? Allait-il revenir ?

Est-ce que c'était bien Williams ?

Il avait trop de questions, et pas assez de réponses. Mais une chose était certaine : celui qui avait fait ça avait échoué... Parce que Kelli avait gardé son sang-froid. Et s'il recommençait, il découvrirait que Kelli n'était plus seule. Flash resterait à ses côtés jusqu'à ce que le coupable soit arrêté.

Si c'était bien Williams, le connard qui les avait enlevés et enterrés vivants...

C'était un homme mort. On ne s'en prenait pas à ce qui appartenait à Flash.

Et Kelli Colbert en faisait indéniablement partie.

* * *

Brant Williams regarda l'agitation s'estomper devant l'appartement de cette garce, les sourcils froncés. Bordel, comment avait-il pu la rater ? Où s'était-elle planquée ? Il avait fouillé l'appartement de fond en comble, et il s'était dit qu'elle avait réussi à s'échapper à un moment donné. Mais non, elle était là tout du long ! Il venait encore de louper une belle occasion de se faire un bon paquet d'argent.

Certes, il était venu aux États-Unis parce qu'il ne supportait pas que ce Navy et cette salope s'en soient sortis, mais la vie était chère ici. En quelques jours à peine, Brant avait compris que l'argent lui était indispensable. Il lui en fallait beaucoup pour pouvoir repartir et mener la vie de luxe qu'il méritait. Ce soir-là, son plan était donc simple : enlever la fille et demander une rançon, comme il l'avait prévu à l'origine.

Mais ce membre de la Navy était encore venu jouer les héros.

Et cette dernière semaine, Brant avait appris qu'il n'était pas juste dans la Navy... C'était un foutu SEAL. Pas étonnant qu'ils l'aient retrouvé si vite.

Cependant, Brant n'avait pas l'intention d'abandonner. Pas encore. Il savait où vivait ce gars. C'était sûrement là-bas qu'il emmenait cette garce.

Tôt ou tard, il trouverait le moyen de montrer à cette fille et à ce SEAL que c'était lui le plus malin. Il récupérerait son fric d'une manière ou d'une autre, même s'il devait tuer pour y parvenir.

Il lui fallait – encore – un nouveau plan, mais il trouverait. Et quand ce serait fait... la connasse et ce foutu Wade Gordon allaient mourir. L'objectif ultime, c'était l'argent. Mais c'était presque aussi important que ces deux-là paient pour avoir foutu en l'air tous ses projets.

16

— On va où déjà ? demanda Kelli.

Flash tourna la tête vers elle, impressionné une fois de plus. Elle n'arrêtait pas d'encaisser les coups, et pourtant elle se relevait à chaque fois, affrontant chaque jour comme il venait. C'était exactement le genre de femme qu'il avait toujours recherché. Quelqu'un qui ne s'en faisait pas pour des broutilles... Et même dans cette situation, Kelli ne s'en faisait pas pour des choses bien plus graves.

Elle aurait eu toutes les raisons du monde d'être bouleversée, de se lamenter parce qu'elle ne pouvait pas retourner chez elle, l'intrus pouvant très bien être encore en train de la surveiller. Elle ne pleurnichait pas en répétant que la vie était injuste. Elle ne se plaignait pas non plus d'avoir dû se contenter d'une seule valise.

Elle restait amicale, positive, et très confiante.

Flash la désirait un peu plus chaque jour. Il lui était de plus en plus difficile de dormir à ses côtés sans céder à la tentation.

Chez Smiley, il n'y avait qu'un seul lit... queen-size. Il aurait pu dormir sur le canapé, mais Kelli avait refusé catégoriquement : s'il prenait le canapé, elle dormirait par terre. Ce qui était ridicule.

Alors chaque soir depuis l'effraction, ils se glissaient dans le lit, côte à côte, et s'endormaient dans les bras l'un de l'autre. Cinq nuits de supplice constant. Flash ne savait pas combien de temps encore il allait pouvoir tenir sans glisser la main sous ce minuscule short qu'elle portait pour dormir... et lui montrer l'étendue de son désir.

— Flash ?

Ah oui... Elle lui avait posé une question.

— Aces Bar & Grill. C'est Jessyka Sawyer, la femme de Benny, qui tient l'établissement. Tu te souviens d'eux, non ?

Elle acquiesça.

— Je me suis dit que ça nous ferait du bien de sortir un peu, ajouta-t-il.

Elle approuva d'un léger murmure, puis changea brusquement de sujet.

— Je crois que j'ai enfin trouvé ce que je veux faire. Comme métier, je veux dire.

Flash la regarda, surpris. Elle avait passé beaucoup de temps à lire les brochures du centre communautaire, et ils avaient déjà discuté ensemble des avantages et des inconvénients de plusieurs métiers.

— Ah oui ? s'enquit-il avec un intérêt sincère.

— Oui. Électricienne, répondit Kelli avec assurance.

— Waouh ! Électricienne. Comment tu en es arrivée à ça ?

— J'ai réfléchi à ce que je pouvais faire de vraiment utile. C'est vrai, il y a plein de boulots importants, mais est-ce qu'ils ont vraiment un avantage dans la vie de tous les jours ? Par

exemple... Les techniciens de ligne ou les technologues chirur-
gicaux, c'est vital pour la société, bien sûr, mais ce n'est pas
comme si je pouvais me servir de ces compétences chez moi. Si
j'apprenais tout ce qui touche à l'électricité, je pourrais aider
nos amis, installer des super éclairages dans mon appart. Et si
j'achète une maison un jour, je pourrai mettre des tonnes de
guirlandes de Noël et bidouiller le système sans tout faire
sauter.

Elle haussa les épaules.

— J'hésitais avec la plomberie, poursuivit-elle. Mais je crois
que si je devais déboucher une cuvette pleine de caca, ça me
ferait vomir.

Flash éclata de rire.

— Je trouve ça génial.

— Tu le penses vraiment ? Tu ne dis pas ça pour me faire
plaisir ?

— Pas du tout. Si c'est ce que tu veux faire, fonce.

— Merci. J'ai un bon pressentiment. Je vais retourner au
centre et m'inscrire dès que je pourrai.

De nouveau, il était très fier d'elle.

— Flash ?

— Oui ?

— La cuisine est bonne au Aces ? Je ne veux pas être malpolie, mais parfois, les bars servent de bons cocktails, mais la
nourriture est pourrie. Ils balancent juste des trucs congelés
dans une friteuse.

— Je vois ce que tu veux dire. La cuisine est excellente.
Jessyka a tout fait pour que son établissement soit un endroit
sûr pour tout le monde, que l'ambiance soir agréable, avec de
bons plats et un large choix de boissons.

Flash se gara devant le bar. Il essaya de l'imaginer à travers le regard de quelqu'un qui n'y avait jamais mis les pieds. Ça avait l'air un peu miteux. Il n'y avait pas de lumières flashy, et la décoration n'était pas moderne... mais comme beaucoup de choses dans la vie, ce qui comptait, c'était ce qu'il y avait à l'intérieur.

Après avoir coupé le moteur, il rejoignit Kelli à l'avant du véhicule. Il lui prit la main et lui sourit.

— Ça ne paye pas de mine, mais crois-moi, c'est une petite pépite bien cachée.

— Bien sûr que je te crois, répondit-elle avec un sourire en coin, comme si c'était une évidence. Tu as vu ? Le S de l'enseigne est grillé. Je pourrais le réparer... Enfin, une fois que j'aurais appris comment faire.

Flash rit.

— Aucun doute là-dessus, approuva-t-il.

Il ouvrit la porte, et une fois à l'intérieur, plusieurs personnes le saluèrent.

À côté de lui, Kelli ricana.

— Quoi ? s'enquit-il tout en la guidant vers le bar, où Jessyka les attendait en souriant.

— C'est juste que... ça m'a rappelé une vieille série : *Cheers*. Tu sais, quand tout le monde criait *Norm* quand ce type entrait.

Flash voyait exactement de quoi elle parlait. En effet, le Aces avait un petit côté *Cheers*.

— Il était temps que tu l'amènes ici ! lança Jessyka en les voyant. Salut Kelli ! Je suis ravie de te revoir. Comment vas-tu ? Je veux dire... après le cambriolage. Les flics savent qui c'était ? Ils l'ont attrapé ?

— Respire, Jess, plaisanta Flash en souriant.

— Désolée. Je parle vite parce que je sais qu'on va m'appeler, et que si je ne pose pas ces questions tout de suite, j'oublierai ce que je voulais dire.

— Je suis contente de te voir aussi, répondit joyeusement Kelli. Je vais bien. Flash pense que ce n'est pas très sûr de rentrer chez nous pour le moment, et Smiley nous prête gentiment son appartement. Et oui, les flics ont relevé des empreintes sur le paquet de bacon que le type a touché pendant le cambriolage... et c'est bien l'homme auquel Flash et ses amis pensaient, le Jamaïcain.

— Merde ! Sérieux ? Et il est venu chez toi ? Pourquoi ?

— Pour l'argent, et pour se venger, supposa Flash, déjà prêt à changer de sujet.

Il avait amené Kelli ici pour décompresser, pas pour ressasser tout ça.

— Benny garde les enfants ce soir ? demanda-t-il.

Le visage de Kelli s'illumina.

— Oui. Il a prévu une soirée karaoké. Et franchement, je suis bien contente d'y échapper. J'adore mes gosses, mais ils chantent comme des casseroles. Qu'est-ce que je vous sers ?

— Je prendrai ce que tu as en pression, répondit Flash.

— Un rhum-coca pour moi, dit Kelli.

— Tout de suite. Vous voulez rester au bar ou prendre une table ?

— Une table, répondit Flash.

— Parfait. Je vous apporte vos boissons. Prenez une carte, je reviendrai prendre votre commande.

Flash attrapa deux menus et posa sa main dans le bas du dos de Kelli pour l'éloigner du bruit et des tables de billard.

Ils s'installèrent, et Kelli déclara :

— J'aime bien. C'est un endroit... chaleureux.

— Jess et Benny ont travaillé dur pour que les clients se sentent à l'aise et en sécurité.

— Eh bien, c'est réussi. C'est top !

Quand Jessyka arriva avec les boissons, ils étaient prêts à commander.

— Je vais prendre le Santa Fe burger avec des frites, s'il te plaît.

— Excellent choix. Le guacamole est fait maison, et la mayo au chipotle est carrément addictive. Et toi, Flash ?

— Le Hickory burger. Ça fait un moment que je ne l'ai pas commandé, et j'ai trop envie de ta sauce barbecue. Je ne sais pas ce que tu mets dedans, mais on dirait que c'est limite illégal.

Jessyka rit.

— Rien d'illégal, promis. Mais je suis d'accord, elle est dingue.

Quand elle fut partie, Flash s'accouda à la table et se pencha vers Kelli. Elle était superbe ce soir. Son jean moulait ses jambes galbées d'une telle manière que ça donnait des idées à Flash, et son haut bleu nuit au décolleté en V laissait entrevoir juste ce qu'il fallait de ses courbes pour rendre fou n'importe quel homme. Il adorait ça. Elle était sexy et classe à la fois.

Elle le fixait du regard, tellement concentrée qu'il avait l'impression d'être le centre de l'univers. Il avait remarqué cela chez Kelli : quand elle parlait à quelqu'un, elle ne fuyait jamais son regard, elle restait pleinement présente.

— Comment vas-tu *vraiment*, Kelli ? Après tout ce qui s'est passé la semaine dernière. Et je ne veux pas de langue de bois. Ça ne fait pas si longtemps qu'on s'est retrouvés dans une situation franchement précaire. Depuis, tu es rentrée chez toi, tu t'es fait une peur bleue quand notre ravisseur a débarqué chez toi. Tu as été obligée de partir t'installer chez un inconnu, avec quasiment rien... et je te laisse seule toute la journée pendant que je bosse. Je m'inquiète pour toi. J'ai peur que tu enfouisses tes émotions juste pour me rassurer et me faire croire que tu gères tout ça.

— Voilà ce que je pense, Flash, répondit-elle calmement en le regardant dans les yeux. Des merdes, il en arrive dans la vie. C'est inévitable. Mais je suis ici, en vie. J'ai survécu. Et je continuerai à survivre, peu importe ce que la vie me réserve. J'ai appris très jeune – quand mon père a été tué – que pleurer ne change rien. Se comporter comme une connasse aigrie non plus. Tout ce que ça fait, c'est que je me sens encore plus mal. Je suis persuadée que toute personne ayant vécu un drame voit le monde autrement. Perdre son boulot... Renverser un café en sortant du magasin... Être coincé dans les bouchons... Ce n'est rien comparé au traumatisme que j'ai vécu avec mon père.

Elle haussa les épaules.

— J'ai appris à gérer un truc horrible quand j'étais gamine, donc maintenant, quand je me retrouve face à des situations compliquées, mon cerveau les traite différemment que chez la plupart des gens. Je suis faite comme ça, c'est tout. Se faire kidnapper, oui, c'est l'enfer, mais je n'étais pas seule. Ça aurait été bien pire. Et oui, j'ai eu la trouille quand ce type est entré chez moi et que j'ai dû me cacher, mais je t'avais au téléphone, et tu m'as dit que tu arrivais. Ça m'a aidée à tenir. Bien sûr que j'aimerais pouvoir retourner chez moi, et que ce mec, Brant, ne soit plus dans la nature, et à ma recherche... mais le bon côté, ça m'a permis de passer du temps avec toi. Et maintenant, je suis dans un super resto, sur le point de dévorer un énorme burger, avec un homme que j'admire et que j'aime beaucoup. Donc je vais bien, Flash. Plus que bien, même.

Il fallut à Flash toute sa maîtrise pour ne pas se lever et l'embarquer à l'extérieur jusqu'à sa voiture. Il avait envie d'elle, là, tout de suite. Mais plus encore, il avait besoin de cette source de lumière qu'elle apportait dans sa vie. Sa manière bien à elle de voir les choses était née de son vécu, mais elle était incroyablement apaisante. Et terriblement attirante.

— Quoi ? Pourquoi tu me regardes comme ça ? demanda Kelli en rougissant légèrement face à son regard insistant.

— Je suis en train de tomber amoureux de toi, lâcha-t-il.

Kelli écarquilla les yeux.

— Je ne te dis pas ça pour te faire peur. C'est seulement pour te prévenir. Je suis accro à toi. J'ai tout le temps envie d'être avec toi. Quand je pars travailler le matin, je ne pense qu'à une chose : rentrer. Et quand j'ouvre la porte, que je vois ton sourire, qu'on se raconte notre journée... c'est comme si un poids s'envolait à chaque fois. Donc... comme je t'ai prévenue que je te laissais une semaine pour décider si tu voulais vraiment me fréquenter, je te préviens aussi : dans deux ans, je veux déjà t'avoir passé la bague au doigt. Je veux que tu attendes notre bébé, et qu'on ait notre maison. Quand je te regarde, je vois mon avenir dans tes yeux, Kelli... et ça ne me fait pas peur. Ça m'apaise.

— Flash... murmura-t-elle.

Il n'arrivait pas à déterminer si elle était effrayée... ou touchée.

— Désolé. Je sais, c'est peut-être trop, et trop tôt. Mais je voulais que tu saches où j'en suis. Que ce truc entre nous, pour moi, ce n'est pas une simple aventure. Je ne m'installe pas chez une femme que j'ai rencontrée en vacances ou en mission... peu importe ce qui s'est passé entre nous.

Kelli s'humecta les lèvres, mais ne répondit pas. Elle se contenta de le regarder fixement avec ses grands yeux marrons.

La porte s'ouvrit, et ils tournèrent tous deux la tête pour voir qui arrivait. Kevlar et Remi sourirent en les apercevant, et se dirigèrent tout droit vers leur table. Flash eut envie de leur faire signe d'aller s'assoir ailleurs, car il venait d'avoir la conversation la plus importante de sa vie. Mais au fond, c'était peut-être mieux que Kelli ait le temps de digérer ce qu'il venait de dire.

Il espérait juste ne pas avoir tout foutu en l'air.

— Hé ! On peut s'assoir avec vous ? demanda Remi.

— Bien sûr, répondit Kelli.

Quand leur chef d'équipe s'installa à côté d'elle, Flash remarqua qu'il avait l'air un peu... bizarre. Il n'arrivait pas à mettre le doigt sur ce qui clochait, mais son pote n'avait clairement pas son attitude détendue habituelle. Il avait envie de lui demander pourquoi, mais pas devant les filles.

C'était peut-être lié à la mission qu'ils préparaient... Cette opération allait être intense. Direction : le Groenland. Ce n'était pas exactement une plaque tournante du terrorisme, mais selon certaines informations, un groupe y avait installé une base pour faire entrer des agents aux États-Unis. Leur équipe allait bientôt partir là-bas pour neutraliser le chef de l'opération avant que ça n'aille trop loin.

Les missions dans le froid, ce n'était pas vraiment la tasse de thé de Flash – ni de personne dans l'équipe – mais éviter que des civils innocents soient blessés ou tués, c'était leur boulot, quelle que soit la température.

Jessyka revint prendre les commandes de Remi et Kevlar, et apparemment, elle les fit passer en priorité, car lorsque les burgers de Flash et Kelli furent servis, la salade et le steak des autres arrivèrent en même temps.

Kelli avait l'air ravie de discuter avec Remi, et même si Kevlar participait à la conversation, Flash sentait bien qu'il restait tendu.

La raison de ce malaise apparut à la fin du repas, au moment où Remi racontait à Kelli à quel point les soirées pyjama chez Caroline étaient géniales.

Soudain, Kevlar se leva.

Remi ne sembla pas étonnée par ce mouvement brusque... jusqu'à ce qu'il passe de son côté de la table... et se mette à genoux.

— Remi. Je t'ai dit un jour que j'allais t'épouser, que je te passerais la bague au doigt, que tu attendrais un enfant de moi, et que je fusillerais du regard quiconque oserait poser les yeux sur ma magnifique femme. Tu as survécu à plusieurs déploiements. Tu as eu largement le temps de savoir à quoi t'attendre avec moi. Je ne suis pas parfait. Je peux parfois me comporter comme un con. Mais je t'aime plus que je ne pensais pouvoir aimer quelqu'un. Veux-tu m'épouser ? Avoir des enfants avec moi ? Vieillir à mes côtés ?

Le visage de Remi s'illumina.

— Et moi, je t'ai dit que quand tu me le demanderais, je dirais oui. Je crois que j'ai su que tu étais l'homme qu'il me fallait quand on était au milieu de l'océan, et que tu as partagé ton oxygène avec moi. Oui... pour la bague, le bébé, et même si personne ne pose les yeux sur moi de manière insistante, je te laisserai les fusiller du regard – enfin, pas *fusiller*, tu as parlé de *regards noirs* en m'exposant tes futures intentions. Oui, Vincent ! Oui à tout !

Kevlar se releva et souleva sa fiancée pour la faire tournoyer. Tous deux affichaient un sourire béat tandis que le bar tout entier les acclamait et applaudissait.

Flash regarda Kelli, qui avait un sourire jusqu'aux oreilles. De toute évidence, elle était heureuse pour son amie. Il ne put s'empêcher de lui prendre la main. Elle lui adressa ce même sourire radieux, et pendant un instant, il eut l'impression qu'ils étaient seuls au monde. S'il avait pu mettre cet instant en bouteille et l'ouvrir pendant les jours plus sombres... il l'aurait fait sans hésiter.

Kevlar reposa Remi au sol et passa une magnifique bague taille émeraude à son doigt. Elle n'était pas tape à l'œil, mais suffisamment voyante pour signaler à tout le monde que cette femme était prise.

— Et on fête ça ici, hein ? s'enthousiasma Remi. J'en ai parlé à Josie, et elle m'a proposé de faire un double mariage avec Blink et elle. J'adore cette idée ! Il compte énormément pour moi, et pour toi aussi, je le sais. J'avoue, j'en ai peut-être déjà un peu parlé à Jessyka. Elle a dit oui. Il lui faut juste une date. Elle fermera le bar rien que pour nous. Oh ! Et Josie veut que le frère jumeau de Blink et ses copains pilotes puissent venir. Et bien entendu, Wolf avec son équipe, et toutes leurs familles. Marley cherche déjà la robe parfaite, même si je lui ai dit que je ne savais pas encore si je voulais des demoiselles d'honneur traditionnelles. Comment je pourrais choisir ? Il y a trop de gens que j'aime, je ne veux blesser personne. On sera peut-être un peu serrés ici, mais c'est l'endroit idéal ! Décontracté, chaleureux, avec la meilleure cuisine et des cocktails...

— Respire Remi. On fera tout ce que tu veux. La seule chose qui compte, c'est qu'on s'appartienne officiellement tous les deux.

— Tu m'appartiens déjà, et je suis déjà à toi, répondit Remi négligemment en posant la main sur l'épaule de Kevlar pour admirer sa bague.

— Oh que oui !

— Champagne offert par la maison ! lança Jessyka depuis le bar, une bouteille à la main.

Des acclamations retentirent à nouveau tout autour d'eux tandis que tout le monde célébrait non seulement les fiançailles officielles de Remi et Kevlar, mais aussi les verres gratuits.

Flash ne lâcha pas la main de Kelli pendant que Remi et Kevlar se rasseyaient en échangeant leurs places pour que Remi puisse montrer sa bague à Kelli.

— Félicitations, mec, déclara Flash en tapant sur l'épaule de Kevlar.

— Merci. Honnêtement, je suis content que ce soit fait, confia son ami à voix basse. Bon sang, j'avais beau savoir ce qu'elle allait répondre, j'étais nerveux comme jamais.

— Je l'ai bien vu. Heureux que ce soit pour cette raison, parce que je commençais à devenir un peu parano, plaisanta Flash.

— Attends de passer par là à ton tour, répliqua Flash. Tu comprendras ce que je veux dire. Même quand tu sais que ta copine t'aime et que toi tu l'aimes, il y a quelque chose de terrifiant dans la demande en mariage.

Flash n'en était pas si sûr. Il lança un regard à Kelli. Le jour où il lui demanderait de l'épouser, il ne le ferait pas en public. Ce serait un moment intime, juste entre eux. Pas par crainte qu'elle dise non, mais parce qu'il voulait la gâter, lui faire ressentir qu'elle était la femme la plus précieuse du monde. Des images de fleurs, d'un dîner en tête à tête, peut-être d'une vue magnifique, lui vinrent à l'esprit alors qu'il imaginait où et comment il ferait sa demande.

Ce fut le rire de Kelli en réponse à une remarque de Remi

qui le ramena à la réalité. Il allait trop vite, c'était certain. Mais il le sentait au plus profond de lui : un jour, cette femme porterait son alliance, et lui la sienne.

L'ambiance festive dura un bon moment. Il y avait quelque chose dans les demandes en mariage réussies qui rendaient les gens heureux.

Alors quand le téléphone de Flash sonna, il était encore en train de savourer l'euphorie ambiante. Il jeta un œil à l'écran : c'était Smiley.

— Salut ! Tu ne devineras jamais ce que notre chef d'équipe vient de faire. Il a enfin eu le cran de demander Remi en mariage, lui annonça Flash. On dirait qu'il y en a un autre qui tombe au combat.

— C'est super. Écoute, il n'y a pas vraiment de bonne façon de dire ça, alors je vais y aller franco. Quelqu'un a essayé de foutre le feu à ton immeuble ce soir.

Le sang de Flash se glaça.

— Quoi ?

— Tout le monde va bien, et les pompiers sont arrivés à temps, il n'y a pas vraiment de dégâts. Mais d'après ce qu'ils disent, le feu est parti de ton balcon. Quelqu'un a balancé de l'essence et utilisé un dispositif incendiaire. Un voisin a vu la fumée, il a appelé les secours, et ils ont réussi à attraper un tuyau d'arrosage dans l'appartement d'à côté. Ils ont éteint le feu avant que ça crame autre chose que ton vieux barbecue, et cette chaise en plastique pourrie.

— Merde ! OK. Et toi, ça va ?

— Oui. J'étais à l'intérieur... et pour tout te dire, j'étais aux toilettes. Je n'ai rien entendu jusqu'à ce que ton voisin se mette à crier dehors.

Flash avait des nœuds dans le ventre. Smiley aurait pu être

blessé. Tout l'immeuble aurait pu y passer, ou au moins perdre tous leurs biens. Seigneur, il pouvait remercier ce voisin attentif. Il lui devait une bière. Non, des bières à vie.

— Je vais déposer Kelli, et j'arrive tout de suite.

Il se rendit compte que la conversation à table s'était arrêtée, et que tous les regards étaient braqués sur lui. Mais pour l'instant, il ne pensait qu'à Smiley.

— Pas besoin. Ici, tout est sous contrôle. J'ai donné ton numéro à l'enquêteur sur place, et je lui ai raconté l'histoire avec Williams. Il va sûrement te contacter, et tu devras faire une déposition. Mais ici, c'est géré.

— Il faut que tu rentres chez toi. Je vais emmener Kelli à l'hôtel.

— Ne sois pas idiot. Restez là, tous les deux. Moi, ça va. En plus, j'aime bien ta cuisine. Et je suis en train de me refaire toutes les saisons d'*Esprits Criminels* en DVD. Je sais que c'est dispo en streaming, mais il y a un petit côté vintage sympa.

La frustration de Flash monta en flèche.

— Il faut qu'on le retrouve, et que ça s'arrête.

— Je suis d'accord, répondit Smiley. C'est pour ça que j'ai demandé à Tex d'accélérer le mouvement, et de faire appel à cette fille du Nouveau-Mexique. Il est surchargé, comme d'hab'. Il nous faut donc quelqu'un à plein temps là-dessus. Et... je crois qu'elle s'appelle Ryleigh, quelque chose comme ça... Elle est aussi douée que lui, voire meilleure, même s'il ne l'admettra jamais. Elle pourrait peut-être localiser cet enfoiré, dire aux flics où il se planque, et même fournir les preuves pour le faire enfermer pour de bon.

— Très bien. Si tu as besoin de quoi que ce soit – je dis bien quoi que ce soit – tu m'appelles, compris ?

— Bien sûr. À demain matin pour la séance d'entraînement.

Quand son ami raccrocha, Flash redressa la tête et vit trois paires d'yeux rivés sur lui.

— Qu'est-ce qui se passe ?

— Smiley va bien ?

La première question venait de Kevlar, et la deuxième – sans surprise – de Kelli.

— Il y a eu un incident dans mon immeuble. Tout le monde va bien.

— Williams, lâcha Kevlar.

Ce n'était pas une question.

— Certainement, confirma Flash.

Kelli fronça les sourcils.

— Qu'est-ce qu'on fait, alors ?

— Pour l'instant, rien, à part rester vigilants, garder les portes fermées et les yeux ouverts. Tu ne vas pas aimer ce que je vais te dire, mais je vais devoir te demander de ne pas quitter l'appartement de Smiley pendant que je suis au travail. Si tu as besoin de quelque chose, fais-toi livrer, ou dis-le-moi. Je passerai le chercher en rentrant.

— Si elle a besoin d'aller quelque part, je peux l'accompagner, proposa Remi.

— Merci, mais ce connard sait déjà peut-être qui vous êtes, toi et les autres. Je ne veux pas qu'il vous suive pour découvrir où on est, ni qu'il se serve de vous pour nous atteindre, Kelli ou moi.

— Je devrais peut-être partir ? soupira Kelli. Je peux aller en Floride, ou à New York. Ou même dans le Maine. C'est paumé, là-bas.

— Non ! s'exclama Flash.

Il prit une grande inspiration.

— Non, répéta-t-il. Smiley va demander à Tex de confier

l'affaire à son amie hackeuse du Nouveau-Mexique. Elle va localiser Williams, et les flics pourront l'arrêter. Il faut juste tenir encore un peu.

Kelli fronça les sourcils.

— Je n'aime pas ça.

Flash rit jaune.

— Moi non plus.

— Je suis prête à faire attention, mais... si elle ne le trouvait pas ? Je ne veux pas que Brant gagne en nous forçant à vivre cachés. Et si on ne le retrouvait pas avant votre départ en mission ? Je suis censée rester enfermée chez Smiley indéfiniment ? C'est hors de question. J'ai envie de vivre ! Je veux m'inscrire à la fac pour devenir électricienne et réparer l'enseigne de Jessyka.

La respiration de Kelli était haletante. Elle était au bord de la panique.

Flash recula sa chaise et attira Kelli sur ses genoux, à califourchon pour qu'ils soient face à face. Il prit son visage entre ses mains.

— Tu te rappelles ce que je t'ai dit avant l'arrivée de Remi et Kevlar ?

Il la vit déglutir, puis hocher la tête.

— Tu crois que tout ça est possible si on doit se cacher ? Non. Alors je vais régler ça. Je vais trouver ce lâche et lui montrer qu'il s'en est pris aux mauvaises personnes. Le jour où il a décidé de nous enfermer dans ce foutu bus, il a signé son arrêt de mort. Il ne le sait pas encore, mais c'est fini pour lui.

— Je ne veux pas te perdre, murmura Kelli.

— Me perdre ? Comment ça ?

— Si tu le tues, tu pourrais finir en prison.

— Je n'irai pas en prison, répondit Flash, sûr de lui.

Il ne fit pas la promesse de ne pas tuer Williams – car si l'occasion se présentait, il n'hésiterait pas une seconde. S'il finissait simplement derrière les barreaux, la menace planerait toujours. Et Flash n'en doutait pas : si ce type ressortait un jour, il reviendrait les chercher. Il ne savait pas quand, ni comment, mais Brant Williams allait tomber. Il ne laisserait jamais cet homme se mettre entre lui et la vie qu'il rêvait d'avoir avec Kelli. Hors de question.

Kelli ferma les yeux, inspira profondément, puis rouvrit les paupières et hocha la tête.

Sa confiance et sa foi en lui étaient un don du ciel. Flash en prendrait soin jusqu'à son dernier souffle. Il voulait qu'elle le regarde de cette manière pour toujours. Avec de l'espoir, et leur avenir dans les yeux.

Sans lâcher le visage de Kelli, il tourna la tête vers Kevlar.

— J'ai besoin que tu parles au commandant. Je veux qu'il me retire de la prochaine mission. Tant que Williams est dans la nature, je ne partirai pas.

Kelli voulut protester, mais il l'ignora.

— C'est comme si c'était fait, acquiesça Kevlar.

— Chuuut, souffla Flash en posant les lèvres sur le front de Kelli. Tout ira bien.

— Je vais aussi appeler Wolf et lui expliquer la situation. Il fera passer le mot à propos de Williams. Tous les SEALs, anciens et actifs, seront sur le qui-vive. On va le choper, je n'en doute pas une seconde, assura Kevlar.

— Au lieu de rester chez Smiley, tu ne veux pas plutôt venir chez nous ? proposa Remi. Après tout, l'union fait la force, non ?

— Peut-être, répondit Flash d'un air évasif.

Elle n'avait pas tout à fait tort, mais malgré tout, exposer d'autres personnes à ce taré lui semblait irresponsable. Smiley vivait seul. Si Kelli logeait chez Remi, ils laissaient deux femmes seules pendant leur mission.

Il mourrait d'envie d'aller chez lui évaluer les dégâts, et s'assurer que Smiley n'avait pas minimisé d'éventuelles blessures, chez lui ou chez les voisins. Mais son besoin de rester auprès de Kelli était plus fort. Il verrait Smiley rapidement.

— Tu veux rentrer ? demanda Flash à Kelli.

Elle hocha la tête.

— On va y aller aussi, déclara Kevlar.

— Désolé d'avoir gâché votre soirée, lui dit Flash en aidant Kelli à descendre de ses genoux.

— Tu n'as rien gâché du tout, le rassura Kevlar d'un air franchement agacé. Remi a dit oui, et on va organiser une énorme fête ici... Qu'est-ce que tu aurais pu gâcher ?

— Exactement, approuva Remi en serrant Kelli dans ses bras. Fais confiance à Flash, il va régler ça.

Kelli acquiesça et lui adressa un petit sourire.

Flash fit signe à Jessyka, qui lui répondit depuis le bar. Ils avaient déjà payé l'addition, donc rien ne les retenait. Ils se dirigèrent directement vers la sortie.

Flash observa les environs, mais ne remarqua rien de suspect. Cependant, il savait qu'ils ne remettraient sûrement plus les pieds au bar tant que Williams ne serait pas capturé. Il ne voulait surtout pas que ce ravisseur frustré décide de s'en prendre à l'endroit préféré de tous les SEALs du coin.

Le trajet jusqu'à l'appartement de Smiley fut plus long que d'habitude. Flash fit plusieurs détours, prenant soin de semer Williams s'il se trouvait dans leur sillage. Il ne soufflerait pas avant d'avoir passé la porte et de l'avoir fermée à double tour derrière eux.

Williams pouvait toujours essayer de brûler l'immeuble de Smiley, mais Flash était à peu près sûr que ce malade ne savait pas où ils étaient. C'était sans doute pour cette raison qu'il s'en était pris à son logement : une bonne manière de se défouler. Cet homme était une menace, et il fallait l'arrêter.

Mais pour ce soir, Flash avait d'autres intentions.

Nul ne savait ce que l'avenir leur réservait, ni ce que Williams préparait dans l'ombre. Et Flash refusait de laisser passer un jour de plus sans prouver à Kelli à quel point il était sérieux quand il affirmait qu'il la voulait dans sa vie... pour toujours.

Évidemment, tout dépendrait d'elle. Elle était peut-être trop secouée après cette nouvelle tentative d'intimidation pour penser à quoi que ce soit d'autre. Mais ce soir, quand ils se retrouveraient dans le même lit, elle comprendrait sans l'ombre d'un doute qu'il ne plaisantait pas.

Et tout ce qu'il désirait, c'était elle. Sous son corps, sur son corps... Aucune importance. Rien qu'à l'idée de la goûter, d'écarter ses cuisses et de constater son désir pour lui, il salivait.

Il était pratiquement sûr qu'elle le voulait aussi. Les signes de son excitation n'étaient pas aussi flagrants, mais elle ne s'était jamais dérobée à ses caresses. Et la veille, quand il avait passé la main sous son haut pour la poser au creux de ses reins, elle s'était cambrée vers lui.

Le moment n'était sans doute pas idéal. S'il voyait qu'elle était trop tendue à cause de Williams, il n'insisterait pas. Mais vu la façon dont son regard s'attardait sur son entrejambe, et qu'elle rougissait souvent, il avait le sentiment qu'ils allaient pouvoir échapper un moment à la réalité en se perdant l'un dans l'autre. Il avait hâte.

17

Kelli était partagée. Une partie d'elle était paniquée à l'idée que Brant ait essayé de brûler l'appartement de Flash. Mais elle ne pouvait s'empêcher de remarquer que le comportement de Flash avait changé depuis qu'ils avaient quitté le Aces. Il avait l'air concentré. Il était aussi plus tactile, et elle adorait ça. Vraiment.

Elle avait déjà eu des relations sexuelles, elle n'était pas vierge. Mais aucun homme ne lui avait fait ressentir ce qu'elle ressentait avec Flash. C'était comme si sa peau était trop tendue, et sa température corporelle trop élevée à force de rougir constamment. À cet instant, elle était agitée, incapable de détourner le regard de Flash. Tandis qu'il conduisait, elle observait ses muscles qui se contractaient à chaque mouvement. Elle pensait à la manière dont ils se contracteraient alors qu'il serait au-dessus d'elle.

Quand il tourna brièvement la tête vers elle, elle vit quelque chose de nouveau dans son regard : un désir brûlant qu'il ne cherchait plus à dissimuler. Ce regard la transperça, lui provoquant une moiteur embarrassante au niveau de l'entrejambe.

Elle aurait dû s'inquiéter pour Smiley, essayer d'élaborer un plan au cas où Brant les retrouverait... mais elle ne pensait qu'au moment où elle se glisserait dans le lit aux côtés de Flash.

Devait-elle faire le premier pas, lui dire franchement ce qu'elle voulait ? Et s'il n'était pas prêt pour des rapports intimes ? Si toutes ces déclarations n'étaient qu'un coup de chaleur ?

Elle réfuta mentalement cette idée. Non, ce n'était pas le genre de Flash. Elle ne le connaissait pas depuis longtemps, mais elle savait que quand il disait quelque chose, il le pensait.

Rien que pour cela, elle était excitée de plus belle.

Quand ils arrivèrent devant l'appartement de Smiley, main dans la main, Kelli ne savait toujours pas ce qui allait se passer une fois à l'intérieur. Elle savait ce qu'elle voulait, mais elle culpabilisait aussi de ne penser qu'au sexe, alors que Flash devait être inquiet à propos de ce qui s'était passé chez lui.

Au moment où la porte se referma derrière eux, elle se sentit soudain un peu maladroite. Elle avait encore le ventre plein après l'incroyable burger qu'elle avait mangé au Aces, donc tuer le temps en cuisinant était exclu. Ils auraient pu regarder la télé, mais elle n'en avait pas vraiment envie.

Mais Flash, fidèle à lui-même, prit les choses en main sans lui laisser le temps de chercher quoi dire ou quoi faire.

Il se retourna brusquement et la plaqua contre un mur du petit salon.

Puis il baissa la tête et l'embrassa.

Kelli eut l'impression de voir des étoiles – et aussitôt, son désir, déjà bien en alerte, monta d'un cran. C'était comme si son baiser avait allumé mille bougies en elle. Elle était encore en train de lutter contre l'envie de lui sauter dessus, et l'instant d'après, elle se consumait de l'intérieur.

Elle réagit avec autant d'ardeur. Kelli n'était pas du genre passive. Elle glissa les doigts dans les cheveux de Flash et le retint fermement tandis que leurs langues se cherchaient. Elle passa une jambe autour de sa taille et se frotta contre lui autant que possible en l'embrassant.

Sans dire un mot, Flash recula, la regarda fixement une seconde, puis saisit le bas de son T-shirt.

Kelli était pleinement engagée. Sans penser à sa taille, ni aux moments gênants qu'elle avait vécu avec d'anciens amants en se déshabillant, elle l'imita et retira le sien. Ce fut alors la course pour se mettre nus. Flash s'attaqua à sa ceinture, et ses vêtements se retrouvèrent au niveau de ses chevilles en quelques secondes.

Kelli éclata de rire quand il faillit se casser la figure parce qu'il n'avait pas enlevé ses bottes avant son jean. Pendant qu'il réglait ça, elle en profita pour retirer son pantalon et ses chaussures. Elle s'apprêtait à dégrafer son soutien-gorge quand Flash se redressa.

Il était entièrement nu, et Kelli resta bouche bée en voyant la taille de son sexe.

Elle n'en revenait pas qu'il ait réussi à dissimuler un engin pareil sous son jean. Elle avait bien remarqué la bosse quand il était en short de bain, et elle l'avait sentie sous ses fesses lors de la descente en bouée, mais le voir en érection... C'était intimidant.

— Laisse-moi faire, dit Flash d'une voix rauque en dégrafant son soutien-gorge.

Son sexe effleura le ventre de Kelli, y laissant une traînée de chaleur humide qui lui ramollit les jambes. Elle avait envie de lui. Là, tout de suite. Si elle ne le sentait pas en elle, elle allait en mourir.

Bon, elle exagérait un peu, mais elle s'en fichait.

Dès que son soutien-gorge fut dégrafé, Kelli bascula les épaules et le laissa tomber entre eux. Puis, sans prévenir, avant que Flash n'ait eu le temps de bouger, elle s'agenouilla et referma la main autour de son membre.

— Bordel, souffla-t-il en plongeant les doigts dans ses cheveux et en appuyant l'autre main contre le mur.

Sans perdre de temps, Kelli ouvrit la bouche et l'accueillit en elle.

Les doigts de Flash se crispèrent dans ses cheveux alors qu'elle amorçait un mouvement de va-et-vient. Sentir qu'elle, Kelli Colbert, faisait autant d'effet à cet homme incroyable la mettait en confiance. Elle sentait son sexe se contracter, prêt à l'accueillir.

— Doucement, Kelli, murmura Flash. On a toute la nuit devant nous.

Mais elle n'avait pas envie de douceur. Elle voulait que ce soit fort, rapide, extrême. À l'image de ce qu'elle ressentait.

Elle passa sa main libre derrière lui pour agripper une de ses fesses, et elle fit de son mieux pour lui offrir la meilleure fellation de sa vie. Elle fut récompensée par un grognement rauque et une nouvelle goutte amère. Grisée, elle gémit autour de sa queue.

— Merde, ma belle ! lança Flash avant de la saisir par le bras pour la relever.

Kelli laissa échapper un petit cri de protestation. Elle n'avait pas fini. Elle n'aimait pas trop avaler, mais pour lui, elle aurait tout essayé. Apparemment, ce n'était pas au programme.

Un peu étourdie par la facilité avec laquelle il la soulevait, elle s'accrocha à lui tandis qu'il la portait jusqu'à la table de la cuisine. Heureusement, l'appartement de Smiley était plutôt dépourvu de touches personnelles, et il n'y avait rien sur la table.

Elle sentit le bois frais sous ses fesses, même à travers sa culotte.

Flash posa une main entre ses seins et la poussa doucement en arrière. Kelli s'allongea et se cambra alors qu'il saisissait le bord de sa culotte.

Elle s'attendait à ce qu'il la retire, mais au lieu de ça, ses muscles se contractèrent, et il la déchira net.

C'était tellement excitant qu'elle haleta.

— Oui, souffla-t-elle en écartant les jambes.

La table était à la hauteur parfaite, et le membre de Flash était aligné juste entre ses cuisses. Elle attendait. Elle était prête. Plus que prête. Elle avait besoin de lui. Maintenant.

Elle avait l'impression d'avoir attendu ce moment toute sa vie, alors qu'en réalité, elle venait juste de le rencontrer. Mais ce qu'ils avaient traversé ensemble avait créé un lien plus fort que tout ce qu'elle avait jamais connu.

— Tu es tellement belle, lâcha Flash en la dévorant des yeux de la tête aux pieds.

Il se pencha pour caresser sa poitrine généreuse.

— Je vais passer les prochaines années à adorer ces merveilles, à les lécher, les sucer, peut-être même y mettre des pinces.

Le sexe de Kelli se contracta. Elle n'avait jamais été attirée par les sextoys ou les douleurs liées au sexe, mais quand il lui pinça les tétons, les décharges de plaisir qui suivirent la firent douter de tout ce qu'elle croyait savoir.

— Mais pour l'instant, tout ce à quoi je pense, c'est être en toi.

— Oui, soupira-t-elle.

À sa grande surprise, Flash se retourna et s'éloigna de la table.

Elle fronça les sourcils, perplexe. Est-ce qu'il... s'en allait ?

Elle le regarda traverser la pièce, fouiller dans son pantalon, puis revenir vers elle, toujours en érection, le sexe fièrement dressé.

Elle comprit alors qu'il était allé chercher un préservatif, et qu'il était en train de le mettre.

À vrai dire, Kelli était surprise. Après tout ce qu'il avait dit à propos de la mettre enceinte, elle avait presque cru qu'il n'évoquerait pas la contraception. Cependant, il ne lui avait même pas demandé si elle prenait la pilule. Il avait juste fait ce qu'il fallait.

Lorsqu'il eut terminé, il remarqua qu'elle avait refermé les jambes. Il les écarta sans ménagement, la saisit par les hanches, puis la tira au bord de la table. Allongée sur le dos, Kelli lui sourit.

Mais il ne regardait pas son visage – il avait les yeux rivés entre ses cuisses.

— Tu es tellement humide, murmura-t-il en remontant un doigt le long de ses replis intimes, s'arrêtant sur son clitoris pour le caresser vigoureusement.

Kelli adorait ça. Elle adorait la rudesse dont il faisait preuve. Mais il ne lui faisait pas mal. Pas du tout.

Alors qu'il jouait avec sa source de plaisir, il ne lui laissa aucun répit. Elle se cambra, mais Flash posa une main sur son ventre pour la maintenir en place, l'emmenant au bord de l'orgasme plus vite qu'elle ne l'aurait cru.

— Jouis pour moi, ordonna-t-il. Tu es humide, mais je veux que tu débordes de plaisir. Je suis incapable d'y aller en douceur pour cette première fois, et je ne veux pas te faire mal. Tu es riquiqui, et moi... je ne le suis pas.

Kelli étouffa un rire. Qui lui avait déjà dit qu'elle était riquiqui ? Personne.

Elle n'eut pas le temps de lui dire qu'elle pouvait l'accueillir tout entier, parce qu'elle jouissait. Tout son corps tremblait, emporté par le plaisir.

Et alors qu'elle n'était même pas au bout de son orgasme, Flash lui écarta encore plus les jambes, se positionna, puis entra en elle d'un seul coup de reins.

* * *

Flash avait l'impression de brûler de l'intérieur. Il n'avait pas pu se retenir de l'embrasser dès que la porte s'était refermée derrière eux. Il ne s'attendait pas à plus qu'un baiser dans le salon avant de lui prendre la main et de l'emmener dans la chambre, où il avait l'intention de lui faire l'amour pour la première fois, lentement, tendrement, délicieusement.

Mais de toute évidence, elle avait une autre idée en tête.

Quand elle avait retiré ses vêtements et s'était agenouillée devant lui, il avait eu l'impression que sa vision s'était assombrie en un instant. Avant même qu'il comprenne ce qui se passait, son sexe était dans la bouche de Kelli, et il vivait son plus grand fantasme : voir ses lèvres étirées autour de sa queue, et Kelli la regarder avec des yeux qui criaient *prends-moi* lui avait fait perdre tout contrôle.

Il avait réussi à ne pas jouir dans sa bouche – de justesse – et avait rassemblées ses dernières forces pour l'emmener jusqu'à la table de la cuisine. Il n'aurait jamais tenu jusqu'au lit. Il avait envie d'être en elle, là, tout de suite.

Cependant, il avait été coupé dans son élan de détermination en découvrant son sexe pour la première fois. Elle était parfaite. Ses poils pubiens étaient taillés en fine bande, et rien que cette vision lui avait mis l'eau à la bouche. Mais son sexe à lui était encore plus impatient, il en avait un besoin vital.

C'est en voyant les gouttes annonciatrices sur son membre qu'il avait réalisé qu'il ne portait pas de préservatif. Et malgré la forte envie de jouir en elle pour la mettre enceinte et qu'elle ne le quitte jamais – une idée complètement dépassée, bien sûr... Les femmes ne restaient plus automatiquement avec les hommes en cas de grossesse – il était hors de question de lui faire l'amour sans protection. Pas sans avoir eu une vraie conversation sur leur passif sexuel, leurs envies, et leur projet d'enfant.

Il avait détesté voir l'incertitude de Kelli en revenant vers la table, après être allé chercher le préservatif qu'il avait glissé le matin même dans son portefeuille. C'était comme si elle pensait qu'il avait changé d'avis, ou pire, qu'il allait la planter là.

Pas question. Il n'en aurait jamais eu la force.

Elle avait refermé les cuisses, et Flash s'était senti vexé. Il les avait écartées à nouveau avec autorité, manquant de peu de se faire honte en voyant que son membre était luisant. Il avait dû puiser au fond de lui pour ne pas la prendre immédiatement. Mais il ne voulait pas lui faire mal. Il fallait d'abord qu'elle ait un orgasme.

Ça n'avait pas mis longtemps. Une satisfaction virile était montée en lui quand elle avait joui aussi rapidement. Elle était prête. Tandis qu'elle tremblait encore, en plein orgasme, il avait plongé en elle aussi profondément que possible.

À présent, chaque muscle de son corps était contracté alors qu'il luttait pour ne pas jouir sur-le-champ. Elle était tellement étroite. Son sexe se contractait encore autour de lui pendant que son orgasme s'apaisait. Flash n'avait jamais rien ressenti de tel.

Il déglutit péniblement et resta immobile le temps qu'elle s'habitue à sa taille, savourant pleinement la sensation d'être en elle – la dernière femme à qui il ferait l'amour pour le restant de ses jours.

Kelli était la bonne, point final. Il n'avait plus qu'à lui prouver qu'il était aussi l'homme qu'il lui fallait, qu'il ne la laisserait jamais tomber, qu'il se plierait en quatre pour être son pilier, son soutien, son repère.

— Flash ? l'interpela-t-elle, ses yeux brûlant de désir braqués sur lui.

— Oui ?

Il était étonné de pouvoir encore parler. Il avait l'impression que tout son sang était concentré dans son membre.

— Prends-moi.

Il se mit en mouvement avant même qu'elle ait fini sa phrase. Ils gémirent tous les deux à chaque va-et-vient de son sexe dans son corps étroit.

Sa poitrine rebondissait au rythme de ses coups de reins, et il n'avait jamais rien vu d'aussi magnifique. Il n'était pas branché BDSM, mais comme il lui avait dit, il avait envie d'orner ses tétons avec des pinces... peut-être même décorées. Pour voir si une touche de douleur intensifierait son plaisir.

Ses mains bougèrent d'elles-mêmes. Il lui caressa les seins tout en continuant de la prendre. Il les malaxa, les pressa, puis glissa les doigts vers ses tétons. Ils étaient déjà fermes, dressés, et quand il les pinça, elle laissa échapper un gémissement et se cambra pour accompagner ses mouvements.

Oui, elle aimait ça. Bordel, elle était parfaite.

Flash lui pinçait ses tétons en rythme avec ses coups de reins, et il sentit les ongles de Kelli s'enfoncer dans ses bras. Il dut finalement lui lâcher la poitrine pour la tenir par les hanches, tant elle se tordait et ondulait sous son corps. Son visage était ruisselant de sueur, le haut de sa poitrine rougi par l'effort, et il sentait ses talons s'enfoncer dans ses fesses, cherchant à l'avoir encore plus profondément en elle.

Elle était divine. Il ne pourrait plus jamais s'asseoir à cette table - ni à aucune autre – sans penser à cet instant : la première fois qu'il avait fait l'amour à la femme qu'il aimait. À son âme sœur.

Ses bourses picotaient, mais Flash refusait de jouir. Il avait envie que ce moment dure, de rester exactement là, éternellement. Il avait toujours aimé le sexe, mais cette fois... c'était une révélation.

Il ne s'était jamais senti aussi connecté à quelqu'un. C'était comme s'ils ne formaient plus qu'un. C'était cliché au possible, mais bien réel.

Puis elle le prit complètement au dépourvu. Elle glissa une main entre leurs corps et se mit à se caresser le clitoris.

— Oh ! s'exclama-t-elle.

Flash sentit son entrejambe se contracter violemment autour de son sexe.

— C'est ça, Kel, va chercher ce dont tu as envie.

Elle n'avait pas besoin de son autorisation pour se toucher, mais le fait qu'elle le fasse sans retenue excitait Flash encore plus.

Il la regardait se caresser le clitoris, et la seconde d'après, il jouissait. Il n'avait plus aucune retenue. Flash eut l'impression d'être retourné comme une chaussette. Il n'avait jamais eu d'orgasme aussi intense, aussi long.

Quand le voile noir se dissipa enfin de son champ de vision, il réalisa qu'il était affalé sur Kelli, sûrement en train de l'écraser. La table ne devait pas être très confortable. Il se redressa, cherchant son regard... et ce qu'il vit fit tressaillir son sexe en elle.

Elle avait l'air heureuse. Comblée. Rassasiée.

— Coucou, murmura-t-il subitement, incapable d'articuler quoi que ce soit d'intelligent.

— Coucou, répondit-elle.

— Ça... n'aurait pas dû se passer comme ça, lâcha-t-il.

Il comprit aussitôt qu'il avait merdé. Il n'avait pas besoin de voir le bonheur dans ses yeux se muer en confusion, puis en douleur, pour le savoir. Il s'empressa de la rassurer.

— Je voulais dire que je comptais t'emmener dans le lit, te masser, te faire l'amour lentement, tendrement, affectueusement. Pas... ce coup rapide et incontrôlé sur une table.

Kelli s'humecta les lèvres et balaya une de ses mèches de cheveux.

— Pour info, j'ai adoré ce coup rapide sur une table. C'était une première pour moi, et j'ai trouvé ça terriblement excitant que tu sois à ce point impatient de me prendre.

— Moi ? C'est toi qui t'es jetée sur ma queue comme si tu ne pouvais pas survivre une seconde de plus sans l'avoir dans la bouche, répliqua Flash.

À son immense soulagement, Kelli éclata de rire. Il le sentit jusque dans ses tripes. Sa peau était encore rosée et humide suite à leur étreinte, ses cheveux en éventail autour d'elle, et elle ressemblait à une déesse. Sa déesse.

Flash n'était pas encore prêt à quitter la chaleur de son corps. Il posa une main sur ses fesses pour la maintenir contre lui, et l'autre derrière ses épaules pour la redresser.

— Accroche-toi, lui dit-il.

Kelli passa les bras autour de son cou, puis il la souleva et la porta jusqu'à la chambre.

Elle ricana, et une fois encore, Flash sentit la vibration le long de sa queue. Une sensation inhabituelle, mais dont il ne se lassait déjà plus. Il la porta jusque dans la chambre, retira la couette, puis bascula en avant pour allonger Kelli sur le lit.

— Ça va ? s'enquit-il. Je n'ai pas été trop brutal ?

— Ça va parfaitement bien, le rassura-t-elle. Et non, tu n'as pas été trop brutal. Pas du tout. J'ai adoré.

Sachant qu'il devait retirer et jeter le préservatif rempli à ras-bord – sans quoi ça n'aurait servi à rien de le mettre – Flash se redressa et déclara d'un ton ferme :

— Ne bouge pas. Reste comme ça. Je reviens tout de suite. Il faut que je me débarrasse de ce préservatif et que j'aille en chercher un autre.

— Tu en as combien dans ton portefeuille ? demanda-t-elle avec un brin de malice.

— Je n'en avais qu'un, petite coquine. Mais il y a une boîte dans la salle de bain.

— Tu sais... je prends la pilule, annonça Kelli d'un ton presque détaché.

Flash la regarda fixement pendant que ses mots faisaient leur chemin dans sa tête.

— Qu'est-ce que tu veux dire ? demanda-t-il doucement.

— C'est juste que... ça fait longtemps que je n'ai pas couché avec quelqu'un. Alors, selon tes propres antécédents, si tu es sûr d'être... clean... On n'est pas obligés d'en utiliser. Des préservatifs.

Un voile rouge de désir passa devant les yeux de Flash. Il pouvait la prendre à nu ? Jouir en elle ? Voir le fruit de son plaisir couler entre ses replis intimes ?

Il dut se forcer à déglutir et à articuler une réponse.

— Ça fait plus d'un an que je n'ai pas été avec qui que ce soit. Et la Navy nous fait passer des tests régulièrement. Je suis clean.

— D'accord. Si tu veux une preuve, je peux te montrer la plaquette qui est dans ma trousse de toilette, et ensuite, on pourrait...

Flash ne la laissa pas finir. Il se retira de son corps moite, enleva le préservatif, le noua, puis le balança au sol d'un geste rapide. Ensuite, il se masturba brièvement avant de replonger sa queue dans le sexe de Kelli en poussant un grognement rauque.

— Je suppose que tu me crois, dit-elle avec un léger sourire, amusée.

— Tu as créé un monstre, l'avertit Flash en continuant ses mouvements de va-et-vient. Je vais passer le plus de temps possible en toi. Tu n'as pas idée de l'effet que tu me fais. Bon sang, c'est encore meilleur sans rien entre nous. Je m'excuse par avance pour les courbatures que tu auras demain, mais je ne peux pas m'arrêter. Ne me le demande pas.

Elle se mit à onduler sous son corps.

— Pourquoi je voudrais que tu arrêtes de faire quelque chose d'aussi bon ?

— Ça va marcher, affirma Flash avec détermination.

— Quoi donc ?

— Nous. Je vais être le meilleur compagnon que tu aies

jamais eu. Tu verras. Je ne te donnerai aucune raison de partir. Je ne te tromperai jamais, je ne te ferai jamais mal, ni physiquement, ni autrement. Je serai protecteur et possessif, mais pas de façon toxique. Je te laisserai de l'espace quand tu en auras besoin, et je serai collé à toi quand tu en auras envie. Je me plierai en quatre pour que tu deviennes la meilleure électricienne que Riverton ait jamais connue. Les gens paieront des centaines de dollars de l'heure juste pour que Kelli Colbert leur change une foutue ampoule. Et peut-être qu'un jour... ce ne sera plus Kelli Colbert, mais Kelli Gordon qui les changera.

— Flash... murmura-t-elle, les yeux grands ouverts.

— Je sais, c'est trop tôt. Désolé. Mais je t'avais annoncé ce que je voulais.

— Et si on prenait les choses au jour le jour, sans planifier notre mariage tout de suite.

— Marché conclu, répondit-il, ravi qu'elle ne lui ait pas demandé de se retirer, et qu'elle ne soit pas paniquée par le fait qu'il ait déroulé leur avenir ensemble. Si jamais quelque chose ne te plaît pas, ou si tu fatigues, tu me le dis.

— Je te le dirai. Mais j'ai une question.

— Laquelle ?

— Tu comptes vraiment laisser ce préservatif usagé par terre toute la nuit ?

Elle lui posa cette question avec un si grand sourire que Flash comprit qu'elle le taquinait.

— Évidemment.

— Je vais le dire à Smiley, le menaça-t-elle.

— Si je ne parviens pas à te le faire oublier d'ici demain matin, c'est que j'aurai mal fait mon boulot.

Le sourire de Kelli s'estompa peu à peu, et elle passa une main sur sa nuque.

— J'ai l'impression de rêver. Comme si j'allais me réveiller dans ce bus, effrayée, morte de faim. Je ne veux pas que ça s'arrête.

— C'est réel, et ça ne s'arrêtera pas. À partir de maintenant, tu te réveilleras tous les jours dans mes bras.

— Promis ?

— Promis.

Puis il se mit au travail pour qu'elle oublie tout... sauf lui.

18

Kelli laissa échapper un soupir de frustration. Elle était impatiente de débuter les cours à la fac. Plus elle pensait à devenir électricienne, plus elle était excitée à cette idée. Mais comme Brant Williams courait toujours, prêt à frapper à la moindre occasion, elle était coincée dans l'appartement de Smiley, à attendre.

Heureusement, avec Flash, tout allait bien. Mieux que ça, même. Elle ne s'était jamais sentie aussi épanouie, sexuellement, et globalement. C'était un homme merveilleux. Il avait ses défauts, bien sûr, mais lui montrer à quel point il tenait à elle n'en faisait pas partie.

À ce moment-là, il était au travail, et Kelli s'ennuyait. Elle avait envie de sortir marcher un peu, d'aller voir Remi ou l'une des autres filles. Peut-être de passer chez Aces manger un autre de ces délicieux burgers. Mais pour l'instant, elle était prisonnière de cet appartement, en quelque sorte.

Et c'était nul.

Cela dit, elle n'allait pas faire la bêtise d'ignorer le bon sens et de sortir toute seule. Ce serait tendre une perche à Brant, et cette fois, il lui ferait bien pire que l'enfermer dans un bus sous terre.

Elle devait rester patiente, et espérer que cette fameuse Ryleigh finisse par mettre le grappin sur Brant. Une fois ce moment venu, sa vie pourrait reprendre son cours. Mais au fond, quelle était sa vie, à présent ? Est-ce qu'elle retournerait vivre dans son appartement à La Jolla ? Elle serait plutôt loin de Flash, et elle s'était bien trop habituée à vivre avec lui. C'était fou de constater à quel point la cohabitation était simple, comme si c'était naturel.

Elle en avait parlé à sa mère, qui s'était contentée de lui dire : *quand on le sait, on le sait*. Point final. Elle voulait aussi rencontrer Flash, mais vu les circonstances, elle avait convenu avec Kelli qu'il valait mieux attendre, et qu'elle le verrait en temps voulu.

Flash l'appelait et lui envoyait des photos quasiment toutes les heures, juste pour s'assurer qu'elle allait bien, et que tout était calme. Kelli appréciait – en partie parce que le souvenir de Brant s'introduisant chez elle était encore bien présent. Discuter ou échanger avec Flash lui redonnait le sourire. Cela l'aidait à se sentir moins seule.

Certes, elle échangeait aussi avec Remi, Josie, Maggie, Addison et Wren, mais ce n'était pas pareil que quand elle recevait un message de Flash. Elle avait des papillons dans le ventre, elle sentait une chaleur l'envahir dès qu'il avait l'occasion de prendre de ses nouvelles. Elle savait qu'on l'avait retiré de la rotation des déploiements au moins jusqu'à ce que Brant soit capturé, mais il travaillait quand même dur pour que ses amis et coéquipiers soient prêts pour leur prochaine mission.

Kelli venait tout juste d'envoyer un nouveau message à Flash, et elle était installée sur le canapé avec l'un des thrillers que Smiley avait dans sa bibliothèque, quand on frappa à la porte.

Sa bouche s'assécha aussitôt.

Qui cela pouvait bien être ? Impossible que ce soit l'une des filles – elles l'auraient prévenue si elles comptaient passer. Et elle venait de parler à Flash, donc elle savait aussi que ce n'était pas lui.

Elle se leva prudemment et avança à pas feutrés jusqu'à la porte. Elle resta parfaitement silencieuse et jeta un coup d'œil à travers le judas.

Une femme se tenait de l'autre côté, manifestement nerveuse. Elle se rongeait les ongles, et ne cessait de lancer des regards dans le couloir, comme si elle s'attendait à voir surgir le croque-mitaine d'une seconde à l'autre.

Elle avait la trentaine bien entamée, et n'était pas beaucoup plus grande que Kelli. Ses cheveux châtain-roux lui tombaient dans le dos, et ses yeux avaient l'air noisette ou marron clair – difficile à dire avec la lumière tamisée du couloir. Elle portait un jean large, des baskets usées, et un simple T-shirt noir sans aucun motif.

Mais ce qui sauta aux yeux de Kelli, ce furent les ecchymoses sur son visage. Elles avaient jauni, ce qui était signe de guérison, mais la femme n'avait rien fait pour les dissimuler. Elle ne semblait même pas s'être maquillée.

Malgré le danger potentiel, Kelli était intriguée.

Quand la femme leva de nouveau la main pour frapper à la porte, le bruit la fit tellement sursauter qu'elle manqua de tomber en arrière.

Devait-elle ouvrir ? Elle était tiraillée par l'hésitation. Flash lui avait demandé de n'ouvrir à personne, quelle que soit la raison, mais cette femme avait l'air... paniquée. Une personne qui serait venue lui faire du mal semblerait-elle aussi effrayée ? Elle ne le pensait pas.

Elle inspira profondément et prit une décision en une fraction de seconde – en priant pour ne pas le regretter. Elle déverrouilla les deux loquets, retira la chaînette, puis ouvrit la porte.

Les deux femmes se regardèrent un long moment. Celle qui se tenait sur le seuil paraissait confuse.

— Bonjour... Je peux vous aider ? demanda Kelli avec une assurance qu'elle ne ressentait absolument pas.

— Eux... Pardon. Je crois que je me suis trompée d'appartement. Je croyais que c'était celui de Jude Stark.

Kelli avait entendu les filles mentionner le véritable prénom de Smiley. À l'époque, elles s'étaient extasiées sur le fait que ça sonnait comme une identité secrète de super-héros. Et elles n'avaient pas tort.

— C'est bien ici.

— Oh, euh... Il est là ?

— Non, il est au travail.

Kelli ne voulait rien dire de plus avant d'en apprendre davantage sur cette femme, et de savoir pourquoi elle cherchait Smiley. Il y avait une chance, mince mais réelle, qu'elle soit liée à Brant.

Pour une raison incompréhensible, la femme sembla... bouleversée ? Ça n'avait aucun sens. Kelli était à peu près sûre que Smiley ne fréquentait personne, donc elle ne voyait pas ce qui se passait.

Soudain, la femme tourna les talons.

À ce moment, Kelli comprit : cette femme pensait qu'elle sortait avec Smiley. Après tout, elle était chez lui.

— Je sors avec Flash, l'ami de Smiley, lança-t-elle avant que la femme ne soit trop loin. Il s'est passé certaines choses, et mon copain et moi logeons ici. Smiley a accepté qu'on échange nos appartements. Il est chez Flash.

Ses paroles étaient précipitées, mais sans trop savoir pourquoi, elle voulait vraiment que cette inconnue la croie.

— J'aime bien Smiley, mais il est un peu... intense pour moi, poursuivit-elle. Pas dans le mauvais sens, mais j'aime les hommes un peu plus... chaleureux. Non... Ça donne l'impression qu'il est méchant, ce n'est pas ce que je voulais dire.

— C'est bon, je comprends, répondit la femme.

— Vous voulez entrer ? demanda Kelli.

Flash allait la tuer pour avoir laissé entrer une inconnue, mais tout en elle lui hurlait que quelque chose n'allait pas. Il y avait les ecchymoses, bien sûr, mais... elle sentait mauvais également. Comme si elle ne s'était pas lavée depuis un moment. Et ses vêtements étaient sales.

Quelque chose lui disait de ne pas la laisser repartir.

— Euh, non, ça ira.

— S'il vous plaît... Écoutez, je m'appelle Kelli. Je m'ennuie à mourir. Je ne peux pas sortir à cause d'un type qui rêve de mettre la main sur moi pour faire je ne sais quoi de tordu. Alors je me cache ici, le temps que Flash et les autres le retrouvent. Et je ne veux pas prendre le risque de faire venir Remi ou les autres filles. Alors je reste coincée ici. J'en ai marre de la télé, et je ne peux pas lire tous les livres à suspense de Smiley non plus. Vous me rendriez un énorme service si vous restiez papoter un peu.

Elle en faisait peut-être un peu trop, mais plus elle lui parlait, plus elle sentait que cette femme avait besoin d'entrer. Elle était là pour une raison précise, et Kelli espérait réussir à la mettre suffisamment en confiance pour qu'elle lui dise laquelle.

La femme lança un regard dans le couloir, puis hocha lentement la tête.

Kelli, se sentant presque miraculeusement utile, lui sourit et recula pour la laisser entrer. Elle referma la porte à clé derrière son invitée, puis désigna la cuisine d'un geste de la main.

— Vous avez faim ? J'allais me faire quelque chose à manger. Rien de folichon, hein... Juste des sandwiches jambon-fromage.

— Je ne veux pas vous déranger, répondit la femme.

— Vous ne me dérangez pas du tout. Sérieusement.

Kelli ouvrit la marche, et ne put s'empêcher de remarquer que la femme observait attentivement l'appartement, comme si elle s'imprégnait de chaque détail.

— Je ne vous ai pas demandé votre prénom, souligna Kelli tout en sachant pertinemment qu'elle ne le lui avait pas dit.

— Oh... Je m'appelle Bree.

Kelli faillit écarquiller les yeux de surprise. C'était *la* Bree ? Celle que Smiley cherchait désespérément à travers tout Riverton ? Et ces ecchymoses... Elle se les était sans doute faits en aidant à sauver Ellory et Yana des griffes du type qui les avait vendues pour leurs organes à l'étranger.

Son cœur s'emballa. Cette femme n'avait rien à voir avec ce qu'elle s'était imaginée. À vrai dire, elle lui faisait plutôt de la peine. Maintenant qu'elle était dans l'appartement bien éclairé et plus dans le couloir lugubre, Kelli pouvait voir à quel point elle avait mauvaise mine : des cernes sous les yeux, ces ecchymoses décolorées, des vêtements encore plus sales qu'elle ne le pensait... sans parler de cette odeur qu'elle dégageait.

Pendant qu'elle préparait les sandwiches, Kelli se mit à parler de tout et de rien. Elle voulait simplement combler le silence, comme si cela pouvait empêcher Bree de changer d'avis et de partir. Elle avait aussi envie d'envoyer un message à Flash pour le prévenir qu'elle était là en ce moment-même, mais elle avait le sentiment que cela ferait fuir Bree.

Alors qu'elles mangeaient leurs sandwiches à table, Bree lui demanda :

— Donc Smiley est chez Flash, et vous ici ?

Kelli hocha la tête.

— Oui. Pour faire court... Enfin, en réalité, ce n'est pas si long. J'étais en Jamaïque à l'occasion de l'enterrement de vie de jeune fille de ma cousine. On a fait de la descente en bouée, celle de Flash a crevé, et on s'est retrouvés tous les deux seuls sur la rivière. Sur le chemin du retour vers l'hôtel, on s'est fait kidnapper, et enfermer dans un bus sous terre. Les amis de Flash nous ont retrouvés, et on est rentrés. Mais le ravisseur avait nos papiers, et il est venu aux États-Unis. Une semaine après notre retour, il s'est introduit chez moi. Je me suis cachée, il ne m'a pas trouvée, mais depuis, je ne suis plus en sécurité dans mon appartement. Et comme ce type a aussi l'adresse de Flash, Smiley nous a proposé d'échanger nos appartements.

— Il est en danger ?

Bree était inquiète pour Smiley, c'était évident ; elle ne cherchait même pas à le cacher.

— Honnêtement ? Je ne crois pas. Je me suis posé la même question, mais ce sont des SEALs... Je pense qu'ils seraient même ravis que le ravisseur essaie de s'en prendre à l'un d'eux.

— Oui, acquiesça Bree.

Mais elle n'arrêtait pas de froncer les sourcils, et elle avait toujours l'air préoccupée.

Kelli ne connaissait pas très bien Smiley, mais elle se dit que si quelqu'un se souciait autant de lui, c'était sans doute une bonne chose. Il était plutôt distant et grognon. Peut-être qu'avoir une amie comme Bree lui ferait du bien.

— Je suis désolée que vous soyez obligée de vous cacher. Ce n'est pas drôle.

Kelli observa la femme assise face à elle. Elle semblait savoir de quoi elle parlait. Puis elle se rappela ce que Flash lui avait raconté sur Bree... et comprit qu'elle savait *exactement* ce qu'elle vivait.

Elle se sentit aussitôt plus proche d'elle.

Quand Bree lui avait dit son prénom, et qu'elle en avait déduit que c'était la Bree que Smiley cherchait désespérément, son premier réflexe aurait été d'envoyer un message à Flash pour qu'il prévienne Smiley et qu'il rapplique au plus vite. Mais plus elles discutaient, plus elle se disait que si elle faisait ça, Bree s'enfuirait sûrement, et ne reviendrait jamais. Certes, elle était venue pour voir Smiley, mais elle avait encore l'air très méfiante, et Kelli ne voulait surtout pas la faire fuir. Bree avait besoin d'une oreille attentive – et Kelli voulait faire ça pour elle.

Comme si elle avait lu dans ses pensées, Bree croisa son regard et lui demanda :

— Vous allez dire à Smiley que je suis venue ?

— Vous voulez que je le fasse ?

— Je ne sais pas, soupira Bree, visiblement tiraillée. Je croyais être prête à lui parler, mais maintenant que je suis là... et qu'il n'est pas là... j'ai l'impression que c'est peut-être un signe, que ce n'est pas le bon moment.

— Je suis sûre qu'il pourrait vous aider, affirma Kelli. Moi, j'ai été kidnappée et enterrée vivante, et en un claquement de doigt, lui et son équipe sont arrivés pour nous sauver.

— Ma situation n'est pas vraiment la même, avoua Bree.

— Écoutez, Flash m'a parlé un peu de vous. Rien de personnel, précisa-t-elle en voyant Bree se crisper. Je sais juste que Smiley vous a rencontrée à Vegas, quand il était à la recherche de Josie. Il était bouleversé quand vous avez disparu.

— J'étais obligée, expliqua Bree.

— Oui, mais il faut que vous sachiez que depuis que vous avez sauvé Ellory et Yana... tous les gars veulent vous retrouver.

— Qu'ils fassent la queue, marmonna Bree.

— Ne le prenez pas mal, mais vous avez une sale tête, dit Kelli.

À sa grande surprise, Bree éclata de rire.

— Oui, ça ne m'étonne pas.

— J'ai envie qu'on soit amies, Bree. Je ne dirai pas à Smiley que vous êtes venue, mais... que dites-vous de passer me voir de temps en temps, quand Flash est au boulot ? ajouta-t-elle rapidement, comme pour l'empêcher de refuser. Vous pourriez vous doucher, on ferait une lessive, vous mangeriez un vrai repas chaud. Et vous me tiendriez compagnie pendant que les gars s'occupent de mon ravisseur...

— Pourquoi voulez-vous m'aider ?

Kelli haussa les épaules.

— Parce que. Premièrement, je vous aime bien. Je sais qu'on vient juste de se rencontrer, mais il y a quelque chose chez vous qui me dit que vous êtes une bonne personne. Deuxièmement, je me sens seule.

Bree la fixa du regard si longtemps que Kelli était persuadée qu'elle allait refuser, et lui dire qu'elle devait partir. Mais elle soupira.

— J'ai besoin d'aide, murmura-t-elle. Je suis épuisée. Dormir dans ma voiture, c'est l'enfer. Je n'en peux plus du fast-

food. Et je crois que l'homme qui est à ma recherche a découvert où je suis. Je ne sais pas comment, mais je suis presque
certaine qu'il est à Riverton.

— C'est pour ça que vous êtes venue, hein ? Pour parler à
Smiley.

— C'est idiot. Je ne l'ai vu qu'une seule fois, et c'était le pire
jour de ma vie. Mais je n'arrête pas de penser à lui. Son nom, le
fait qu'il soit SEAL, et qu'il avait l'air... furieux à cause de ce qui
m'est arrivé.

— Smiley se plierait en quatre pour vous aider, affirma Kelli
avec conviction. Et tous ses copains aussi.

— Je ne veux pas les mêler à ça, répondit Bree.

Kelli éclata de rire.

— Je ne dis pas ça méchamment – bon, c'est sûrement un
peu méchant d'en rire – mais s'il y a un truc que j'ai vite
compris concernant Flash et ses amis, c'est qu'ils *adorent* se
mêler de tout. Ce sont de véritables commères. Mais ils ont les
contacts et les compétences pour régler à peu près n'importe
quel problème. Restez, Bree. Laissez-les vous aider.

— Je sais que c'est pour ça que je suis venue, mais maintenant... je n'y arrive pas. Pas encore.

— D'accord, acquiesça calmement Kelli. Alors prenez une
douche, et on va lancer une machine. Après, vous vous
déciderez.

— Vous allez dire à Smiley ou à son copain que je suis
venue ?

Kelli hésita un instant. Elle en avait envie, mais elle voulait
encore plus gagner la confiance de Bree.

— Non. Pas tant que vous ne m'y autorisez pas.

— Pourquoi ?

— Parce que j'imagine qu'on a déjà pris assez de décisions à votre place.

— Merci, soupira Bree en baissant les yeux sur son assiette vide. Vous ne vous rendez pas compte de ce que ça signifie pour moi.

Flash allait être blessé en apprenant que Kelli lui avait caché ça. Et elle avait du mal à supporter cette idée. Mais elle croyait sincèrement que Bree trouverait bientôt le courage de parler à Smiley. Pour l'instant, sa santé et sa sécurité étaient prioritaires. Une fois propre avec un repas correct dans le ventre, elle retrouverait peut-être ce courage qui l'avait menée jusqu'à la porte.

— Vous savez, j'ai vraiment cru que vous étiez sa petite amie, admit Bree.

— Celle de Smiley ? Oui, j'ai bien vu. Allez, venez. Je vous montre la salle de bain, et vous faites ce que vous avez à faire pendant que je m'occupe de la vaisselle.

Bree fronça les sourcils.

— Vous avez l'intention d'appeler votre copain pendant que je n'écoute pas ?

— Non, c'est promis.

Kelli était frustrée de voir que Bree restait méfiante, mais ça ne faisait que renforcer sa détermination à ne pas la décevoir.

Pour éviter qu'elle s'en aille – par peur qu'elle ne revienne pas – elle lui promit plein de savons parfumés dans la douche. Et même si Bree était plus grande de quelques centimètres, et bien plus mince qu'elle, Kelli lui proposa un legging, un T-shirt et un sweat pendant que ses vêtements passeraient à la machine.

Tandis que Bree se douchait, Kelli regardait fixement son téléphone en se rongeant les ongles. Elle se sentait coupable.

Elle ne supportait pas de ne pas pouvoir en parler à Flash... et elle sentait que Smiley n'était pas du genre à pardonner ou à oublier ce genre de dissimulation.

Mais la confiance de Bree était plus importante pour elle que celle de Smiley. Lui, il avait plein de gens sur qui compter ; Bree, elle, n'avait personne. Elle avait besoin d'une amie, et Kelli était bien décidée à le devenir.

La femme qui sortit de la salle de bain n'avait plus rien à voir avec celle qui était entrée. C'était comme si enlever la crasse avait révélé une version plus assurée de Bree. Kelli la convainquit de s'assoir sur le canapé, et le temps passa tranquillement en attendant que son linge sèche.

Kelli découvrit avec une grande joie que Bree était intelligente, drôle, et très terre-à-terre. Elle était aussi incroyablement observatrice et empathique. Kelli se surprit à lui raconter la mort de son père, et à quel point ça l'avait dévastée ; l'argent dont elle avait hérité avec sa mère n'avait rien changé. Elle lui parla de son rêve de devenir électricienne, et de sa frustration de ne pas pouvoir commencer les cours tant que l'homme qui rôdait n'avait pas été arrêté.

Kelli remarqua aussi que Bree n'avait pas eu l'air surprise en entendant parler des compagnes des autres SEALs. Comme si elle les connaissait, d'une manière ou d'une autre. Kelli ne lui posa aucune question sur son passé, tout simplement parce qu'elle ne voulait pas que Bree prenne la fuite.

Quand le linge eut fini de sécher et une fois que Bree eut remis ses vêtements, Kelli fut sincèrement attristée que leur moment passé ensemble prenne fin. Elle la raccompagna jusqu'à la porte et lui demanda :

— Tu reviendras ?

Bree hésita un instant, et le cœur de Kelli se serra. Elle allait partir et ne jamais revenir. Ce serait dur à encaisser, et pas seulement parce que Smiley et les autres ne comprendraient pas pourquoi elle ne les avait pas contactés dès que la femme qu'ils cherchaient s'était pointée. Elle aimait bien Bree. Sa visite avait fait passer la journée à toute vitesse.

— Je pense que oui.

Sa réponse soulagea tellement Kelli qu'elle en fut presque étourdie.

— Tant mieux, se réjouit-elle avec un immense sourire.

— Fais attention à toi, l'avertit Bree. Je sais que tu m'as dit que tu ne sortais pas de l'appartement, mais ça ne veut pas dire que ce type ignore où tu te caches. Il pourrait suivre quelqu'un et découvrir où tu es.

Kelli pinça les lèvres. Bree ne disait rien qu'elle n'ait déjà envisagé elle-même, mais l'entendre à voix haute n'en restait pas moins effrayant.

— Désolée, se reprit-elle. Je suis juste habituée à être parano. Je suis sûre que tout ira bien.

— Ne t'excuse pas, je comprends. Mais Flash doit aller travailler, et je ne vais pas non plus traîner avec lui pendant qu'ils discutent de trucs de SEALs super-top-secrets.

— J'imagine que non. Et si je t'aidais à surveiller les environs ? De toute façon, je regarde déjà par-dessus mon épaule en permanence. Il ressemble à quoi, ce Brant ?

— Taille moyenne, cheveux courts et foncés, la peau mate. La dernière fois que je l'ai vu, il était rasé de près, mais ça a peut-être changé. Il est mince et... ah, il boite un peu. Je ne sais pas pourquoi.

— C'est super utile. Tu saurais quel genre de véhicule il a, par hasard ?

Kelli secoua la tête.

— Non, désolée.

— Pas grave. Je garderai l'œil ouvert, et si je vois quelqu'un qui correspond à cette description, je te préviens.

— Merci. Tu veux me dire à quoi ressemble celui qui te cherche, pour que je puisse faire la même chose de mon côté ?

— Non.

Non, tout simplement. Kelli essaya de ne pas se sentir vexée par cette fin de non-recevoir.

— D'accord. De toute façon, je ne pourrais sûrement pas faire grand-chose, vu que je passe mes journées enfermée ici. Fais attention à toi, Bree. Je n'ai pas beaucoup d'amies, et ce serait vraiment nul que tu disparaisses et que je ne te revoie jamais.

— Pour moi aussi, admit Bree. Je ne sais pas quand je pourrai revenir, mais si je peux le faire en toute sécurité, je le ferai.

Ce n'était pas très encourageant, mais Kelli hocha la tête malgré tout.

— Sois prudente, murmura-t-elle.

Bree acquiesça, puis ouvrit la porte. Kelli la regarda s'éloigner dans le couloir jusqu'à ce qu'elle disparaisse. Ensuite, elle referma la porte à double tour. Ces dernières heures lui avaient semblé irréelles, mais elle était très heureuse d'avoir rencontré l'insaisissable Bree Haynes.

19

Il se passait quelque chose avec Kelli, et Flash était frustré de ne pas réussir à comprendre ce qui la tracassait – d'autant plus qu'elle ne disait rien.

Il avait tout essayé pour la faire parler. Il s'était excusé mille fois de l'avoir obligée à rester enfermée toute la journée chez Smiley, mais elle s'était contentée de hausser les épaules en disant que ce n'était pas sa faute, et qu'elle allait bien. Il lui avait proposé de l'emmener voir sa mère, mais elle avait refusé, lui expliquant qu'elles s'appelaient souvent, et qu'elles ne voulaient pas se voir tant qu'elles n'étaient pas certaines que ce serait sans danger.

Il était d'autant plus frustré que Williams était introuvable. Deux semaines s'étaient écoulées depuis l'incendie dans son appartement, et Ryleigh, la femme basée au Nouveau-Mexique chargée de le retrouver, n'avait toujours aucune piste. Pourtant, Flash l'appréciait : elle allait droit au but, un peu comme Tex. Elle avait découvert le compte bancaire destiné à recevoir la rançon – et l'avait désactivé – mais concernant la localisation de Williams, elle était dans une impasse.

Elle avait même fait annuler sa carte bancaire et transféré l'argent de son compte en Jamaïque vers celui de Flash, simplement parce qu'elle le pouvait, rendant ainsi sa carte de débit inutilisable. Elle avait piraté les caméras de surveillance des derniers endroits où il s'en était servi, et envoyé des photos de l'individu à tous leurs amis. Mais malgré tout, elle ne l'avait pas encore retrouvé.

Lui couper l'accès à son compte l'avait certainement mis hors de lui, et compliquait forcément sa capacité à se cacher dans des motels miteux, ou à louer des véhicules... mais cela les privait aussi d'un moyen de le suivre à la trace. Ryleigh était pourtant formelle : elle finirait par le retrouver. Elle sentait qu'elle approchait du but.

Flash avait envie d'y croire.

Hormis ce que Kelli gardait manifestement pour elle, tout allait très bien entre eux sur le plan personnel. Elle était sa parfaite moitié, en tous points. Il avait simplement du mal à supporter qu'elle ne puisse pas vivre librement, reprendre le cours de sa vie, et commencer ses cours d'électricité. Au départ, il avait été un peu sceptique quant au choix qu'elle avait fait, mais plus le temps passait, plus cette voie l'enthousiasmait. Et son excitation à ce sujet le rendait heureux.

Leur vie sexuelle devenait chaque jour plus incroyable. La passion de Kelli épousait la sienne à la perfection. Tous les soirs ou presque, il disait qu'il allait prendre son temps, lui faire l'amour en douceur, mais en quelques minutes, elle réduisait toutes ses bonnes intentions à néant. C'était une vraie tigresse, et il adorait ça. Elle aimait beaucoup le sexe oral – ce qui était un rêve pour n'importe quel homme. Elle n'était pas encore complètement à l'aise quand c'était lui qui s'occupait d'elle, mais elle apprenait à en apprécier les plaisirs.

Elle aimait aussi expérimenter de nouvelles positions... et ils ne s'étaient pas limités à la chambre, ce que Flash n'avouerait pour rien au monde à Smiley.

À ce propos, Flash avait plus que hâte de retrouver son propre chez lui. Ce n'était pas qu'il n'appréciait pas que son coéquipier leur ait proposé un endroit sûr où Kelli pourrait rester pendant qu'il travaillait, mais il voulait retrouver son espace, voir les chaussures de Kelli dans son salon, ses sous-vêtements dans son panier à linge, son corps dans sa douche et dans son lit.

Ces pensées pouvaient paraître ridicules, mais il ne les repoussait pas. Il voulait entamer leur vie ensemble, selon leurs propres conditions. Et pas selon celles de ce foutu Brant Williams. Il fallait mettre la main sur ce type, et vite.

Ce jour-là, Kelli se sentirait peut-être suffisamment en sécurité pour enfin lui parler de ce qui la rongeait depuis plus d'une semaine.

Ils étaient au lit, et Flash caressait doucement son épaule nue tandis qu'elle reposait sur lui. Il allait bientôt devoir se lever, mais pour l'instant, il savourait ce moment de calme avec la femme qui comptait plus que tout pour lui.

— Les gars vont bientôt repartir en mission ? demanda-t-elle sans prévenir.

Flash fronça les sourcils.

— Non, pourquoi ?

Elle haussa les épaules.

— Je ne sais pas. Comme vous bossez tous à fond sur les préparatifs, je me suis dit que la mission approchait sûrement.

— Parfois, on fait des recherches pendant des mois avant de

partir. D'autres fois, on est déployés sur un coup de tête. Ça dépend du type de mission. Si c'est pour éliminer une cible prioritaire, par exemple, ça peut demander des semaines de préparation pour minimiser les risques. Mais s'il s'agit d'une prise d'otage, on peut tous être envoyés sans aucun préavis.

— Ça a du sens, répondit Kelli, la joue posée sur son torse.

— Ça va ? Pourquoi cette question ?

— Rien. Je vais bien. Si Brant est arrêté, tu seras remis en rotation sur le déploiement, non ?

Il hocha la tête.

— Oui, dès qu'on l'attrapera. Tu t'en fais pour ça ? Que je doive partir ?

— Non.

— Non ? répéta-t-il, surpris.

Kelli releva la tête et la posa sur le dos de sa main, toujours allongée sur lui.

— Pourquoi je m'en ferais ? Je sais déjà à quel point tu es doué. Je vous ai vus à l'œuvre, tes potes SEALs et toi.

Sa confiance et sa foi absolue en lui le bouleversèrent.

— Je sais que tout est allé très vite entre nous, à cause des circonstances pas vraiment idéales, mais tu peux tout me dire, Kelli. Il n'y a rien dont tu ne puisses pas me parler, d'accord ?

Elle reposa la tête sur son torse et hocha légèrement la tête.

Le fait qu'elle évite son regard renforça encore la certitude de Flash qu'elle lui cachait quelque chose. Et ses paroles suivantes ne firent que le confirmer.

Elle laissa échapper un soupir, puis déclara à voix basse :

— J'ai confiance en toi, Flash. Plus que je n'ai jamais eu confiance en un homme. Te parler de tout, c'est... libérateur. Je veux que tu saches que je ne te cacherais jamais rien. Avec toi, je suis un livre ouvert. Mais... parfois, il y a des choses qui concernent d'autres personnes, et ce n'est pas à moi de les raconter.

Il fronça les sourcils.

— Ça a un rapport avec Williams et ce qui s'est passé ? Il t'a contactée ?

— Non.

Sa réponse fut si immédiate et sincère qu'il la crut sans hésiter.

— Tu es en danger ?

— Moi ? Non.

Ça ne le rassura pas du tout.

— Quelqu'un d'autre est en danger ?

— Peut-être.

— Regarde-moi, lui ordonna Flash.

Il attendit que Kelli lève la tête et croise son regard.

— Si quelqu'un est en danger, il faut que tu en parles. Si ce n'est pas à moi, alors à l'un de mes coéquipiers. Ou à Wolf, ou un membre de son équipe.

— Je ne peux pas, soupira-t-elle. J'ai fait une promesse.

Cette réponse ne plaisait pas du tout à Flash. Il ne se rendit compte qu'il se renfrognait que lorsque Kelli eut les larmes aux yeux.

— Je ne veux pas que tu me détestes. Ce serait insupportable.

— Je ne pourrais jamais te détester. Je t'aime.

Ces mots résonnèrent dans la chambre.

— Quoi ? s'étonna Kelli.

Il n'avait pas prévu de le dire, mais Flash ne le regretta pas.

— Je t'aime, répéta-t-il. Tu es tout pour moi. Encore une fois, c'est peut-être un peu tôt, mais je m'en fous. C'est ce que je ressens. Et ce sera toujours comme ça. Je suis prêt à attendre aussi longtemps qu'il le faudra pour que tu m'aimes en retour. Peu importe ce qui se passe, je ne te détesterai jamais, Kelli. Je comprends la loyauté. Moi aussi, il y a plein de choses que je ne pourrai jamais te dire à cause de mon métier. Mais promets-moi que si une vie est vraiment en danger, tu en parleras. À moi, ou à quelqu'un d'autre en qui tu as confiance. Si le pire devait arriver, tu ne pourrais pas vivre avec la culpabilité de n'avoir rien dit.

— Je sais, et je le ferai. Seulement... c'est délicat.

Flash n'arrivait pas à comprendre comment cette femme, qui passait ses journées dans un appartement, pouvait se retrouver mêlée à une *situation délicate*. Mais il ne posa pas de questions. Il devait lui faire confiance pour venir vers lui quand elle serait prête.

— Ne te mets pas en danger, l'avertit Flash.

— Jamais. Ça ne me concerne pas, répondit-elle rapidement.

Mais Flash n'était pas complètement rassuré. Il se promis de la contacter plus souvent dans la journée pour s'assurer qu'elle allait bien, et qu'elle ne risquait vraiment rien.

Sur un coup de tête, il se pencha et attrapa la petite boîte posée sur la table de chevet. Il avait fait faire quelque chose pour elle, et attendait le bon moment pour le lui offrir. Ce moment était arrivé. Il se retourna et lui tendit la boîte.

Kelli eut l'air surprise, puis intriguée, puis légèrement inquiète.

— Ce n'est pas une bague, précisa-t-il rapidement. Je t'aime, mais demander ta main deux secondes après te l'avoir dit, ce serait un peu de l'abus, même pour moi.

Elle sourit, puis ouvrit la boîte sans rien dire.

Quand elle vit ce qu'il y avait à l'intérieur, elle écarquilla les yeux, et laissa échapper un petit souffle.

— Flash, murmura-t-elle. C'est...

— C'est la cuillère du bus. Les filles l'ont retrouvée en nettoyant ton appart, et comme elle ne faisait pas partie de ton service, elles m'ont demandé quoi en faire. Je l'ai récupérée. J'avais pensé à l'encadrer, mais j'ai préféré ça.

Ça, c'était un bracelet. Il avait confié la cuillère à un bijou-tier recommandé par Caroline, qui avait tordu et travaillé le métal jusqu'à en faire une pièce magnifique. Elle était encore reconnaissable, mais à présent, elle était polie et nettoyée... même s'il restait de petites bosses et quelques imperfections. C'était un peu à leur image.

— Il est... parfait, dit-elle en un souffle. Merci.

Kelli le regarda, les larmes aux yeux.

— Ce sont des larmes de joie, n'est-ce pas ? s'enquit-il, soudain un peu anxieux d'en avoir trop fait.

— Bien sûr que oui. Je vais le chérir toute ma vie. Il me rappelle l'enfer qu'on a vécu, mais aussi qu'on s'en est sortis, et qu'on a tout fait pour transformer cette horreur en quelque chose de beau.

Flash tendit la main vers le bracelet.

— Je peux ?

Kelli hocha la tête, et Flash lui passa délicatement le bijou au poignet. Il lui allait parfaitement.

— Je n'ai jamais reçu un cadeau aussi attentionné. Merci, Flash.

— De rien.

Il bascula sur son corps et la plaqua doucement contre le matelas.

— Il me reste un quart d'heure avant d'aller me doucher, l'informa-t-il.

Elle lui sourit, les joues encore humides.

— On pourrait faire une sieste, proposa-t-elle, une lueur malicieuse dans les yeux.

— On pourrait, admit-il. On pourrait aussi faire la position du Paresseux. Tu sais, celle que je trouve plutôt équitable, vu que c'est moi qui dois me lever pour ma séance d'entraînement.

— Tu l'aimes surtout parce que tu as mes seins pile sous le nez, protesta Kelli.

Flash ricana.

— Est-ce que tu peux m'en vouloir ? Tu as une paire de seins pour lesquels on pourrait déclarer la guerre.

Kelli leva les yeux au ciel. Flash esquissa un sourire et s'adossa au mur, bien calé contre la tête du lit, mais elle l'arrêta d'un geste.

— Flash ?

— Oui ?

— Je t'aime aussi.

Aussitôt, Flash se pencha vers elle, son membre palpitant contre sa cuisse. L'envie d'être en elle et de lui montrer à quel point ses mots le touchaient l'envahissait de plein fouet. Il l'embrassa – longuement, lentement, en y mettant chaque once de l'amour qu'il lui portait.

Très vite, elle le poussa doucement, de manière à ce qu'il s'assoie. Ils étaient encore nus suite à leur étreinte de la veille, alors elle s'installa simplement à califourchon sur son corps. Elle avait raison, cette position plaçait sa poitrine juste devant son visage, et Flash ne perdit pas une seconde pour saisir l'un de ses tétons dans sa bouche.

Elle cambra le dos en gémissant. Le sexe de Flash était

coincé entre eux, mais il savait que ce ne serait pas pour longtemps.

Comme toujours, Kelli se mit à bouger, impatiente, consumée par le désir. Elle se redressa, et Flash l'accompagna dans son mouvement, bien décidé à ne pas lâcher le téton qu'il suçait et qu'il mordillait. Elle saisit son membre et le guida entre ses cuisses.

Ils laissèrent tous deux échapper un gémissement quand elle s'affaissa sur son sexe, l'accueillant profondément en elle.

— Chevauche-moi, Kelli, l'encouragea Flash. N'hésite pas.

Il n'eut pas besoin de le dire deux fois. Il ne pouvait plus s'amuser avec ses seins : ils rebondissaient trop vigoureusement alors qu'elle le chevauchait avec passion.

Cette femme... le foudroyait. Il l'aimait à en crever.

Ils atteignirent rapidement l'orgasme. Il adorait regarder Kelli après avoir joui : son teint rosé, la sueur sur son front, et cette expression de satisfaction absolue sur son visage – aucun doute possible, elle avait joui.

Il n'avait aucune envie de se retirer de son corps chaleureux, mais en regardant l'heure, il se rendit compte qu'il allait déjà être en retard à l'entraînement. Il prit le visage de Kelli entre ses mains et l'embrassa.

— Fais attention à toi aujourd'hui. Je finis tôt. Et si on sortait ce soir ?

— Vraiment ? se réjouit-elle.

L'excitation dans sa voix était perceptible.

— Vraiment. Smiley doit passer prendre quelques affaires. Je pense qu'il a juste la flemme de faire la lessive, alors il veut récupérer des fringues propres. Une fois qu'il sera reparti, on pourra aller où tu veux.

— Il y a un restaurant thaï incroyable à La Jolla.

— Si c'est ce que tu souhaites, alors c'est là qu'on ira.

— Je pourrais aussi te montrer ma plage préférée, et on admirerait le coucher de soleil.

— Parfait, le rendez-vous est pris, déclara Flash avant de se pencher pour l'embrasser une fois de plus. Bon, il faut que je file, sinon Kevlar va me coller des sprints supplémentaires dans le sable.

Kelli sourit.

— Il ne faudrait surtout pas.

Elle contracta son entrejambe, arrachant à Flash un grognement quand son sexe réagit aussitôt.

— C'était cruel, se plaignit-il en la soulevant comme si elle ne pesait rien.

— J'adore quand tu fais ça, soupira-t-elle en se laissant retomber sur le dos et en s'étirant.

— Quand je fais quoi ? demanda Flash, distrait par la façon dont ses seins bougeaient.

— Quand tu me soulèves comme si j'étais légère comme une plume.

— Tu l'es, répondit-il avant de se pencher pour lui déposer un baiser sur le front, sachant que s'il faisait davantage, il ne partirait jamais. Il faut que tu te lèves pour fermer la porte à clé derrière moi. Ne te rendors pas.

— Je sais.

Flash sortit du lit tant qu'il en avait encore la volonté, et quelques minutes plus tard, il embrassait Kelli dans l'entrée.

— Je t'enverrai un message en partant du boulot avec Smiley.

— D'accord. Tu sais vers quelle heure, à peu près ?

— Vers 15 h, je pense.

— Parfait. Sois prudent sur la route.

— Promis. Je t'aime, Kelli. Tu as rendu ma vie tellement meilleure. Je ne dirai jamais que je suis content qu'on ait été kidnappés, mais je suis content que ta cousine ait décidé de faire son enterrement de vie de jeune fille dans le même complexe hôtelier que Chuck.

— Moi aussi.

Flash l'embrassa une dernière fois avant de partir. Il entendit la porte se fermer, puis le cliquetis de la chaîne de sécurité. Une fois certain que Kelli était autant en sécurité que possible, il s'éloigna dans le couloir et essaya de détourner son attention de son entrejambe vers le travail qui l'attendait.

* * *

Kelli espérait vraiment que Bree allait passer aujourd'hui. Elle ne supportait pas de cacher ses visites à Flash, mais la jeune femme était venue deux fois au cours des dix derniers jours, et chaque fois, elle avait l'air un peu plus détendue. Elle avait aussi meilleure mine. Pouvoir prendre une douche régulièrement et laver ses vêtements l'aidait à regagner un peu en confiance. Et le fait que Kelli la gâte en lui proposant de quoi manger, ainsi que des légumes frais et d'autres produits sains à emporter n'y était sûrement pas étranger.

Elle espérait tout particulièrement qu'elle viendrait aujourd'hui, car Flash lui avait dit que Smiley allait passer. Si Bree était là en même temps, peut-être qu'elle trouverait enfin le courage de lui parler, et de lui demander l'aide dont elle avait besoin. La première fois qu'elle avait frappé à la porte, elle avait l'air complètement anéantie, et maintenant qu'elle n'était plus au bord du gouffre sur le plan matériel, elle allait peut-être pouvoir puiser en elle l'énergie qu'il fallait pour affronter la menace qui la poursuivait.

Smiley serait soulagé de la retrouver, Kelli en était persuadée. Il accepterait de l'aider sans hésiter. D'après Flash, c'était son but depuis le début : s'assurer qu'elle allait bien, et qu'elle n'était plus entre les mains de ceux à qui elle avait été vendue.

Kelli tourna en rond en regardant sa montre. L'heure approchait. Flash et Smiley n'allaient pas tarder, mais toujours pas de Bree à l'horizon. Elle avait fini par lui avouer qu'elle surveillait l'équipe ; elle savait où chacun d'entre eux habitaient, et elle connaissait leurs voitures. Si elle repérait le vieux Ford Ranger de Smiley sur le parking, elle n'oserait certainement pas venir. Ce qui forcerait Kelli à garder son secret encore un peu plus longtemps.

Ce matin-là, les mots de Flash avaient failli la faire craquer. Il lui avait promis qu'elle pouvait tout lui dire, et elle était à deux doigts de tout lui révéler. Mais il l'avait interrompue en lui faisant sa déclaration d'amour.

C'était surréaliste. Elle, Kelli Colbert, miss Ordinaire, nerd absolue, avait réussi à faire tomber Flash amoureux. Et le pire, c'était qu'elle ne savait même pas comment elle avait fait, ni comment préserver cet amour. C'était pour cette raison qu'elle ne le lui avait pas dit en premier, même si elle le ressentait au plus profond de son âme. Flash était... un miracle. Et pas seulement parce qu'il avait tout fait pour elle quand ils avaient été kidnappés.

C'était un homme bien, prévenant, protecteur. En prime, il était formidable au lit. À ses côtés, Kelli devenait quelqu'un d'autre. Comme ce matin, par exemple, lorsqu'elle le chevauchait telle une cowgirl dans un rodéo. Mais puisqu'il ne s'en plaignait pas, et qu'elle n'avait jamais été aussi comblée, elle se fichait d'être soudain... un peu trop enthousiaste sous la couette.

Elle s'approcha de la fenêtre pour observer le parking, mais n'aperçut ni Bree, ni sa Subaru Outback. Après sa deuxième visite, Kelli avait discrètement regardé la jeune femme s'éloigner dans sa voiture vert foncé. Elle avait l'habitude de venir en début d'après-midi, pour s'assurer d'être repartie avant que Flash ne rentre. Il était déjà plus tard que d'habitude... mais comme elle n'avait aucun moyen de savoir que les gars finissaient plus tôt ce jour-là, il y avait encore une chance qu'elle passe, et qu'elle croise enfin Smiley.

Quand Kelli reçut le message de Flash signalant qu'il rentrait, elle dut se rendre à l'évidence : Bree ne viendrait pas aujourd'hui. Dommage, elle pensait vraiment qu'elle était prête à parler à Smiley. Mais après autant de temps à fuir et à se cacher, c'était sans doute terrifiant pour elle de faire quoi que ce soit en dehors de ses habitudes.

Kelli avait quand même réussi à la convaincre de prendre le numéro de portable de Smiley, et le sien. Elle était trop inquiète pour elle, sachant qu'elle vivait dans sa voiture, toujours sur le qui-vive. Elle voulait qu'elle ait un autre moyen de contacter quelqu'un en cas d'urgence.

En tout cas, Kelli était contente de revoir Smiley. Après plus de deux semaines enfermée dans l'appartement, elle avait besoin d'air. Elle tournait en rond. Il faisait beau, le soleil brillait, et elle mourrait d'envie de sortir, ne serait-ce qu'un peu. Respirer l'air frais. Avec Flash et Smiley pour veiller sur elle, elle pouvait sûrement se le permettre.

Elle n'était pas frustrée, loin de là. Si elle était restée seule chez elle, dans son ancien appartement, elle aurait été morte de peur. Elle aurait redouté le moment où Brant reviendrait... et ce qu'il ferait en la retrouvant. Ici, chez Smiley, elle se sentait en sécurité, même lorsqu'elle était seule. Apparemment, Brant ne savait toujours pas où ils se trouvaient. Et la fameuse Ryleigh, qui faisait tout pour le retrouver, affirmait qu'elle touchait au but.

Privé de sa carte et de son compte bancaire, il devait bien agir tôt ou tard. Ça faisait peur... mais ça signifiait aussi que Flash et elle pourraient peut-être enfin reprendre leur vie.

Ce qu'ils allaient vivre ensuite restait encore flou. Est-ce qu'elle retournerait chez elle ? Elle espérait qu'ils allaient continuer à se voir. Elle en était pratiquement sûre... Flash ne lui aurait pas dit qu'il l'aimait pour la quitter le lendemain.

Après avoir reçu le message, Kelli retira la chaînette de la porte, puis attendit impatiemment dans la cuisine. Quand elle entendit la clé tourner dans la serrure, elle fit le tour du plan de travail.

Flash entra d'abord, et Kelli lui adressa un grand sourire. Il se dirigea tout droit vers elle pour l'enlacer fermement, la soulevant au passage. C'était son rituel, comme s'il ne l'avait pas vue depuis des semaines, alors que ça ne faisait que quelques heures.

— Ça va ? lui demanda-t-il.

Kelli rit.

— Pourquoi ça n'irait pas ?

— Je voulais juste vérifier.

— Salut Kelli, lança Smiley d'un ton bourru. J'aime bien ce que tu as fait de cet endroit, plaisanta-t-il.

Kelli éclata de rire.

— Tu parles du *ménage* ? Quand on est arrivés, c'était un vrai champ de bataille.

De toute évidence, Smiley n'était pas du genre maniaque.

Mais maintenant, tout était à sa place. L'appartement brillait du sol au plafond. Elle avait tout nettoyé de fond en comble. C'était une manière comme une autre de passer le temps pendant les longues journées où elle était seule.

Kelli jeta un regard autour d'elle, et s'imagina Smiley grimacer intérieurement en découvrant son appartement métamorphosé. Il n'y avait plus une assiette sale dans l'évier, plus de courrier empilé sur le plan de travail. Deux couvertures étaient soigneusement pliées et posées sur le dossier du canapé. Elle avait même rangé la bibliothèque, et classé les livres par auteur.

— Oui, *ça*, répondit Smiley avant de la rejoindre et de la prendre dans ses bras à son tour.

Kelli était surprise. Smiley n'était pas du genre démonstratif, et le voir se montrer aussi... gentil la fit se sentir encore plus coupable. Il cherchait désespérément à retrouver Bree, et elle gardait pour elle le fait que la jeune femme était venue ici, dans *son* appartement, avait utilisé *sa* douche, *son* lave-linge, *son* sèche-linge. Elle se sentait minable, une amie pitoyable.

Brusquement, la culpabilité menaça de la submerger.

Heureusement, Smiley ne sembla rien remarquer. Il recula, et se contenta de dire :

— Je vais aller faire mon sac.

À peine avait-il disparu dans le couloir que Flash passa les bras autour de sa taille et posa le menton sur son épaule.

— Qu'est-ce qu'il y a ? demanda-t-il doucement.

— Rien. Pourquoi ?

— Parce que tu as l'air... tendue, tout à coup.

Elle soupira et se retourna pour lui faire face.

— Ça va. J'en ai juste un peu marre d'être enfermée. Il fait super beau dehors, et je suis coincée ici.

Flash fronça les sourcils.

— C'était quand, la dernière fois que tu es sortie ?

Kelli lui lança un regard noir.

— Ah, désolé.

— Pourquoi ?

— De ne pas avoir vraiment compris à quel point c'est difficile pour toi.

— Ce n'est pas grave. Je suis en sécurité, c'est tout ce qui compte.

— Ce n'est pas *tout* ce qui compte, rétorqua Flash. Ta santé mentale est importante aussi. Je ne veux pas que tu aies l'impression d'être piégée. Jamais.

— Tu as dit que Ryleigh était proche du but, pas vrai ?

— Oui.

— Alors ça ne devrait plus être très long. Enfin... j'espère.

— Je l'espère aussi. J'ai toujours l'intention de t'emmener dans ce resto thaï dont tu parlais ce matin, mais on pourrait peut-être passer par la plage d'abord, pour que tu prennes un peu le soleil. Une petite thérapie en plein air.

— J'adorerais, répondit Kelli en souriant.

Rien que d'imaginer le sable et la brise sur son visage la rendait heureuse.

Dix minutes plus tard, Smiley sortit de sa chambre, les bras chargés de trois grands sacs de sport.

Kelli ricana.

— Tu emmènes toutes tes affaires, ou quoi ?

— Je n'ai aucune idée du temps que ça va durer, alors autant tout prendre d'un coup.

Flash s'approcha pour prendre l'un des sacs.

— Je vais t'aider à descendre ça.

— Moi aussi, ajouta Kelli en attrapant l'un des deux sacs restants, que Smiley portait sur l'épaule.

Il recula aussitôt en fronçant les sourcils.

— Non.

— Allez, je ne suis pas si faible que ça.

— Non, répéta-t-il.

Kelli se renfrogna à son tour.

— Pourquoi pas ?

— Parce que.

Elle leva les yeux au ciel.

— Ce n'est pas une réponse. Flash, dis à Smiley qu'il est ridicule. Qu'il me laisse porter un de ses sacs.

— Tu sais que tu as l'air d'une gamine de huit ans qui va se plaindre à sa mère parce que son frère ne veut pas la laisser faire un truc ? lâcha Smiley.

Kelli fronça les sourcils de plus belle, et posa les mains sur ses hanches.

— Et alors ?

Smiley ne sembla pas du tout affecté par son agacement. Il se dirigea simplement vers la porte.

— Attends une seconde, dit Flash à son ami avant de se tourner vers Kelli. Tu es prête ?

— Pour la plage et le resto ? Carrément ! s'exclama-t-elle. Il faut juste que je prenne un sweat. Et mon sac. Et que je change de chaussures !

Elle entendit Smiley marmonner d'un ton amusé :

— Je prends ça pour un *non*.

— La ferme, Smiley ! s'écria Kelli en se précipitant vers la chambre.

Elle fut de retour en moins d'une minute, plus que prête à sortir enfin de l'appartement.

Ils sortirent tous ensemble, Flash s'assurant de bien fermer la porte à clé derrière eux.

— J'aurais très bien pu porter un de tes sacs, se plaignit Kelli en avançant dans le couloir.

— Tu aurais pu, mais tu ne le fais pas, répliqua Smiley.

À présent, son entêtement amusait Kelli. Elle se fichait de porter un sac ou non ; ce qui l'amusait, c'était de taquiner ce SEAL borné.

À peine furent-ils à l'extérieur qu'elle fut éblouie par la lumière. Mais la chaleur du soleil sur sa peau sans la barrière de la fenêtre lui donna un sentiment d'euphorie.

— Il fait tellement beau ! s'exclama-t-elle.

Elle s'arrêta un instant, ferma les yeux, et leva le visage vers le ciel, savourant la chaleur sur sa peau.

Elle était encore en train de profiter de l'instant, quand soudain, elle fut brutalement tirée en arrière.

Elle ouvrit les yeux d'un coup en trébuchant, portant instinctivement une main à sa gorge. Un bras puissant l'étranglait presque.

Son regard se précipita vers Smiley et Flash, qui étaient près du pick-up de Smiley, l'un des sacs à leurs pieds, les deux autres déjà à l'arrière du véhicule. Tout ce qui lui passa par la tête, c'était qu'elle n'avait jamais vu Flash – ni Smiley – avec un air aussi assassin.

Les deux hommes étaient furieux. Si elle n'avait pas encore compris qu'elle était en grand danger, leurs visages suffisaient à le lui faire comprendre.

— Bougez pas ! grogna l'homme derrière elle tout en la forçant à reculer.

Elle avait du mal à respirer. Tout ce qu'elle pouvait faire, c'était trébucher en subissant sa poigne.

— Lâche-la, Williams ! lui ordonna Flash.

Brant. Il les avait retrouvés.

Et elle, au lieu de rester vigilante la première fois qu'elle mettait les pieds dehors depuis des jours, elle s'était arrêtée au milieu du parking, les yeux fermés.

Quelle idiote.

— Pas question, répondit Brant.

Kelli sentait son odeur corporelle, et ça la fit presque vomir. Où qu'il se soit planqué, il ne s'était clairement pas lavé.

— Tu fais une grosse erreur, lança Smiley.

Flash et lui avançaient maintenant au même rythme qu'eux, et Kelli jura voir les deux hommes prêts à bondir.

— À votre place, je ne ferais pas ça, répliqua Brant en sortant un couteau de nulle part, qu'il pointa vers la poitrine de Kelli, juste au niveau du cœur. Sinon, je la tue, ici et maintenant. Je vous jure que je le ferai ! Vous pensez qu'elle survivra combien de temps avec un trou en plein cœur ? Pas longtemps. Elle se videra de son sang en quelques secondes, et ce sera votre faute.

— Qu'est-ce que tu veux, bordel ? demanda Flash d'une voix sourde et chargée de colère.

— Mon fric ! hurla Brant, hystérique.

— Quel fric ? Celui que tu voulais soutirer au gouvernement ? Si tu croyais que la Navy allait payer la rançon, t'es encore plus con que je le pensais.

— Peut-être qu'eux n'ont pas payé, mais toi, tu vas le faire. Si tu veux revoir ta précieuse copine vivante. Arrête d'avancer, ou je la tue !

— Dans ce cas, tu auras encore moins de chance de voir la couleur de ton fric, rétorqua Smiley d'un ton glacial.

La lame descendit, laissant Kelli stupéfaite et horrifiée. Quand la pointe traversa son haut et lui entailla la peau, elle poussa un cri de douleur.

Flash tendit le bras pour arrêter Smiley.

— Je suis sérieux ! hurla Brant de plus belle. Je n'ai rien à perdre. Bougez plus !

Le couteau lui faisait mal, terriblement mal. Combiné au manque d'oxygène, Kelli avait du mal à réfléchir.

— Tant que vous faites ce que je dis, elle s'en sortira. Je veux un million de dollars, virés sur un compte que j'ai ouvert ce matin. Et si vous essayez de le bloquer, je vous la rendrai par morceaux. Une oreille un jour, quelques doigts le suivant. Le dernier truc que vous recevrez, ce sera son cœur. Et déconnez pas avec moi ! Je le ferai !

Un million de dollars ? Flash n'avait pas cet argent. Même avec l'aide de tous ses amis, Kelli doutait qu'il puisse réunir une telle somme. Brant était devenu cupide, et avait largement revu ses exigences à la hausse par rapport aux cinquante mille dollars qu'il espérait à l'origine.

Focalisée sur sa respiration – pas trop profonde pour éviter que la lame ne s'enfonce davantage – Kelli ne remarqua pas qu'ils étaient arrivés au niveau d'une voiture. Ce ne fut que lorsque le bras autour de son cou se relâcha, et que Brant la poussa à l'intérieur par une portière ouverte, qu'elle pensa à s'échapper.

Mais l'idée fut aussitôt réduite à néant. Brant, toujours armé, la frappa d'un coup de couteau à la cuisse.

La douleur fut fulgurante. Kelli posa la main sur la plaie en criant.

— Kelli !

La voix de Flash lui parut lointaine. Brant la poussa sur le siège passager, grimpa derrière le volant d'une vieille bagnole décrépie, et démarra en trombe, la portière à peine refermée.

Par la vitre, Kelli vit Flash et Smiley courir derrière la

voiture. Puis ils s'arrêtèrent brusquement et foncèrent en sens inverse, vers le SUV de Flash.

Brant éclata de rire. Un rire si malsain que ça lui glaça le sang.

— Ces abrutis ne m'auront pas. Je les ai eus ! Il suffisait d'attendre, d'être patient, et aujourd'hui, c'était mon jour. Je savais que tu te cachais quelque part. J'ai essayé de suivre ton mec, mais il m'a semé jour après jour. Je ne trouvais pas où vous étiez. Mais aujourd'hui, lui et son pote ont été négligents. Je les ai suivis. Et voilà. Je vais récupérer mon fric. D'une façon ou d'une autre !

La gorge de Kelli était douloureuse à cause de la pression qu'il avait exercée pour la traîner. Et sa cuisse la brûlait. Sa poitrine, elle, lui faisait un peu moins mal... mais elle était terrorisée. Où Brant l'emmenait-il ? Elle avait laissé tomber son sac dans la panique, donc plus de téléphone, aucun moyen d'appeler à l'aide ou d'indiquer où elle allait.

Brant conduisait comme un fou. Il prenait les virages à fond, frôlait des voitures, roulait à contresens... enfreignant toutes les règles du code de la route. Très vite, Kelli dut admettre qu'il avait raison. Flash et Smiley n'allaient pas le rattraper.

Il s'enfuyait.

Elle jeta un regard discret vers le conducteur, essayant de réfléchir à un plan, de trouver un moyen de s'échapper avant qu'il ne fasse pire que simplement la blesser. Parce qu'il allait la tuer, elle en était certaine. Même s'il obtenait son fric, il ne la laisserait pas en vie. Il était trop furieux que son plan d'enlèvement en Jamaïque ait échoué, qu'ils aient réussi à s'échapper, et qu'il ait mis si longtemps à les retrouver.

Mais un mouvement dans son champ de vision attira son attention.

Baissant la tête comme pour examiner sa blessure, Kelli tourna légèrement la tête vers l'arrière... et aperçut une paire d'yeux noisette qui la regardait fixement.

Bree Haynes était sur la banquette arrière ! Assise par terre, derrière le siège conducteur, dissimulée sous les vêtements et tout le foutoir qui encombrait l'arrière de la voiture. On aurait dit que Brant avait entassé là tout ce qu'il possédait... mais comment Bree avait atterri là, c'était au-delà de tout ce que Kelli arrivait à comprendre.

Bree secoua la tête et porta un doigt à ses lèvres en signe de silence, avant de lui montrer un téléphone.

Le soulagement qui submergea presque Kelli la fit vaciller. Ou alors, c'était la perte de sang. Elle n'en savait rien. Elle n'avait aucune idée de la manière dont Bree s'était retrouvée dans cette voiture, mais le simple fait qu'elle ait un téléphone – et qu'elle soit peut-être en train de s'en servir pour contacter Smiley – suffisait à lui redonner un peu d'espoir.

Brant n'avait pas encore gagné. Kelli avait beau être blessée, secouée, elle était encore en vie. Et tant qu'elle respirait, il y avait un espoir que Flash la retrouve.

Elle redressa brusquement la tête pour regarder de nouveau droit devant elle, puis inspira profondément. Et recommença. Elle ne ferait rien qui puisse trahir la présence de Bree. La jeune femme était littéralement son meilleur espoir de s'en sortir vivante. Que toutes les deux puissent s'en sortir vivantes. Car si Brant découvrait qu'il avait une passagère clandestine à bord, personne ne pouvait prévoir ce qu'il ferait.

20

Smiley s'agrippa à la poignée de maintien – celle qu'ils appelaient familièrement *la foutue poignée* – tandis que Flash prenait un virage sur deux roues.

— Allez, allez, maugréa Flash, alors que tous deux cherchaient frénétiquement la vieille bagnole marron pourrie à quatre portes que Williams avait utilisée pour enlever Kelli sous leur nez.

Smiley n'était pas près d'oublier le hurlement de douleur de Kelli quand ce connard lui avait tailladé la jambe. Ni le cri de détresse que Flash avait poussé. Voir la femme qu'il aimait – car oui, Smiley avait bien compris que son pote était totalement accro à Kelli – être blessée sans pouvoir intervenir avait été un supplice pour lui.

Quand ils aperçurent une voiture sur le bas-côté, le flanc complètement rayé et l'avant défoncé contre un lampadaire, Smiley s'écria :

— À droite !

Flash prit un autre virage beaucoup trop vite, suivant les dégâts laissés par Williams dans sa fuite.

Juste au moment où ils pensaient l'avoir perdu, le téléphone de Smiley vibra dans sa poche. Tout en s'en voulant de ne pas avoir appelé du renfort plus tôt, il le sortit d'un geste vif et lut le message venant d'un numéro inconnu :

Inconnu : *C'est Bree. Je suis ds voiture ac Kelli. L'enfoiré vient de passer la 37e.*

Il fallut une seconde à Smiley pour comprendre ce qu'il lisait. Il était paumé. Bree ? Sa Bree ? Comment avait-elle eu son numéro ? Et qu'est-ce qu'elle foutait dans la voiture avec Williams et Kelli ? Est-ce qu'elle bossait avec lui ?

Qu'est-ce que c'était que ce bordel ?

Inconnu : *Je venais voir K quand vous êtes sortis. J'ai vu ce qui s'est passé et j'ai sauté ds la caisse pendant qu'il était distrait par vous deux et qu'il blessait K. On vient de tourner sur Aspen.*

— Continue tout droit ! ordonna Smiley à Flash.

— Mais je pense qu'il est parti vers l'ouest, protesta celui-ci.

—Tout droit ! aboya Smiley.

Heureusement, Flash obéit et poursuivit sans bifurquer.

— C'est Bree qui m'envoie des messages. Elle est dans la voiture avec eux. Elle nous indique leur trajet.

— Quoi ?! lâcha Flash, sidéré.

Smiley l'était tout autant. Mais pour l'instant, il avait besoin d'infos sur Williams, pas de réponses. Il ignorait ce que Bree avait en tête, mais si elle pouvait les mener jusqu'à Kelli, il n'allait pas poser de questions... Pas tout de suite. Plus tard ? Oui. Elle avait des comptes à rendre. Mais pour le moment, Kelli passait avant tout.

Smiley : *Bien reçu.*

Il ne put s'empêcher de poser une question.

Smiley : *ça va ?*

Inconnu : *pr l'instant. on passe la 40e.*

Smiley continua à transmettre à Flash les infos que Bree lui envoyait. Une boule d'angoisse lui serrait la gorge. Il y avait désormais deux femmes en danger au lieu d'une. Et Bree risquait sa peau pour aider l'une de ses amies... une fois de plus. Quand il mettrait la main sur elle, il allait s'assurer qu'elle comprenne que ce genre de comportement était totalement inacceptable. Elle devait cesser de se mettre en danger.

Inconnu : *ralentit. descend cedar. s'engage dans une allée. maison brune, plain-pied, 47. On est au 47 cedar street !!!*

Smiley : *On arrive. Bouge pas. NE SORS PAS. Je suis sérieux.*

Inconnu : *bougerai pas. crevée. besoin d'aide.*

Smiley fut presque autant alarmé par le fait que Bree admette avoir besoin d'aide que par le fait qu'elle se soit planquée dans la voiture de Williams. D'après tout ce qu'il avait appris sur elle durant ses longues recherches infructueuses, c'était une femme bornée, farouchement indépendante. Mais là, il n'aimait pas le ton de résignation qu'il devinait dans ses messages. Et pourtant, ce n'étaient que quelques mots sur un écran. Il ne pouvait pas s'empêcher de penser qu'elle touchait le fond.

Flash et lui allaient régler le cas Williams. Ensuite, il aurait une sérieuse conversation avec Bree Haynes.

* * *

Les yeux de Kelli s'écarquillèrent lorsqu'ils s'engagèrent dans l'allée d'une maison délabrée, qui semblait inhabitée depuis très longtemps. Brant ne lui laissa même pas le temps d'essayer d'ouvrir sa portière et de s'enfuir – non pas qu'elle aurait pu aller bien loin, vu comme sa jambe la lançait. Il l'attrapa par le bras, la tira à travers le siège avant, et la fit sortir par la portière côté conducteur.

Sans un mot, il la traîna à moitié jusqu'à la porte d'entrée. Il la frappa violemment avec le pied, et elle s'ouvrit en claquant. La poussière flottait dans la lumière du soleil qui entrait par l'ouverture, alors qu'il entraînait Kelli à l'intérieur avant de refermer brutalement derrière eux.

— Brant, je...

— Ta gueule, grogna-t-il d'une voix menaçante.

Kelli décida qu'elle avait tout intérêt à obéir.

Sa tête tournait, cherchant désespérément un moyen de se sortir de là. Mais elle ne voyait pas du tout ce qu'elle pouvait faire. Avec sa jambe tailladée, elle arrivait à peine à marcher, encore moins courir. Elle sentait le sang couler le long de sa cuisse, imbibant son pantalon, le tissu lui collant à la peau. Sans parler de la blessure à la poitrine. La lame n'était pas allée très loin, mais ça lui faisait un mal de chien.

Brant l'emmena dans une pièce à l'arrière de la maison, jonchée d'immondices et de nourriture en décomposition. Un matelas moisi traînait dans un coin, et Kelli aperçut plusieurs seringues usagées dans le désordre crasseux autour d'elle. Brant la poussa – heureusement, pas sur le matelas – et elle tomba à genoux au milieu de cette saleté. Elle se retourna immédiatement pour s'asseoir sur les fesses, faisant face à Brant. S'il comptait l'attaquer avec ce couteau, elle se défendrait du mieux qu'elle pouvait.

Mais il sembla l'oublier aussitôt qu'il la lâcha. Il se mit à faire les cent pas, marmonnant dans sa barbe.

Kelli garda les yeux fixés sur cet homme manifestement à moitié cinglé, en reculant lentement jusqu'à ce que son dos touche le mur. Il n'y avait qu'une seule fenêtre, sur le mur du fond, tellement sale et opaque qu'elle doutait qu'on puisse même l'ouvrir. Si Brant la laissait seule dans la pièce, elle pourrait peut-être la briser, mais cela l'alerterait en quelques secondes.

Pour l'instant, elle devait se contenter du fait qu'il ne l'avait pas attachée. Il pensait manifestement – à juste titre – qu'elle ne pourrait pas aller bien loin avec cette blessure à la jambe.

Ses pensées se tournèrent vers Bree. Comment avait-elle fait pour monter dans la voiture ? Avait-elle réussi à prévenir Smiley ? Est-ce qu'elle allait faire une connerie et se faire tuer ? Ce serait vraiment bête, surtout que Kelli avait justement essayé de provoquer une rencontre entre elle et Smiley, sans succès.

Elle n'avait aucune idée du temps qu'elle avait passé là, adossée au mur, à observer Brant faire les cent pas et se parler tout seul. Quelques minutes, tout au plus. Mais quand il s'arrêta enfin et se tourna vers elle, Kelli se raidit.

Ça sentait très mauvais. Vraiment très mauvais.

— Il est temps, annonça Brant en sortant un couteau de l'étui à sa ceinture.

Il passa le pouce sur la pointe et eut un rictus.

— Pas besoin que tu sois vivante pour réclamer une rançon. Il faut juste que ton petit copain et ses potes croient que tu l'es. Franchement, t'es une plaie depuis la Jamaïque, et j'en ai ras-le-bol de toi.

Kelli recula d'instinct, et s'en voulut de ne pas avoir tenté quelque chose plus tôt. Affronter un type armé d'un couteau bien aiguisé – et elle savait exactement à quel point il l'était, pour l'avoir senti dans sa chair – serait tout sauf une partie de plaisir.

Mais elle ne comptait pas se laisser faire. Elle ferait tout ce qu'elle pourrait pour récupérer son ADN sous les ongles, le griffer pour que ce soit évident qu'ils s'étaient battus. N'importe quoi qui permettrait à la police et aux experts de prouver que Brant était coupable jusqu'à l'os. Elle ne serait peut-être pas là pour le voir finir en prison, mais elle pria de toutes ses forces pour qu'il paie ce qu'il s'apprêtait à faire.

Le regret la frappa de plein fouet tandis que Brant s'approchait. Elle aimait Flash plus qu'elle n'avait jamais aimé qui que ce soit. Il lui avait redonné confiance, lui avait affirmé qu'elle pouvait devenir qui elle voulait, faire ce qu'elle voulait. Il la faisait rire, soupirer de plaisir, et elle adorait simplement être avec lui. Et maintenant, elle regrettait de ne pas avoir eu plus de temps. De ne jamais pouvoir vivre ce futur qu'il avait imaginé pour eux.

Elle prit une grande inspiration et concentra son regard sur la main droite de Brant. Celle qui tenait le couteau. C'était maintenant ou jamais. Elle allait gagner... ou elle mourrait en essayant.

Essayant de puiser dans l'énergie de Flash, cette aura de SEAL prêt à tout, elle attendit que Brant soit assez près pour tenter quelque chose. Elle allait essayer de lui faire sauter le couteau des mains, de frapper la première. Et ensuite... le combat pourrait commencer.

Flash se concentra pour éviter de percuter une autre voiture alors qu'il filait à toute allure à travers Riverton en direction de Cedar Street. Il ne savait pas du tout comment Bree Haynes avait atterri dans la voiture de Williams, mais il n'allait pas cracher dans la soupe. Tout ce qui comptait à cet instant, c'était atteindre Kelli.

Voir Williams la blesser, c'était comme recevoir le coup à sa place. L'expression sur le visage de Kelli le hanterait pour le reste de ses jours. Il avait déjà été blessé en mission, et en avait vu d'autres souffrir aussi. Mais rien ne l'avait autant bouleversé que de voir Kelli souffrir.

La rage bouillonnait sous la surface. Williams était un homme mort. Aucun doute là-dessus. Il avait osé poser les mains sur sa femme. Il l'avait blessée. Il allait en payer le prix.

— Là ! cria presque Smiley.

Ils étaient tous sous tension. Aucun des deux n'avait appelé Kevlar ni les autres, et ils allaient sûrement leur en vouloir pour ça – mais un jour... ils comprendraient. Ils n'avaient tout simplement pas eu le temps de s'arrêter pour appeler, ou même envoyer un message. Flash était concentré sur la conduite, et Smiley échangeait avec Bree tout en cherchant le 47 Cedar Street sur son application de cartes.

Tout en prenant une grande inspiration pour essayer de calmer l'adrénaline qui bouillonnait dans ses veines, Flash tourna sur Cedar Street. Son regard se fixa immédiatement sur la voiture pourrie que Williams conduisait. Elle était garée dans l'allée d'une maison de plain-pied marron, exactement comme Bree l'avait décrit.

On aurait dit une planque de dealer, un endroit où les junkies venaient se piquer ou faire la fête. Les fondations semblaient douteuses, et le toit était littéralement percé par endroits. Flash ne serait pas surpris d'apprendre que c'était là que Williams se cachait depuis que son argent avait disparu.

Ils s'arrêtèrent trois maisons plus loin. Flash et Smiley

bondirent hors du SUV et se dirigèrent rapidement vers le numéro 47.

Alors qu'ils atteignaient le côté de la maison, une femme surgit de l'arrière de la bicoque. Flash sursauta, mais Smiley ne marqua aucune hésitation. Il changea de direction et se précipita tout droit vers elle.

Flash comprit aussitôt que ça ne pouvait être que la fameuse Bree, la femme qui obsédait Smiley depuis si longtemps. Lorsqu'il fut suffisamment près, il lui attrapa le bras – et il semblait n'avoir aucune intention de le lâcher.

— Il y a une fenêtre brisée à l'arrière. Je pense que vous pouvez entrer par-là, dit Bree d'une voix calme.

Elle avait l'air en vrac, mais elle maîtrisait ses émotions. Ce qui était impressionnant, vu ce qu'elle venait de faire. Ses cheveux étaient gras, ses vêtements froissés. Mais elle gardait la tête haute et les épaules droites en leur désignant l'arrière de la maison. Smiley ne l'avait toujours pas lâchée, mais elle n'en semblait ni gênée, ni consciente.

Le trio contourna la maison, et l'arrière était encore plus délabré que l'avant. Il y avait eu une clôture autrefois, mais elle s'était effondrée depuis longtemps. Les mauvaises herbes leur arrivaient jusqu'aux cuisses, et l'odeur de pourriture était presque insoutenable.

Mais Flash n'avait d'yeux que pour la fenêtre. Bree avait raison : elle n'était pas très haute, et la vitre était complètement brisée. Smiley et lui pourraient entrer facilement. D'autant plus qu'ils n'étaient pas encombrés par leurs sacs ou leur équipement de mission habituel.

Il prit quelques secondes pour écouter, mais aucun bruit ne venait de l'intérieur – ce qui le terrifia. Est-ce que Williams avait déjà blessé, ou pire, tué Kelli ? Était-il seulement encore là ?

Il n'y avait qu'un seul moyen de le savoir. Si Kelli était blessée, elle allait avoir besoin de soins. En fait, elle l'était déjà. Il fallait entrer maintenant.

Sans attendre l'avis de Smiley, Flash attrapa le rebord de la fenêtre et se hissa à l'intérieur. Il fut dans la maison en quelques secondes, accroupi près de la fenêtre, essayant de réfléchir à la suite des évènements. Il n'avait aucune arme, rien que ses poings. Certes, ils n'étaient potentiellement pas aussi mortels qu'un flingue dans les mains de quelqu'un d'autre, mais il devait s'approcher, et si Williams paniquait, il ferait potentiellement du mal à Kelli avant que Flash ne puisse l'en empêcher.

Le couteau qu'il avait pointé sur elle auparavant suffisait à le faire hésiter. Il ne pouvait pas laisser Williams lui échapper une seconde fois. Il devait l'arrêter une bonne fois pour toutes.

— Tu vas encore t'enfuir ? demanda Smiley à Bree.

— Non.

— Je ne te crois pas.

— Je sais. Mais je ne mens pas.

Une seconde plus tard, Smiley était aux côtés de Flash dans la maison.

Flash ressentit à la fois de la reconnaissance et de la compassion pour son ami et coéquipier. Ça n'avait pas dû être facile de laisser derrière lui la femme qu'il avait cherchée pendant si longtemps. Il avait enfin l'occasion d'avoir des réponses, littéralement à portée de main, et ils savaient tous les deux que la laisser dehors était une invitation à ce qu'elle disparaisse à nouveau. Elle avait accompli ce qu'elle voulait faire : les conduire à Kelli. Elle n'avait plus aucune raison de rester.

À part le fait qu'elle était toujours traquée par un trafiquant sexuel violent.

— Je prends la droite, tu prends la gauche, murmura Smiley.

Flash hocha la tête – et alors qu'ils allaient se séparer, une voix se fit entendre dans la pièce de droite.

Le plan changea immédiatement. Les deux hommes se tournèrent vers la droite.

Ils s'arrêtèrent devant la porte suivante, et Smiley leva la main. Il compta avec ses doigts.

Trois...

Deux...

Il n'eut pas le temps d'arriver à un. Un cri de terreur et de désespoir retentit dans la pièce.

Flash et Smiley se précipitèrent en même temps.

Flash analysa la scène d'un seul regard. Kelli était contre un mur, donnant des coups de pied à Williams, qui essayait de la poignarder avec son couteau.

Un voile rouge tomba devant les yeux de Flash.

Il se jeta sur Williams, qui était tellement concentré sur son objectif qu'il ne remarqua même pas qu'ils n'étaient plus seuls. Flash le percuta de côté, et ils tombèrent tous les deux au sol, brutalement.

Flash se releva aussitôt et frappa Williams à répétition. Il lui cogna la tête, la gorge, même la poitrine, espérant frapper assez fort pour lui arrêter le cœur.

— Flash, occupe-toi de Kelli ! cria Smiley.

Il fallut quelques secondes à ses mots pour percer à travers la rage, mais dès qu'ils y parvinrent, Flash se tourna.

Kelli était allongée sur le sol, immobile.

Flash rampa à genoux pour la rejoindre, remarquant à peine que Smiley avait pris le relais avec Williams.

— Kelli ? souffla-t-il en se penchant au-dessus d'elle.

Rien de ce qu'il avait vécu ne l'avait jamais autant soulagé que lorsque ses magnifiques yeux s'ouvrirent, et qu'elle le regarda fixement.

— Flash ? murmura-t-elle.

— C'est moi ! Je suis là. Tu es en sécurité. Où est-ce que tu as mal ?

— Tu saignes, dit-elle.

Flash cligna des yeux. Il regarda ses doigts, qui étaient effectivement couverts de sang. — Je me fais bien plus de souci pour toi. Parle-moi, ma belle. Merde, il faut que j'appelle la police, et une ambulance.

À peine les mots sortis de sa bouche, le hurlement des sirènes retentit au loin.

— On dirait que Bree s'en est déjà chargée, indiqua Kelli avec un petit sourire.

Cette femme... Elle était épatante. Elle remettait en question tout ce qu'il pensait savoir sur le courage et la force. Il avait toujours admiré les compagnes de ses amis, mais ce ne fut qu'à ce moment-là qu'il comprit à quel point ces femmes étaient incroyables. Surtout la sienne.

— Sérieusement, parle-moi, Kelli. Est-ce qu'il t'a blessée à nouveau ? Quand on est entrés, il essayait de te poignarder.

— Je crois que j'ai frappé sa main qui tenait le couteau. Puis tu lui as sauté dessus.

Flash ferma les yeux, soulagé. Mais pas pour longtemps. Il devait sortir Kelli de là. Ce n'était pas un endroit pour elle... Cette pièce immonde, dégoûtante, probablement pleine de microbes.

— Ta cuisse ? s'enquit-il.

— Ça fait mal.

— Évidemment. Je vais te sortir d'ici. Si tu as mal où que ce soit pendant qu'on bouge, tu me le dis tout de suite. D'accord ?

— D'accord. Est-ce qu'il est...

Sa voix s'éteignit.

En se retournant, Flash ne fut pas surpris de voir Smiley debout à côté d'un Williams en sang, inerte. Le couteau gisait un peu plus loin, et son cou était tordu dans un angle tout sauf naturel.

— J'ai dû me défendre, expliqua Smiley en haussant les épaules. Il s'est quelque peu brisé le cou dans notre bagarre. Ah, et je vais avoir besoin que tu me frappes, frère. Vite. Avant que les flics débarquent.

Quelque peu brisé le cou. Bien sûr. Il fallait une sacrée force pour faire ça, mais Smiley n'avait visiblement aucun problème avec ça.

Et Flash comprit pourquoi son coéquipier voulait qu'il le frappe. Aucun des leurs, Tex ou les autres, ne tolérerait que Smiley – ou même Flash – passe ne serait-ce qu'une minute derrière les barreaux pour avoir éliminé ce déchet. Mais une défense légitime passerait mieux si Smiley avait au moins l'air de s'être vraiment battu. Pour l'instant, il n'avait pas une égratignure.

— Quoi ? fit Kelli alors que Flash se redressait.

Il n'hésita pas : il frappa Smiley en plein visage. Une fois. Puis une deuxième.

— Encore une, grogna Smiley.

— Arrête ! Flash, qu'est-ce que tu fais ?

Flash frappa une dernière fois, et les deux hommes échangèrent un sourire discret quand le sang commença à couler du nez de Smiley.

— Ça ira, dit Smiley en hochant la tête.

Puis il se tourna et se dirigea vers la porte, visiblement pressé de voir si Bree était toujours là... ou si elle s'était volatilisée encore une fois.

— C'est quoi ce délire ? demanda Kelli alors que Flash se penchait pour la soulever.

— Légitime défense, répondit-il doucement. On a dû se défendre, et Williams est malheureusement mort.

— Ah... oui, acquiesça-t-elle en passant les bras autour de son cou, tandis qu'il la portait à travers la crasse jusqu'à la sortie.

Dès qu'ils franchirent la porte et se retrouvèrent dans la lumière de fin d'après-midi, Flash eut l'impression de pouvoir enfin respirer. Sans doute parce qu'il le pouvait réellement. L'air frais, débarrassé des relents de nourriture pourrie et de poussière, était un baume pour son âme.

À sa droite, il vit Smiley debout à côté de Bree, sa main de nouveau autour de son bras. Il n'arrivait pas à croire qu'elle ne s'était pas enfuie, et il en était ravi pour son coéquipier. Peut-être qu'il allait enfin avoir des réponses. Peut-être que cette obsession, cette curiosité, allaient enfin trouver une fin.

Flash était curieux lui aussi... mais ça attendrait. D'abord, il devait s'assurer que Kelli allait bien.

Des voitures de police affluaient dans le quartier délabré, mais Flash gardait les yeux rivés sur l'ambulance, déjà en route vers eux alors que les sirènes se coupaient. Quand un agent surgit de son véhicule et tenta de l'arrêter, il aboya :

— Vous ne voyez pas qu'elle saigne ? Elle a besoin de soins !

À son grand soulagement, l'agent le laissa continuer jusqu'à l'ambulance, mais resta sur leurs talons, visiblement décidé à ne pas les quitter des yeux tant qu'il ne saurait pas ce qui se passait.

Flash déposa doucement Kelli sur le brancard à l'arrière de l'ambulance, et se força à reculer pour laisser les secours faire leur travail. C'était sans doute l'une des choses les plus difficiles qu'il ait jamais faites : la lâcher. Mais le sourire de Kelli et son regard qui ne quittait pas le sien l'aidèrent à garder son calme.

Ça avait été juste. Trop juste. Flash ne voulait plus jamais vivre ça. Il était capable d'encaisser lui-même le danger, affronter des terroristes ou des balles. Mais savoir qu'un seul faux mouvement aurait pu coûter la vie à la femme qui comptait le plus pour lui... ça l'avait vidé.

La seule consolation, c'était que Williams n'était plus une menace.

Enfin... pas la seule. Ils allaient pouvoir reprendre leur vie. Kelli pourrait suivre ses cours pour devenir électricienne, lui pourrait réintégrer son appartement... avec elle, espérait-il. Ils pourraient se marier, fonder une famille et vivre heureux.

Et Flash avait hâte.

21

Kelli haleta et leva une main au-dessus de sa tête pour s'agripper à la tête de lit tandis que Flash allait et venait en elle sauvagement.

— Oui ! s'exclama-t-elle.

Elle en avait eu besoin. Après tout ce qui s'était passé, elle avait besoin de se sentir vivante. Et il n'y avait pas de meilleur moyen que de sentir l'homme qu'elle aimait perdre le contrôle en la prenant.

La veille avait été une journée effrayante. Terrifiante. Elle avait frôlé la mort de très près. Si Flash et Smiley n'étaient pas arrivés... Non, si Bree n'avait pas été sur ce parking à l'instant exact, tout aurait pu basculer.

Mais Bree était là, et Flash et Smiley étaient arrivés.

Sa jambe la lançait, mais même en plein élan, Flash faisait attention à ne pas toucher son membre bandé. Il était réticent à l'idée de faire l'amour, mais Kelli avait insisté. C'était sans doute bien trop tôt, mais elle s'en fichait.

Elle était passée par l'hôpital, avait eu des points de suture, et Flash n'avait pas arrêté de faire les cent pas, dégageant une telle énergie alpha que ça mettait tout le monde mal à l'aise. Un inspecteur du commissariat de Riverton était venu recueillir sa déposition pendant qu'elle attendait que le médecin s'occupe de sa plaie.

Comme l'homme était au courant de l'affaire, qu'il connaissait déjà Brant Williams, et qu'il savait qu'il était recherché pour l'enlèvement en Jamaïque, Flash et Smiley n'étaient pas en danger immédiat d'arrestation. Surtout après avoir interrogé Kelli et entendu le récit glaçant de ce second enlèvement.

Kelli ne savait pas où étaient passés Smiley et Bree, mais elle supposait qu'ils étaient chez lui. Flash et lui avaient aussitôt réintégré leurs propres appartements, leurs coéquipiers ayant gentiment tout emballé, et déplacé leurs affaires. Quand elle avait quitté l'hôpital la veille au soir, ils avaient pu aller directement chez Flash, où ils s'étaient effondrés de fatigue.

Mais Kelli s'était réveillée quelques heures plus tard, secouée par un cauchemar atroce, et elle avait décidé que ce dont elle avait besoin pour effacer tout ça, c'était de sentir son homme en elle. Peu importaient les blessures.

Et à présent, elle se faisait prendre sauvagement, exactement comme elle le voulait.

— Jouis pour moi, lâcha Flash en glissant une main entre ses jambes et en commençant à stimuler son clitoris avec la même intensité que ses coups de reins.

Kelli était déjà proche de l'orgasme, mais ce contact la fit exploser. Elle entendit à peine le cri triomphal de Flash lorsqu'il se déversa profondément en elle.

Ils étaient tous les deux en sueur, et Kelli sentait son cœur battre à tout rompre dans sa poitrine. Elle sourit. Oui, c'était exactement ce dont elle avait besoin. Se sentir vivante... Célébrer leur victoire.

— Bordel, souffla Flash en se retirant doucement, la réinstallant avec précaution sur le lit pour ne pas lui faire mal à la jambe.

Puis il se blottit contre elle, allongé sur le côté, un bras sur son ventre, une jambe sur sa cuisse valide, la tête sur son épaule.

Une position inverse de celle qu'ils adoptaient d'habitude. D'ordinaire, c'était Kelli qui s'enroulait autour de lui. Mais pour une fois, elle adorait être dorlotée.

— Je t'ai fait mal à la jambe ?

— Non.

— Tu en es sûre ?

— Oui.

— Tu étais plutôt... agressive. Tu es vraiment sûre que ça va ?

Il n'avait pas tort. Kelli s'était montrée agressive. Elle avait insisté pour qu'il la prenne, malgré toutes ses objections liées à ses blessures.

— Quand j'étais au sol, à le regarder pointer ce couteau sur moi, j'ai cru que c'était fini. Que j'allais mourir. Même dans le bus souterrain, je n'avais pas ressenti ça. Je ne sais pas comment l'expliquer, mais j'avais toujours gardé quelque part l'espoir qu'on puisse s'en sortir. Mais hier ? Même en sachant que Bree était sur la banquette arrière et qu'elle avait son téléphone, je ne pensais pas que quelqu'un arriverait à temps. Il lui aurait suffi d'un seul coup de couteau. Et mon seul regret, c'était de ne pas pouvoir te revoir.

Elle sentit l'inspiration surprise de Flash. Mais elle poursuivit.

— Je n'allais pas juste rester là et le laisser me poignarder. J'allais me battre, mais je savais que j'avais peu de chances de tenir. La vie est courte, Flash. J'ai passé trop de temps à la vivre à moitié. C'est terminé. Les gens vont observer notre relation, sourire devant nous, mais derrière, ils diront qu'on n'y arrivera pas. Qu'on va trop vite. Que j'ai le syndrome du sauveur, ou peu importe comment on appelle ça. Qu'en gros, je suis avec toi parce que tu m'as sauvée... deux fois. Mais ce n'est pas ça. Pas du tout. Je t'aime, Wade Gordon. Je veux passer ma vie avec toi. Je veux obtenir mon diplôme en électricité, et pouvoir aller chez Remi réparer ses lumières quand elles lâchent. Je veux réparer le spot grillé du Aces Bar & Grill. Je veux pleurer quand tu partiras en mission, et sauter de joie quand tu rentreras. Je veux traîner avec Wren et les autres filles, me bourrer la gueule, et parler de nos vies sexuelles géniales. Je veux être une tante de cœur pour les enfants de Maggie et Addison. Je veux mes propres enfants. Je veux faire des galipettes torrides avec mon mari dans la cinquantaine, la soixantaine, et même plus tard. J'ai envie de tout ça, Flash. Je suis gourmande. Et j'ai tout compris en voyant Brant s'approcher de moi avec cette folie dans le regard, et son couteau. Alors oui. J'ai été agressive parce que je savais que tu ne me toucherais pas, de peur de me faire mal. Mais tu ne me ferais jamais de mal. Jamais. Je le sais jusqu'au plus profond de moi-même. J'espère que ça ne t'embête pas que je t'aie sauté dessus... parce que j'ai comme l'intuition que ça va se reproduire souvent.

— Épouse-moi.

Kelli le regarda fixement. Il avait relevé la tête quand elle avait commencé à parler, pour pouvoir la regarder dans les yeux – et elle resta un instant sans voix.

— Moi aussi j'ai envie de tout ça. Je veux être celui qui crie le plus fort dans l'amphi quand tu décrocheras ton diplôme. Je veux te prendre en photo en salopette avec ta ceinture à outils pendant que tu répares un truc en haut d'une échelle. Je veux rentrer à la maison après chaque mission, chaque journée de boulot, et te retrouver. Je veux traîner avec mes potes SEALs pendant qu'on veille sur nos femmes complètement bourrées après une soirée filles, puis te ramener et te prendre encore à moitié ivre. Je veux être père, avoir des gamins qui te ressemblent, leur apprendre à être forts et sûrs d'eux, comme leur mère. Et tu le sais déjà, moi aussi je t'aime. J'ai failli devenir dingue en te voyant sous les coups de Williams. Je m'en fous que les autres pensent que notre relation ne durera pas. Je compte passer chaque jour à te rendre heureuse. À te prouver que je suis bien l'homme que tu crois. Parce qu'en réalité, je suis un connard. Enfin, avec les gens qui m'emmerdent. Épouse-moi, Kelli. Je suis tout à fait partant pour du sexe acrobatique à quatre-vingts piges, même s'il me faudra sûrement un coup de pouce médical.

Kelli ne put s'en empêcher : elle éclata de rire. C'était un moment énorme dans sa vie, et elle riait. C'était parfait. Elle n'avait pas besoin de grands gestes, d'un genou à terre. Elle avait juste besoin de Flash.

— Oui.

— Oui ? répéta-t-il comme s'il n'y croyait pas.

— Bien sûr que oui. Je t'aime, dit-elle simplement.

En réponse, Flash baissa la tête, et Kelli comprit qu'il essayait de se reprendre. Quand il la releva, il avait les yeux brillants. Flash pensait peut-être être un connard, mais pas avec elle. Jamais.

— On va enchaîner les mariages ces prochains mois, hein ? souligna-t-elle. Entre Remi et Josie qui épousent Kevlar et

Blink, le nôtre, celui de ma cousine, et celui de ta sœur... ça va être la folie.

— On s'enfuit, déclara Flash sans la moindre hésitation.

— Quoi ? Sérieusement ?

— Si tu es d'accord. Je veux ma bague à ton doigt, et la tienne au mien, au plus vite. Je n'ai pas la patience d'organiser un truc énorme, et puis, les gens qu'on inviterait à notre fête sont les mêmes que ceux qui seront à celle de Kevlar et Blink. Autant mettre l'argent dans un apport pour une maison.

— Oui ! s'exclama Kelli avec bonheur. Mais on devra peut-être inviter ma mère à la cérémonie. Je pense qu'elle serait dévastée de la manquer.

— Et si on faisait ça à Vegas ? C'est un peu cliché, mais on peut inviter ta famille et la mienne, et fêter ça sur le Strip ensuite.

— Euh... sans vouloir vexer, après ce qui est arrivé à Bree là-bas... je ne préfère pas. Peut-être qu'on pourrait juste aller au tribunal ici ? proposa Kelli.

— Marché conclu. Alors on fait ça ?

— Ça ?

— Se marier, acheter une maison, faire des bébés, avoir des parties de sexe bestial à quatre-vingt-dix ans ?

Kelli ricana à nouveau. L'âge de leurs ébats fous ne cessait de grimper.

— On fait ça, confirma-t-elle.

Flash sourit, puis se fit plus sérieux.

— Merci de ne pas avoir abandonné, murmura-t-il.

— Jamais, promit Kelli. Tu crois que ton équipe va mal le prendre si on ne les invite pas ? Ils n'étaient déjà pas ravis d'avoir loupé tout le truc avec Brant.

— Ils étaient énervés parce qu'ils savaient que tu étais en

danger. Parce que Smiley et moi n'avions personne pour nous couvrir. Ils ne seront pas vexés si on se marie discrètement au tribunal. Promis.

— D'accord. Euh... tu crois qu'on pourrait faire une petite lune de miel dans ce complexe au Nouveau-Mexique ?

— Le Refuge ?

— Oui.

— Ils sont souvent complets, mais je peux toujours appeler, proposa Flash sans hésiter.

Voilà la huit-cent-vingt-sixième raison pour laquelle Kelli aimait cet homme.

— J'aimerais beaucoup rencontrer la femme qui a tant cherché à retrouver Brant. Mais vu qu'il squattait une maison abandonnée, je vois mal comment elle aurait pu le dénicher.

— Je trouve que c'est une super idée. Je n'ai entendu que du bien du Refuge. Tu connais Melba ?

— C'est qui, Melba ? demanda-t-elle.

— Leur mascotte, une vache.

— C'est pas vrai ! s'exclama Kelli en haussant les sourcils.

— Si. Et ils ont plein d'autres animaux. Apparemment, les proprios et leurs femmes ont eu leur lot de drames, mais maintenant, ils sont tous posés, et ils construisent une mini communauté sur le terrain, où ils élèvent leurs enfants ensemble.

— Ça a l'air génial.

— Peut-être qu'on devrait trouver un grand terrain et faire pareil. Convaincre tout le monde de construire là, pour qu'on vive tous ensemble.

— Tu imagines avoir ce grognon de Smiley comme voisin ? plaisanta Kelli.

Puis elle reprit son sérieux.

— Il ne va pas faire de mal à Bree, hein ?

— Non ! Pourquoi tu demandes ça ? répondit Flash.

— À vrai dire... il n'avait pas l'air particulièrement heureux de la voir.

— Il faut comprendre que Smiley essaie de la retrouver depuis un bon moment. Ça le rendait fou qu'elle se soit volatilisée comme ça. Il s'inquiétait pour elle. Je crois qu'il y a quelque chose chez elle qui l'a touché comme personne d'autre.

— Elle avait peur, lui dit Kelli avant de laisser échapper un soupir. J'ai un aveu à te faire. Bree m'a rendu visite chez Smiley pendant une semaine, à peu près. Elle est venue frapper un jour, en le cherchant. Je crois qu'elle était prête à lui demander de l'aide. Et elle a cru que j'étais sa copine, parce que j'étais dans son appart. Je l'ai fait entrer, elle avait désespérément besoin d'une douche. Je lui ai donné de quoi manger, on a fait sa lessive... et elle est revenue plusieurs fois. C'est pour ça qu'elle était sur le parking hier. Elle venait me voir à nouveau. Mais c'était plus tard que d'habitude.

— C'est ça qui te tracassait ? demanda Flash. Le secret que tu ne pouvais pas me dire ?

Kelli hocha la tête, redoutant qu'il soit vraiment en colère.

Mais à sa grande surprise, il se contenta de se pencher pour l'embrasser sur le front avant de se rallonger à ses côtés.

— Je lui ai promis de ne rien dire, ni à toi, ni à Smiley. Elle essayait de trouver le courage de lui parler en face. Je lui ai donné mon numéro de portable, et celui de Smiley, au cas où. Et elle s'en est servie quand elle s'est cachée sur la banquette arrière de la voiture de Brant. Tu es fâché ?

— Non. Je pense que tu as bien fait. Elle était clairement

habituée à se cacher, à rester sous le radar. Être son amie, c'était une bonne chose.

Kelli se détendit.

— Pour être honnête, je n'ai pas aimé te cacher ça. Mais j'avais promis.

— Je sais.

— Et maintenant, qu'est-ce que tu crois qu'il va se passer entre elle et Smiley ? demanda Kelli.

— Aucune idée. Je suppose qu'il va vouloir entendre toute son histoire. Savoir qui est son ex, et à qui ce connard l'a vendue. Ensuite, il fera tout pour le retrouver et mettre fin à ses agissements, casser tout son réseau de trafic sexuel, si c'est bien ce qu'il fait.

— Euh... ça va être aussi simple que ça ?

— Pas du tout. Il y a souvent des couches et des couches dans ce genre de trucs. Et franchement, la plupart des femmes qui se retrouvent là-dedans ont été conditionnées pendant des mois. C'est rarement juste un kidnapping au hasard dans la rue. Donc ce qui se passe avec Bree est particulier. Et *particulier*, ce n'est pas forcément bon. Ça me rappelle une histoire, il y a quelque temps, à propos d'une femme enlevée à Vegas pendant un voyage avec son mari. On l'avait emmenée hors du pays, et elle avait été retenue pendant dix ans.

— Oh, mon Dieu ! Mais on l'a retrouvée ?

— Oui, grâce à son mari, qui n'a jamais perdu espoir. Il a monté sa propre équipe avec d'anciens militaires pour retrouver des victimes de trafic, dans l'espoir de retrouver sa femme un jour. Et il y est parvenu. Ils vivent au Colorado maintenant.

— C'est incroyable.

— Oui. Enfin, ce que j'essaie de dire... c'était quoi déjà ?

— Bree.

— Voilà. Ce qui se passe avec Bree, ça va être compliqué, parce qu'il y a quelqu'un qui la cherche toujours. Et il a l'air désespéré, déterminé à aller jusqu'au bout de ce qu'il avait prévu pour elle. Ce qui est... étrange. Donc quoi que ce soit, ce n'est pas bon signe.

— Et Smiley va se retrouver en plein milieu de tout ça, conclut Kelli.

— Exactement.

— Merde, soupira-t-elle.

Flash sourit.

— Pourquoi tu souris ? Ce n'est pas drôle.

— Non, ce n'est pas drôle. Mais je trouve ça beau que tu t'inquiètes pour mon pote, que tu tiennes à lui.

— Je tiens à lui, confirma-t-elle.

— Et si on essayait de dormir un peu ? Il reste encore quelques heures avant le lever du soleil. On sauvera le monde quand il fera jour.

Kelli leva les yeux au ciel.

— Flash ?

— Oui, mon cœur ?

— Je t'aime.

— Seigneur, je me lasserai jamais d'entendre ces mots dans ta bouche. Moi aussi, je t'aime.

Kelli laissa échapper un soupir de satisfaction, ignorant les élancements dans sa jambe et la petite douleur au niveau de sa poitrine, là où Brant avait entaillé la peau au-dessus de son cœur. Ces deux blessures, si légères soient-elles, lui rappelaient qu'elle était en vie. Et apparemment... fiancée.

— Oh ! s'exclama-t-elle doucement. Je vais avoir une bague ?

Flash rit, et elle sentit son souffle chaud sur sa poitrine.

— Évidemment. Je sais déjà ce que je veux t'offrir.

— Je veux rien de trop gros. Ce n'est pas mon style.

— Je sais. Et ce ne sera pas le cas.

— D'accord. Flash ?

— Encore une chose, et après tu dors, Kelli, dit-il en essayant de prendre un ton autoritaire, sans grand succès.

Elle sourit.

— Tu es l'homme dont j'ai toujours rêvé. Mon super-héros. Mon Flash Gordon.

— C'était super cucul, protesta-t-il. Et j'adore. Maintenant dors.

Kelli ferma les yeux et s'endormit avec un immense sourire aux lèvres.

* * *

Bree était assise en silence sur le canapé tandis que Jude marmonnait dans sa barbe en faisant les cent pas devant elle. Il l'avait ramenée directement chez lui une fois que les flics avaient enfin fini d'interroger tout le monde à propos de ce qui s'était passé avec Brant Williams, plus tôt dans l'après-midi. Il n'avait presque rien dit pendant le trajet, et une fois arrivés à son appartement, il s'était montré étonnamment doux avec elle. Il lui avait apporté un verre d'eau, et lui avait demandé si elle voulait manger quelque chose.

Résultat : elle n'avait pas peur. Elle était plutôt soulagée. Elle en avait fini de fuir – du moins, concernant cet homme-là.

Toutefois, il n'avait pas l'air complètement apaisé. La mine renfrognée qu'il arborait aurait dû lui faire peur, la faire courir jusqu'à la porte, jusqu'à la frontière de l'État, jusqu'à l'autre bout du pays... mais allez savoir pourquoi, c'était presque rassurant.

Parce que Jude n'était pas en colère contre elle à proprement parler – bon, il lui en voulait un peu de s'être cachée aussi longtemps. Mais ce qui le frustrait le plus, c'était qu'elle ait si peu de réponses à lui donner.

Il voulait savoir le nom de l'homme à qui elle avait été vendue à Vegas.

Elle ne le connaissait pas.

Il voulait connaître le nom de son ex.

Elle le lui avait donné, en expliquant qu'il avait été retrouvé mort dans une ruelle de Vegas, peu de temps après que Josie et elle avaient été secourues.

Il continuait à poser des questions, et plus elle répondait qu'elle ne savait pas, plus il fronçait les sourcils et faisait les cent pas.

Ce que Bree savait, en revanche, c'était qu'ici, avec Jude, elle allait enfin pouvoir dormir. Elle avait passé tellement de temps à regarder par-dessus son épaule, à avoir l'impression d'être surveillée, à se sentir à deux doigts d'être enlevée et de disparaître pour toujours.

Mais maintenant qu'elle s'était livrée à Jude, elle savait, au fond d'elle, que cet homme n'allait plus la quitter des yeux. Il était encore sous le choc qu'elle ait réussi à lui échapper aussi longtemps, et qu'il ne soit pas parvenu à la retrouver. Le savoir hypervigilant – même si c'était uniquement pour l'empêcher de fuir à nouveau – était une forme de réconfort.

Elle ignorait encore le nom de l'homme qui l'avait achetée, mais elle savait une chose : si jamais il remettait la main sur elle, elle préférerait mourir. Quelles que soient ses intentions, elles ne pouvaient être que mauvaises.

— Qu'est-ce que tu sais d'autre ? demanda Jude, visiblement à bout, en s'asseyant enfin sur le canapé à côté d'elle, les sourcils froncés, les cheveux en bataille à force d'y passer nerveusement les mains.

— Que tu me protégeras, répondit Bree sans hésiter.

Cela sembla le déstabiliser. Il la fixa du regard un long moment.

— Merde, bien sûr que je vais te protéger, grogna-t-il en se redressant. Mais tu n'aimeras peut-être pas la façon dont je vais m'y prendre.

— Comment ça ?

— Pour te protéger. Souviens-toi que c'est toi qui es venue vers moi. Tu t'es pointée à ma porte. Je n'étais pas présent à ce moment-là, mais ça change rien. Tu es venue chercher de l'aide. Et je veux t'aider, Bree. Je n'ai pas arrêté de penser à toi depuis que tu as disparu à Vegas. Je n'ai pas cessé de m'inquiéter. De me demander où tu étais. Si tu étais en sécurité.

Ses mots firent presque tourner la tête de Bree. Elle s'était sentie seule si longtemps... et voilà que l'homme auquel elle n'avait pas cessé de penser disait tout ce qu'elle avait rêvé d'entendre.

— Je suis pas un homme facile, tu sais, ajouta-t-il au bout d'un instant.

Bree laissa échapper un petit rire.

— Je vais te demander de faire des choses qui te mettront sûrement mal à l'aise. Que tu n'auras pas envie de faire. Mais tout ce que je te demanderai, ce sera pour ton bien. Pour te garder en sécurité. Il faut que tu le comprennes.

Bree hocha la tête. Elle en avait assez de tout porter seule.

De se sentir vulnérable, impuissante. Elle avait besoin d'aide. Après tout, c'était pour cela qu'elle était venue ici.

— J'ai besoin de ton aide, dit-elle à voix haute. C'est pour ça que je suis venue en Californie. Je ne sais pas pourquoi, mais je te fais confiance, Jude Stark. Alors que je ne fais confiance à presque personne. Je ferai ce que tu me diras. Et si tu arrives à démêler le cauchemar qu'est ma vie, je te serai éternellement reconnaissante.

— Je ne veux pas de ta reconnaissance, grogna Jude à nouveau.

Bree ouvrit la bouche pour lui demander ce qu'il voulait, mais il la coupa.

— Je vais te chercher un T-shirt, et un caleçon pour dormir. Demain, on ira récupérer ta voiture là où tu l'as planquée, et le reste de tes affaires. Tu pourras laver tes fringues ici. Et on ira aussi faire des courses, t'acheter ce qu'il te faut.

Bree avait la tête qui tournait. Il était clairement très sérieux. Elle ne savait pas si elle devait paniquer ou tomber à genoux à ses pieds. Les deux réactions risquaient d'énerver Jude, alors elle se contenta d'acquiescer.

— Tu es crevée, dit-il d'un ton plus doux.

— Oui, admit Bree.

— Une douche et au lit, déclara-t-il en se levant brusquement. Je reviens.

Il quitta la pièce.

Bree connaissait plutôt bien les lieux, puisqu'elle avait passé un peu de temps ici avec Kelli la semaine précédente, et elle devina qu'il se dirigeait vers sa chambre.

Jude revint, des vêtements à la main.

— Tu dors dans mon lit, annonça-t-il. Je vais dormir par terre. Je ne veux pas prendre le risque que tu files en douce pendant la nuit, après avoir réfléchi et décidé que tu avais fait une connerie en venant me demander de l'aide.

Bree aurait pu le rassurer en lui disant qu'elle n'avait pas l'intention de fuir à nouveau, mais de toute évidence, il avait besoin de temps pour lui faire confiance. Elle comprenait.

— Je veux pas que tu dormes par terre, protesta-t-elle.

— J'ai dormi dans des situations bien pires, répondit-il sans broncher. Ça ira.

Encore une fois, Bree aurait dû se méfier. Ce n'était pas tous les jours qu'un homme vous imposait de dormir dans son lit. Mais elle n'avait pas menti : elle avait confiance en Jude. Et puis elle était au bout du rouleau. Elle n'avait littéralement nulle part où aller. Personne d'autre vers qui se tourner.

Elle se leva et s'approcha de lui pour prendre les vêtements, reconnaissante d'avoir quelque chose de propre à enfiler... après une bonne douche, évidemment.

Mais quand elle tendit la main, Jude garda les vêtements serrés contre lui jusqu'à ce qu'elle croise son regard.

— Merci d'avoir sauvé Kelli, dit-il d'un ton rauque. Si elle était morte, Flash aurait été dévasté.

C'était tout ce dont Bree avait besoin pour être sûre d'avoir fait le bon choix en venant à Riverton. Et auprès de Jude Stark. Ses amis comptaient pour lui, c'était évident. Et même s'il était en colère contre elle, il faisait ce qu'il jugeait juste, et il la remerciait.

— De rien, répondit-elle doucement. Pour être honnête, ce que j'ai fait, c'était stupide, admit-elle. Monter dans cette voiture, ce n'était vraiment pas prudent. Et c'était dangereux. J'aurais pu être découverte. Il aurait pu me tuer. J'aurais dû relever la plaque d'immatriculation et venir te voir directement. Je suis désolée de ne pas l'avoir fait.

— Moi aussi. Je ne supporte pas que tu te sois mise dans cette situation. Mais... tu m'as contacté, et tu as pu me dire exactement où Kelli était emmenée. Sans toi, on ne l'aurait sûrement pas retrouvée à temps. Tu as bien fait, Bree. Vraiment.

Ses paroles apaisèrent un peu son sentiment de culpabilité. Mais elle se jura d'essayer de ne plus jamais refaire quelque chose d'aussi stupide. De ne plus risquer sa vie comme elle l'avait fait ce jour-là.

Être auprès de cet homme apaisait son âme cabossée. Trop longtemps, elle n'avait été personne. Une sans-abri dormant dans sa voiture. Invisible. Méprisée. Une marchandise. Mais pour Jude ? Elle était plus que ça. Elle était Bree Haynes à nouveau. Et ça faisait du bien.

Alors elle se contenta de hocher la tête.

— Allez. File sous la douche. Je vais changer les draps et faire le lit pour toi.

Il tourna les talons et partit vers la chambre, sans doute pour retirer les draps.

Sans plus attendre, Bree obéit. Elle n'avait pas menti : elle était épuisée. Éreintée jusqu'au plus profond de son corps par des mois passés à tenter de devancer l'homme qui l'avait achetée. À éviter les radars aiguisés des SEALs. À vivre avec la peur constante qu'un faux pas ne la fasse basculer dans un cauchemar inimaginable.

Bree avait besoin de Jude Stark. Et elle se promit de faire tout ce qu'il lui demanderait. Ce n'était pas dans sa nature, mais elle le ferait. Parce que c'était évident : la voie qu'elle suivait ne menait nulle part. La vérité, c'était qu'elle avait besoin d'un chevalier servant. Et même si l'armure de Jude était cabossée et pas très brillante, elle ne voudrait personne d'autre à ses côtés pour découvrir qui l'avait achetée... et pourquoi cette personne tenait encore autant à la récupérer.

* * *

Mateo Castillo regardait fixement l'immeuble dans lequel sa propriété avait pénétré plus tôt dans la soirée. Il la cherchait depuis des mois, et avait failli perdre patience quand il avait fini par la retrouver.

Finalement, le fait qu'elle soit ici, à Riverton, s'avérait être une excellente nouvelle. Cela lui offrait une occasion qu'il attendait depuis deux longues décennies.

À la moitié de la trentaine, il vivait au Mexique, et faisait partie d'un réseau de trafic d'êtres humains. Simple partenaire de bas niveau à l'époque, il lui avait fallu des années pour remonter la hiérarchie après qu'une de leurs acquisitions les plus chères leur avait été volée sous le nez.

Il n'était pas au camp au moment des faits ; c'était la seule raison pour laquelle on l'avait laissé en vie. La douzaine d'hommes qui s'étaient enivrés puis endormis – permettant à un SEAL de la Navy américaine d'infiltrer le camp et de s'enfuir avec la femme, ainsi qu'un autre *atout féminin* – avaient tous été éliminés.

La fille du sénateur, ainsi que la petite femme insignifiante pour laquelle ils n'avaient pas trouvé d'acheteur malgré trois mois de recherches, avaient toutes deux été ramenées aux États-Unis. Mais Mateo croyait au destin... et le voilà à Riverton.

Là où ces mêmes femmes vivaient désormais.

Elles étaient passées à autre chose, avaient épousé des SEALs, et menaient ce qu'elles croyaient être une vie heureuse. Mais elles allaient bientôt comprendre qu'on n'échappe jamais vraiment à son passé. Il finit toujours par vous rattraper. Et Mateo était là pour reprendre ce qui lui appartenait.

Julie Lytle et Fiona Rain Storm étaient à lui. Tout comme Bree Haynes. Il ne restait plus qu'à trouver un moyen de les récupérer toutes les trois... et il en tirerait enfin le profit escompté.

Au cours de la dernière décennie, Mateo s'était associé à un homme qui venait du Pérou, nommé Del Rio. Il lui avait fourni des femmes venues du monde entier pour ses affaires, jusqu'à ce que l'organisation de Del Rio s'effondre, après que ce dernier avait été tué par des enfoirés venus de l'Indiana. Mais Mateo avait saisi l'occasion avec empressement. Il opérait désormais depuis l'Équateur, et les troubles actuels dans le pays facilitaient les déplacements de sa marchandise, en toute discrétion.

Il vendait des femmes aux hommes les plus riches du monde, et même en connaissant les appétits sexuels dépravés et carrément sadiques de ces clients, cela ne l'avait jamais dissuadé. Bien au contraire : plus leurs penchants étaient tordus, plus ces hommes étaient prêts à payer cher pour qu'on leur livre un nouveau jouet à domicile.

La boucle était bouclée.

Il revenait à la case départ. Mateo allait reprendre ce qu'on lui avait volé, et empocher un paquet d'argent au passage. Se moquer des hommes qui l'avaient humilié toutes ces années auparavant était un énorme bonus.

Et s'ils le retrouvaient, cette fois, il serait prêt. Pas de fêtes arrosées dans la jungle. Non, les SEALs mourraient s'ils tentaient de récupérer ce qui lui appartenait. Et ils viendraient, il n'en doutait pas une seconde.

Le sourire aux lèvres, il alluma le contact de sa Mercedes noire. Maintenant, il savait où se trouvait Bree Haynes. Elle ne pourrait plus se cacher. Il aurait pu la récupérer cette nuit, s'introduire dans l'appartement de ce connard et récupérer ce qu'il avait acheté, à juste titre. Mais maintenant qu'il savait que cet homme était lié aux deux autres femmes...

Il allait attendre. Se montrer patient.

Son heure viendrait.

Il avait hâte de voir l'expression sur leurs visages quand elles comprendraient que leurs pires cauchemars étaient en train de se réaliser... encore une fois.

Et quand Bree Haynes comprendrait que fuir n'avait fait que retarder l'inévitable ?

Ce serait l'extase.

La terreur qu'elles ressentiraient suffisait à faire bander Mateo. Il n'avait peut-être pas la réputation de Del Rio, mais une fois que le monde apprendrait que Julie et Fiona avaient été enlevées une seconde fois, personne ne pourrait plus nier son autorité. Il deviendrait l'homme le plus puissant d'Amérique du Sud. Respecté. Vénéré. Craint.

Enfin.

La Mercedes noire s'éloigna sans un bruit, sans que personne ne lui accorde un regard. Sans se douter que quelque chose de maléfique était en mouvement... et qu'un nuage noir de terreur allait bientôt s'abattre sur Riverton.

Vous avez attendu l'histoire de Bree et Smiley pendant ce qui vous a semblé une éternité, et elle est enfin là !

Et oui, je l'ai fait. Je suis remontée presque au tout début de ma carrière d'écrivain, et j'ai ramené un méchant d'*Un protecteur pour Fiona*... Tout le monde va devenir fou en découvrant le lien entre l'homme qui traque Bree et ce qu'ont vécu Fiona et Julie.

Tous vont devoir unir leurs forces pour mettre un terme à cette nouvelle menace, une bonne fois pour toutes.

Procurez-vous dès maintenant le dernier tome de la série *Forces Très Spéciales : Alliance : Un protecteur pour Bree !*

DU MÊME AUTEUR

Le Fruit du Hasard

Le Protecteur

L'Aristocrate

Le Héros

Le Bûcheron

Hawaï : Soldats d'élite

Un paradis pour Élodie

Un paradis pour Lexie

Un paradis pour Kenna

Un paradis pour Monica

Un paradis pour Carly

Un paradis pour Ashlyn

Un paradis pour Jodelle

Sauvetage à Eagle Point

Un sauveteur pour Lilly

Un sauveteur pour Elsie

Un sauveteur pour Bristol

Un sauveteur pour Caryn

Un sauveteur pour Finley

Un sauveteur pour Heather

Un sauveteur pour Khloe

Le Refuge

Un soutien pour Alaska

Un soutien pour Henley

Un soutien pour Reese

Un soutien pour Cora

Un soutien pour Lara

Un soutien pour Maisy

Un soutien pour Ryleigh

Silverstone

Pour la confiance de Skylar

Pour la confiance de Taylor

Pour la confiance de Molly

Pour la confiance de Cassidy

Delta Force Deux

Un refuge pour Gillian

Un refuge pour Kinley

Un refuge pour Aspen

Un refuge pour Jayme

Un refuge pour Riley

Un refuge pour Devyn

Un refuge pour Ember

Un refuge pour Sierra

Forces Très Spéciales : L'Héritage

Un Sanctuaire pour Caite

Un Sanctuaire pour Brenae

Un Sanctuaire pour Sidney

Un Sanctuaire pour Piper

Un Sanctuaire pour Zoey

Un Sanctuaire pour Avery

Un Sanctuaire pour Kalee

Un Sanctuaire pour Jane

Mercenaires Rebelles

Un Défenseur pour Allye

Un Défenseur pour Chloé

Un Défenseur pour Morgan

Un Défenseur pour Harlow

Un Défenseur pour Everly

Un Défenseur pour Zara

Un Défenseur pour Raven

Ace Sécurité

Au Secours de Grace

Au Secours d'Alexis

Au Secours de Bailey

Au Secours de Felicity

Au Secours de Sarah

Forces Très Spéciales Series

Un Protecteur Pour Caroline

Un Protecteur Pour Alabama

Un Protecteur Pour Fiona

Un Mari Pour Caroline

Un Protecteur Pour Summer

Un Protecteur Pour Cheyenne

Un Protecteur Pour Jessyka

Un Protecteur Pour Julie

Un Protecteur Pour Melody

Un Protecteur pour l'avenir

Un Protecteur Pour Les Enfants de Alabama

Un Protecteur Pour Kiera

Un Protecteur Pour Dakota

Un protecteur pour Tex

Delta Force Heroes Series

Un héros pour Rayne

Un héros pour Emily

Un héros pour Harley

Un mari pour Emily

Un héros pour Kassie

Un héros pour Bryn

Un héros pour Casey

Un héros pour Wendy

Un héros pour Mary

Un héros pour Macie

Un héros pour Sadie

Un héros pour Annie

Autre

Un moment suspendu : Recueil de nouvelles

AUDIO

Un paradis pour Élodie

À PROPOS DE L'AUTEUR

Susan Stoker est une auteure de best-sellers aux classements du New York Times, de USA Today et du Wall Street Journal. Elle a notamment écrit les séries Badge of Honor: Texas Heroes, SEAL of Protection et Delta Force Heroes. Mariée à un sous-officier de l'armée américaine à la retraite, Susan a vécu dans tous les États-Unis, du Missouri jusqu'en Californie en passant par le Colorado, et elle habite actuellement sous le vaste ciel du Tennessee. Fervente adepte des fins heureuses, Susan aime écrire des romans où les sentiments laissent place au grand amour.

http://www.StokerAces.com

 facebook.com/authorsusanstoker

 x.com/Susan_Stoker

 instagram.com/authorsusanstoker

 goodreads.com/SusanStoker

www.ingramcontent.com/pod-product-compliance
Lightning Source LLC
Chambersburg PA
CBHW011146100726
47899CB00010B/3188